U1020491

沈从文读库　凌宇 主编

散文卷一

湘西

沈从文 著

湖南文艺出版社　VOL.4

图书在版编目（CIP）数据

湘西 / 沈从文著. -- 长沙：湖南文艺出版社，
2024.1
（沈从文读库）
ISBN 978-7-5726-1461-3

Ⅰ. ①湘… Ⅱ. ①沈… Ⅲ. ①散文集-中国-现代
Ⅳ. ①I266

中国国家版本馆CIP数据核字(2023)第186826号

沈从文读库
湘西
XIANGXI

作　　者：沈从文
总 策 划：彭　玻
主　　编：凌　宇
执行主编：吴正锋　张　森
出 版 人：陈新文
监　　制：谭菁菁
统　　筹：徐小芳
责任编辑：刘茁松
书籍设计：萧睿子
插　　画：蔡　皋
排　　版：刘晓霞
校对统筹：黄　晓
印制总监：李　阔

出版发行：湖南文艺出版社
（长沙市雨花区东二环一段508号　邮编：410014）
印　　刷：湖南天闻新华印务有限公司
开　　本：880 mm × 1230 mm　1/32
印　　张：12
字　　数：210千字
版　　次：2024年1月第1版
印　　次：2024年1月第1次印刷
书　　号：ISBN 978-7-5726-1461-3
定　　价：58.00元
（如有印装质量问题，请直接与本社出版科联系调换）

沈从文读库·序

凌　宇

作为一代文学大师，沈从文在中国现代文学史上，具有举足轻重且无可替代的地位。早在 20 世纪 30 年代，沈从文即被鲁迅称为自“五四”新文学以来“最优秀的作家”之一，且被同时代作家视为“北京文坛的重镇”。尽管在 1949 至 1979 年间因“历史的误会”，他的文学作品遭遇了被冷漠、贬损，且几乎湮灭的运命，但自 20 世纪 80 年代以降，对沈从文及其文学成就的认识，就一直“行情上涨”，并迭经学术界关于沈从文是大家还是名家、是否文学大师之争，其文学史地位节节攀升。如今，随着研究的不断深入与拓展，沈从文已毫无疑问地成为现代文学史上不可绕过的重要存在。湖南文艺出版社拟出的这套《沈从文读库》，共 12 卷，涵盖沈从文的小说、散文、游记、自传、杂文、文论、诗歌以及书信等，全面展示了沈从文文学创作的丰富面貌。

沈从文的文学成就，首先在于他构筑了堪与福克纳笔下的“约克纳帕塔法”世系相媲美的湘西世界，并以此为原点，对神性——生命的最高层次进行诗性观照与哲性探索。20世纪20年代末至30年代中期，在《神巫之爱》《月下小景》这类浪漫传奇小说和《三三》《萧萧》等诸多乡村小说中，沈从文成功地构建起一个“神之存在，依然如故”的湘西世界。与之对照的，则是以《八骏图》为代表的都市题材作品中所展现的城里人的生存情状。以人性合理与否为基准，沈从文对城里人的生命状态进行批判，并因此将现代社会称作“神之解体”时代。然而，沈从文对人性的思考，并没有停留在“城里人—乡下人”的二元对立框架，在理性层面完成他的都市批判的同时，也完成着他对乡下人的现代生存方式的沉重反思。沈从文以湘西为题材创作的一个重要组成部分如《柏子》《会明》《虎雏》《丈夫》等，都是将乡下人安置在现代社会环境中叙述其命运的必然流程。在《边城》《萧萧》《湘行散记》等作品中，沈从文既保留了对乡下人近乎自然的生命形态的肯定，又立足于启蒙理性角度，书写了这一“不悖乎人性”的生命在现代社会的悲剧命运，一种浓重的乡土悲悯浸润在作品的字里行间。

不过，面对令人痛苦的现实，沈从文既没有如同废名式地从对人生的绝望走向厌世，也没有如同鲁迅式地走向决绝的反传统，他所寻觅的是存在于前现代文明中的具有人类共有价值的文化因子，并希望他笔下人物的正直与热情“保留些本质在年青人的血里或梦里”，以实现民族品德的重造。这一思考，在20世纪40年代达到顶点。面对大多数人重生活轻生命，重现实实利而从不“向远景凝眸”，在一切都被“市侩的人生观”推行之时，沈从文希冀来一次全面的“清洁运动”，用文字作工具，实现民族文化的经典重造。他不仅在抽象层面对生命与自然、美与爱、生与死等进行一系列哲性探寻——这导致他在这一时期创作了《烛虚》《水云》《七色魇》等大量哲思类散文；同时也在具象层面积极介入社会现实，对青年、家庭、战争、文学、政治等具体问题进行探讨——此期杂文和文论数量明显增多。他对生命的思考，也就由最初的湘西自然神性转入对普泛意义上的人类生命神性的探索。他以“美”与“爱”为核心，力图恢复被现代文明压抑的自然生命，在“神之解体”时代重构生命的理想之境，这在某种程度上也使得他的文学思想得以超越当时具体的历史境遇，而指向对民族未来乃至人类生存方式的终极关怀。

1949年后，沈从文将主要精力转入文物研究，但他的文学思考并未止步。他在清华园休养期间的“呓语狂言”，如《一个人的自白》《关于西南漆器及其他》等，是他对自我精神和思想的深入解剖，其风格近似20世纪40年代的抽象类散文。他与张兆和的不少信件，如其中对《史记》的言说，对四川乡村风物的叙述，对文学艺术的看法等，都可视作书信形式的散文。这些文字勾勒出沈从文试图改造自我以适应新社会，与坚守自我、守望生命本来之间矛盾复杂的思想轨迹，这一矛盾既表现在他的文学观上，也体现在他的人生观上。

时至21世纪，科技日新月异，人工智能时代已经到来，然而人类并没因此解决好自身的问题，相反，经历了新冠疫情并进入后疫情时代的人们陷入更大的生存困境。在科技发展到顶峰之时，人类又将何去何从？今天的人们同样面临着沈从文当年所面对的种种问题。而他的诸多思考，如对进入现代工业文明以来人类不断背离自我、背离自然的反思，对现代人“所得于物虽不少，所得于己实不多”的状态的审视，以及强调哲学对科学的补救、对历史作“有情”观照等，都具有一种独特的眼光和前瞻意识，对当下与未来的中国乃至世界依然具有重要的启示。

沈从文曾说，“在一切有生陆续失去意义，本身亦因死亡毫无意义时”，唯有文字能“使生命之光，煜煜照人，如烛如金”。他希冀借助文字的力量，“重新燃起年青人热情和信心”，让高尚的理想在“更年青的生命中发芽生根，郁郁青青”。经典从不过时，相信今天的人们仍能从他的作品中获得启发，有所会心，这也正是出版这套文库的目的所在。

目 录

湘行书简

湘西

湘行书简

张兆和致沈从文　之一

二哥：

乍醒时，天才蒙蒙亮，猛然想着你，猛然想着你，心便跳跃不止。我什么都能放心，就只不放心路上不平靖，就只担心这个。因为你说的，那条道不容易走。我变得有些老太婆的迂气了，自打你决定回湘后，就总是不安，这不安在你走后似更甚。不会的，张大姐说，沈先生人好心好，一路有菩萨保佑，一定是风调雨顺一路平安到家的。不得已，也只得拿这些话来自宽自慰。虽是这么说，你一天不回来，我一天就不放心。一个月不回来，一个月中每朝醒来时，总免不了要心跳。还怪人担心吗，想想看，多远的路程多久的隔离啊。

你一定早到家了。希望在你见到此信时，这里也早已得到你报告平安的电信。妈妈见了你，心里一快乐，病一定也就好了。不知道你是不是照到我们在家里说好的，为我们向妈妈同大哥特别问好。

昨天回来时，在车子上，四妹老拿膀子拐我。她惹我，说我会哭的，同九妹拿我开玩笑。我因为心里难受，一直没有理她们。今天我起得很早。精神也好，因为想着是替你做事，我要好好地做。我在给你写信，四妹伸头缩脑的，九妹问我要不要吃窠鸡子。我笑死了。

路上是不是很苦，这条路我从未走过，想象不到是什么情形，总是辛苦就是了。

我希望下午能得到你信。

兆和

一月八日晨

张兆和致沈从文　之二

从文二哥：

只在于一句话的差别，情形就全不同了。三四个月来，我从不这个时候起来，从不不梳头、不洗脸，就拿起笔来写信的。只是一个人躺到床上，想到那为火车载着愈走愈远的一个，在暗淡的灯光下，红色毛毯中露出一个白白的脸，为了那张仿佛很近实在又极远的白脸，一时无法把捉得到，心里空虚得很！因此，每一丝声息，每一个墙外夜行人的步履声音，敲打在心上都发生了绝大的返响，又沉闷，又空洞。因此，我就起来了。我计算着，今晚到汉口，明天到长沙，自明天起，我应该加倍担着心，一直到得到你平安到家的信息为止。听你们说起这条道路之难行，不下于难于上青天的蜀道，有时想起来，又悔不应敦促你上路了。倘若当真路途中遇到什么困难，吃多少苦，受好些罪，那罪过，二哥，全数由我来承担吧。但只想想，你一到家，一家人为你兴奋着，暮年的病母能为你开怀一笑，古老城池的沉静空气也一定为你活泼起来，这么样，即或往返受二十六个日子的辛苦，也仍然是值得的。再说，再说这边的两只眼睛，一颗心，在如何一种焦急与期待中把白日同黑夜送走，忽然有一天，有那么一天，一个瘦小的身子挨进门来，那种欢喜，唉，那种欢喜，你叫我怎么说呢？总之，一切都是废话，让两边的人耐心地等待着，让时间把那个值得庆祝的日子带来吧。

现在，现在要轮到你来告诉我一些到家后的情形了。家里是怎么样欢迎你来着？老人家的精神是不是还好？你那大哥，是不是正如你所说的，卷起两只袖口，拿一把油油的锅铲忙出忙进？大哥大嫂三哥三嫂你记着替我同九妹致意没有？尤其是大嫂，代替大家服侍了妈十几年，对她你应该致最大的尊敬。嫂嫂们，你记着，别太累她们。你到家见妈时，记着把那件脏得同抹布样子的袍子换下来，穿一件干净的么？你应当时时注意妈妈房里空气的流通，谈话时，探听点老人家想吃点外面的什么东西，将来好寄。真的，有好些事我都忘了叮嘱你，直至走后才一件一件想起来，已来不及了……还有到家后少出门，即或出门也以少发议论为妙。苗乡你是不暇去的了，听说你那个城子，要不了一会儿能可以走遍，你是不是也看过一道？一切与十五年前有什么不同？

三三

九日侵晨

张兆和致沈从文　之三

亲爱的二哥：

你走了两天，便像过了许多日子似的。天气不好。你走后，大风也刮起来了，像是欺负人，发了狂似的到处粗暴地吼。这时候，夜间十点钟，听着树枝干间的怪声，想到你也许正下车，也许正过江，也许正紧随着一个挑行李的脚夫，默默地走那必须走的三里路。长沙的风是不是也会这么不怜悯地吼，把我二哥的身子吹成一块冰？为这风，我很发愁，就因为自己这时坐在温暖的屋子里，有了风，还把心吹得冰冷。我不知道二哥是怎么支持的。我告诉你我很发愁，那一点也不假，白日里，因为念着你，我用心用意地看了一堆稿子。到晚来，刮了这鬼风，就什么也做不下去了。有时想着十天以后，十天以后你到了家。想象着一家人的欢乐，也像沾了一些温暖，但那已是十天以后的事了，目前的十个日子真难捱！这样想来，不预先打电回家，倒是顶好的办法了。路那么长，交通那么不便，写一个信也要十天半月才得到，写信时同收信时的情形早不同了。比如说，你接到这信的时候，一定早到家了，也许正同哥哥弟弟在屋檐下晒太阳，也许正陪妈坐在房里，多半是陪着妈。房里有一盆红红的炭火，且照例老人家的炉火边正煨着一罐桂圆红枣，发出温甜的香味。你同妈说着白话，说东说西，有时还伸手摸摸妈衣服是不是穿得太薄。忽然，你三弟走进房来，送给你这个信。接到信，无疑地，你会快乐，但拆开信一看，愁呀冷呀的那么一大套，不是全然同你们的调子不谐和了吗？我很想写："二哥，我快乐极了，同九丫头跳呀蹦呀的闹了半天，因为算着你今天准可到家，晚上我们各人吃了三碗饭。"使你们更快乐。但那个信留到十天以后再写吧，你接到此信时，只想到我们当你看信时也正在为你们高兴，就行了。

希望一家人快乐康健！

三三

九日晚

在桃源

三三：

我已到了桃源，车子很舒服。曾姓朋友送我到了地，我们便一同住在一个卖酒曲子的人家，且到河边去看船，见到一些船，选定了一只新的，言定十五块钱，晚上就要上船的。我现在还留在卖酒曲人家，看朋友同人说野话。我明天就可上行。我很放心，因为路上并无什么事情。很感谢那个朋友，一切得他照料，使这次旅行又方便又有趣。

我有点点不快乐处，便是路上恐怕太久了点。听船上人说至少得四天方可到辰州，也许还得九天方到家，这分日子未免使我发愁。我恐怕因此住在家中就少了些日子。但我又无办法把日子弄快一点。

我路上不带书，可是有一套彩色蜡笔，故可以作不少好画。照片预备留在家乡给熟人照相，给苗老咪照相，不能在路上糟蹋，故路上不照相。

三三，乖一点，放心，我一切好！我一个人在船上，看什么总想到你。

我到这里还碰到一个老同学，这老同学还是我廿年前在一处读书的。

二哥

十二日下午五时

在路上我看到个贴子很有趣：

立招字人钟汉福，家住白洋河文昌阁大松树下右边，今因走失贤媳一枚，年十三岁，名曰金翠，短脸大口，一齿凸出，去向不明。若有人寻找弄回者，赏光洋二元，大树为证，决不吃言。谨白。

三三：我一个字不改写下来给你瞧瞧，这人若多读些书，一定是个大作家。

小船上的信

船在慢慢的上滩，我背船坐在被盖里，用自来水笔来给你写封长信。这样坐下写信并不吃力，你放心。这时已经三点钟，还可以走两个钟头，应停泊在什么地方，照俗谚说“行船莫算，打架莫看”，我不过问。大约可再走廿里，应歇下时，船就泊到小村边去，可保平安无事。船泊定后我必可上岸去画张画。你不知见到了我常德长堤那张画不？那张窄的长的。这里小河两岸全是如此美丽动人，我画得出它的轮廓，但声音、颜色、光，可永远无本领画出了。你实在应来这小河里看看，你看过一次，所得的也许比我还多，就因为你梦里也不会想到的光景，一到这船上，便无不朗然入目了。这种时节两边岸上还是绿树青山，水则透明如无物，小船用两个人拉着，便在这种清水里向上滑行，水底全是各色各样的石子。舵手抿起个嘴唇微笑，我问他，“姓什么？”

“姓刘。”“在这条河里划了几年船?”“我今年五十三，十六岁就划船。”来，三三，请你为我算算这个数目。这人厉害得很，四百里的河道，涨水干涸河道的变迁，他无不明明白白。他知道这河里有多少滩，多少潭。看那样子，若许我来形容形容，他还可以说知道这河中有多少石头！是的，凡是较大的，知名的石头，他无一不知！水手一共是三个，除了舵手在后面管舵管篷管纤索的伸缩，前面舱板有两个人。其中一个是小孩子，一个是大人。两个人的职务是船在滩上时，就撑急水篙，左边右边下篙，把钢钻打得水中石头作出好听的声音。到长潭时则荡桨，躬起个腰推扳长桨，把水弄得哗哗的，声音也很幽静温柔。到急水滩时，则两人背了纤索，把船拉去，水急了些，吃力时就伏在石滩上，手足并用的爬行上去。船是只新船，油得黄黄的，干净得可以作为教堂的神龛。我卧的地方较低一些，可听得出水在船底流过的细碎声音。前舱用板隔断，故我可以不被风吹。我坐的是后面，凡为船后的天、地、水，我全可以看到。我就这样一面看水一面想你。我快乐，就想应当同你快乐，我闷，就想要你在我必可以不闷。我同船老板吃饭，我盼望你也在一角吃饭。我至少还得在船上过七个日子，还不把下行的计算在内。你说，这七个日子我怎么办?天气又不很好，并无太阳，天是灰灰的，一切较远的边岸小山同树木，皆裹在一层轻雾里，我又不能照相，也不宜画画。看看船走动时的情形，我还可以在上面写文章，感谢天，我的文章既然提到的是水上的事，在船上实在太方便了。倘若写文章得选择一个地方，我如今所在的地方是太好了一点的。不过我离得你那么远，文章如何写得下去。“我不能写文章，就写信。”我这么打算，我一定做到。我每天可以写四张，若写完四张事情还不说完，我再写。这只手既然离开了你，也只有那么来折磨它了。

我来再说点船上事情吧。船现在正在上滩，有白浪在船旁奔驰，我不怕，船上除了寂寞，别的是无可怕的。我只怕寂寞。但这也正可训练一下我自己。我知道对我这人不宜太好，到你身边，我有时真会使你皱眉，我疏忽了你，使我疏忽的原因便只是你待我太好，纵容了我。但你一生气，我即刻就不同了。现在则用一件人事把两人分开，用别离来训练我，我明白你如何在支配我管领我！为了只想同你说话，我便钻进被盖中去，闭着眼睛。你瞧，这小船多好！你听，水声多幽雅！你听，船那么轧轧响着，它在说话！它说：“两个人尽管说笑，不必担心那掌舵人。他的职务在看水，他忙着。”船真轧轧的响着。可是我如今同谁去说？我不高兴！

梦里来赶我吧，我的船是黄的，船主名字叫做“童松柏”，桃源县人。尽管从梦里赶来，沿了我所画的小堤一直向西走，沿河的船虽万万千千，我的船你自然会认识的。这里地方狗并不咬人，不必在梦里为狗吓醒！

你们为我预备的铺盖，下面太薄了点，上面太硬了点，故我很不暖和，在旅馆已嫌不够，到了船上可更糟了。盖的那床被大而不暖，不知为什么独选着它陪我旅行。我在常德买了一斤腊肝，半斤腊肉，在船上吃饭很合适……莫说吃的吧，因为摇船歌又在我耳边响着了，多美丽的声音！

我们的船在煮饭了，烟味儿不讨人嫌。我们吃的饭是粗米饭，很香很好吃。可惜我们忘了带点豆腐乳，忘了带点北京酱菜。想不到的是路上那么方便，早知道那么方便，我们还可带许多北京宝贝来上面，当“真宝贝”去送人！

你这时节应当在桌边做事的。

山水美得很，我想你一同来坐在舱里，从窗口望那点紫色的小山。我想让一个木筏使你惊讶，因为那木筏上面还种菜！我想要你来使我的手暖和一些……

（十三日下午五时）

泊曾家河

三三专利读物

我的小船已泊到曾家河。在几百只大船中间这只船真是个小物件。我已吃过了夜饭，吃的是辣子、大蒜、豆腐干。我把好菜同水手交换素菜，交换后真是两得其利。我饭吃得很好。吃过了饭，我把前舱缝缝罅用纸张布片塞好，再把后舱用被单张开，当成幔子一挂，且用小刀将各个通风处皆用布片去扎好，结果我便有了间“单独卧房”了。

你只瞧我这信上的字写得如何整齐，就可知船上做事如何方便了。我这时倚在枕头旁告你一切，一面写字，一面听到小表嘀嘀哒哒，且听到隔船有人说话，岸上则有狗叫着。我心中很快乐，因为我能够安静同你来说话！

说到“快乐”时我又有点不足了，因为一切纵妙不可言，缺少个你，还不成的！我要你，要你同我两人来到这小船上，才有意思！

我感觉得到，我的船是在轻轻的，轻轻的在摇动。这正同摇篮一样，把人摇得安眠，梦也十分和平。我不想就睡。我应当痴痴的坐在这小船舱中，且温习你给我的一切好处。三三，这时节还只七点三十分，说不定你们还刚吃饭！

我除了夸奖这条河水以外真似乎无话可说了。你来吧，梦里尽管来吧！我先不是说冷吗？放心，我不冷的。我把那头用布拦好后，已很暖和了。这种房子真是理想的房子，这种空气真是标准空气。可惜得很，你不来同我在一处！

我想睡到来想你，故写完这张纸后就不再写了。我相信你从这纸上也可以听到一种摇橹人歌声的，因为这张纸差不多浸透了好听的歌声！

你不要为我难过，我在路上除了想你以外，别的事皆不难过的。我们既然离开了，我这点难过处实在是应当的，不足怜悯的。

二哥

一月十三下八时

水手们

三三专利读物

天气真冷。昨晚船歇到曾家河，睡得不好，醒了许多次，全是冷醒的。醒了以后就有许久不能再睡去，常常擦自来火看小表的时间。皮袍子全搭到上面还不济事，我悔当时不肯带褥子来。

睡不着时我就心想：若落点雪多好。照南方规矩，天太冷了必落雪，一落了雪天就暖和了。天亮时船篷沙沙的响，有人说“落了雪”，我忘了天气，只描摹那雪景。到后天已大亮时，看看雪已落了很多，气候既不转好，各个船又不能开动，你想，半路上停顿下来多急人。这样蹲下去两头无着，我是受不了的。我的船既是包定的，我的日子又有限度，不开船可不行！故我为他们称几斤鱼，这几斤鱼把船弄活动了，这时节的船，已离开原泊地方二十多里了。天气还是极冷，船仍然在用篙桨前进，两岸全是白色，河水清明如玉。一切都好得很！我要你！倘若两个人在这小船上，就一切全不怕了。想到南方天气已那么冷，北方还不知冻到什么样子。我恐怕你寂寞得很，又怕你被人麻烦，被事麻烦，我因此事也做不下去。

这船今天能歇到什么地方，我不明白，船上人也不明白。这时已十二点钟，两岸有鸡叫，有狗叫，有人吵骂声音，我算算你们应在桌边吃午饭了。我估计你们也正想到我。我心里很烦乱……

今天太冷，我的画也不能着手了。我只坐在被盖里，把纸本子搁在膝上写信，但一面写字一面就不快乐。我忙着到家，也忙着回转北京，但是天知道，这小船走得却如何慢！天气既那么冷，还得使三个划船人在水里风里把船弄上去，心中又不安。使他们高兴倒容易，晚上各人多吃半斤肉，这船就可以在水面上飞。可是我自己，却应当怎么办？三三，我自己真不知道如何办。做了点文章，又做不下去。校改了自己的书一遍，又觉得书也写得平平常常，不足注意。看看四丫头的相同你的相，就想起为四丫头改的文章，还无完成的希望，不知远处有个候补作家，正在如何怨我。照照镜子，镜中的我可瘦得怕人。当真的，人这样瘦，见了家中人又怎么办？我实在希望我回到家中时较肥一点，但天气那么坏，船那么慢，你隔得我又那么远，我有什么办法可以胖些？这么走路上可能要廿多天！

我心里有点着急。但是莫因我的着急便难过。在船上的一个，是应当受点罪，请把好处留给我回来，把眼泪与一切埋怨皆留到我回来再给我，现在还是好好的做事，好好的过日子吧。

我想我的信一定到得不大有秩序，我还担心有些信你收不到。因为在平汉车上发的六七封信，差不多全是交托车站上巡警发的，那些巡警即或不至于把信失掉，也许一搁在袋子里就是两天，保不定长沙的信到时，河南的信反而不到！

我又听到摇橹人歌声了，好听得很。但越好听也就越觉得船上没有你真无意思……

三三，我今天离开你一个礼拜了。日子在旅行人看来真不快，因为这一礼拜来，我不为车子所苦，不为寒冷所苦，不为饮食马虎所苦，可是想你可太苦了。

路上的鱼很好，大而活鲜鲜的鱼，一毛二分钱一斤，用白水煮熟实在好吃得很。这河里原本出好鱼，最好的是青鱼，鲜得如海味，你不吃过也就想不到那个好处。

船停了，真静。一切声音皆像冷得凝固了，只有船底的水声，轻轻的轻轻的流过去。这声音使人感觉到它，几乎不是耳朵，却只是想象。但当真却有声音。水手在烤火，在默默的烤火。

说到水手，真有话说了。三个水手有两个每说一句话中必有个野话字眼儿在前面或后面，我一天来已跟他们学会三十句野话。他们说野话同使用符号一样，前后皆很讲究。倘若不用，那么所说正文也就模糊不清了。我很希奇，不明白他们从什么方面学来这种野话。

船又开了，为了开船，这船上舵手同水手谈论天气，我试计算计算，十九句话中就说了十七个坏字眼儿。仿佛一世的怨愤，皆得从这些野话上发泄，方不至于生病似的。说到他们的怨愤，我又想到这些人的生活来了。我这次坐这小船，说定了十五块钱到地。吃白饭则 千文一天，合一角四分。大约七天方可到地，船上共用三人，除掉舵手给另一岸上船主租钱五元外，其余轮派到水手的，至多不过两块钱。即作为两块钱，则每天仅两毛多一点点。像这样大雪天气，两毛钱就得要人家从天亮拉起一直到天黑，遇应当下水时便即刻下水，你想，多不公平的事！但这样船夫在这条河里至少就有卅万，全是在能够用力时把力气卖给人，到老了就死掉的。他们的希望只是多吃一碗饭，多吃一片肉，拢岸时得了钱，就拿去花到吊脚楼上女人身上去，一回两回，钱完事了，船又应当下行了。天气虽有冷热，这些人生活却永远是一样的。他们也不高兴，为了船搁浅，为了太冷太热，为了租船人太苛刻。他们也常大笑大乐，为了顺风扯篷，为了吃酒吃肉，为了说点粗糙的关于女人的故事。他们也是个人，但与我们都市上的所谓“人”却相离多远！一看到这些人说话，一同到这些人接近，就使我想起一件事情，我想好好的来写他们一次。我相信若我动手来写，一定写得很好。但我总还嫌力量不及，因为本来这些人就太大了。三三，这些船夫你若见到时，一定也会发生兴味的。船夫分许多种，最活泼有趣勇敢耐劳的为麻阳籍水手，大多数皆会唱会闹，做事一股劲儿，带点憨气，且野得很可爱。麻阳人划船成为专业，一条辰河至少就应当有廿万麻阳船夫。这些人的好处简直不是一个人用口说得尽的，你若来，你只需用眼睛一看就相信我的话了。我过一阵下行，就想搭麻阳船。

三三，你若坐了一次这样小船，文章也一定可以写得好多了。因为船上你就可以学许多，水上你也可以学许多，两岸你还可以学许多！

我回来时当为你照些水手相来，还为你照个住吊脚楼的青年乡下妓女相来（只怕片子太少，到了城中就完事了）。这些人都可爱得很，你一定欢喜他们。

我颈脖也写木了，位置不对，我歇歇，晚上在蜡烛下再告你些。

二哥

十四下午一点

泊兴隆街

船停到一个地方，名“兴隆街”，高山积雪同远村相映照，真是空前的奇观。我想拿了相匣子上去照一个相，却因为毛毛雨落个不停，只好不上岸了。这时还只三点四十分，一时不及断黑，雪不落却落小雨。我冷得很，但手并不木僵。南方的冷与北方不同，南方的冷是湿的，有点讨厌的。穿衣多也无用处。烤火也无用处。

我们的小船因为煮饭吃，弄得满船全是烟子，我担心我的眼睛会为烟子熏坏。如今便是在烟里写这个信的。一面写信，一面依然可以听麻阳人船上的橹歌。船走得太慢，这日子可不好过。上面的人不把日子当数，行船人尤其不明白日子的意义。天气既那么冷，我也不好说话。但多捱一天，在上面住的日子就扣去一天，你说，我多难受。

我还得告你，今天是我的生日！这个生日可过得妙，坐在一只小船上来想念你们，你们若算着日子，也一定想得起今天是我生日！我想同你说话，却办不到，我想同大家笑笑，也办不到。我只有同水手谈话，问长问短，弄得他们哈哈大笑。我还为他们称三斤肉吃。但他们全不知道我如何发急，如何想我的行程。我还想自己照个小相，也无法照。我不知道怎么办就好一点。实在不知道怎么办。

三三，你只看我信写得如何乱，你就会明白我的心如何乱了。我不想写什么，不想说什么。我手冷得很，得你用手来捏才好……这长长的日子，真不好对付！我书又太带少了，画画的纸又不合用，天气又坏，要照相不便照相。我只好躲在舱中，把纸按在膝上，来为你写信。三三，我现在方知道分离可不是年青人的好玩艺儿。当时我们弄错了，其实要来便得全来，要不来就全不来。你只瞧，如今还只是四分之一的别离，已经当不住了，还有廿天，这廿天怎么办!?

十四　四点三十分

河街想象

三三：

我的心不安定，故想照我预定计划把信写得好些也办不到。若是我们两个人同在这样一只小船上，我一定可以作许多好诗了。

我们的小船已停泊在两只船旁边，上个小石滩就是我最欢喜的吊脚楼河街了。可惜雨还不停，我也就无法上街玩玩了。但这种河街我却能想象得出。有屠户，有油盐店，还有妇人提起烘笼烤手，见生人上街就悄悄说话。街上出钱纸，就是用作烧化的，这种纸既出在这地方，卖纸铺子也一定很多。街上还有个小衙门，插了白旗，署明保卫团第几队，作团总的必定是个穿青羽绫马褂的人。这种河街我见得太多了，它告我许多知识，我大部提到水上的文章，是从河街认识人物的。我爱这种地方、这些人物。他们生活的单纯，使我永远有点忧郁。我同他们那么“熟”——一个中国人对他们发生特别兴味，我以为我可以算第一位！但同时我又与他们那么“陌生”，永远无法同他们过日子，真古怪！我多爱他们，“五四”以来用他们作对象我还是唯一的一人！

我泊船的上面就恰恰是《柏子》文章上提到的东西，我还可以看到那些大脚妇人从窗口喊船上人。我猜想得出她们如何过日子，我猜得毫不错误。

四点

我吃过晚饭了，豆腐干炒肉，腊肝，吃完事后，又煮两个鸡蛋。我不敢多吃饭，因为饭太硬了些，不能消化。我担心在船上拖瘦，回到家里不好看，但照这样下去却非瘦不可的。我想喝点汤就办不到。想吃点青菜也办不到。想弄点甜东西也办不到。水果中在常德时我买得有梨子同金钱橘，但无用处，这些东西皆不宜于冬天在船上吃……如今既无热水瓶，又无点心，可真只有硬挨了。

又听到极好的歌声了，真美。这次是小孩子带头的，特别娇，特别美。你若听到，一辈子也忘不了的。简直是诗。简直是最悦耳的音乐。二哥蠢人，可惜画不出也写不出。

三三，在这条河上最多的是歌声，麻阳人好像完全是吃歌声长大的。我希望下行时坐的是一条较大的船，在船上可以把这歌学会。

十四日下五点十分

忆麻阳船

天气还早得很，水手就泊了船，水面歌声虽美丽得很，我可不能尽听点歌声就不寂寞！我心中不自在。我想来好好的报告一些消息。从第一页起，你一定还可以收到这种通信四十页。

这时节正是五点廿五分，先前摇橹唱歌的那只大船已泊近了我的船边，只听到许多人骂野话。许多篙子钉在浅水石头上的声音，且有人大嚷大骂。三三，你以为这是“吵架”，是不是？你错了。别担心，他们不过是在那里“说话”罢了。他们说话就永远得用个粗野字眼儿，遇要紧事情时，还得在每句话前后皆用野话相衬，事情方做得顺手。这种字眼儿的运用，父子中间也免不了。你不要以为这就是野人。他们骂野话，可不做野事。人正派得很！船上规矩严，忌讳多。在船上客人夫妇间若撒了野，还得买肉酬神。水手们若想上岸撒野，也得在拢岸后的。他们过得是节欲生活，真可以说是庄严得很！

船中最美的恐怕应得数麻阳船。大麻阳船有“鳅鱼头”同“五舱子”，装油两千篓，摇橹三十人，掌舵的高据后楼，下滩时真可谓堂皇之至！我就坐过这样大船一次，还有床同玻璃窗，各处皆是光溜溜的。十四年后这船还使我神往。其次是小船，就是我如今坐的“桃源划子”。但我不幸得很，遇到几个懒人。我对他们无办法。我看情形到家中必需十天，这数目加上从北平到桃源的四天，一共就是十四天，下行也许可以希望少两天，但因此一来，我至多也只能在家中住四天了。我运气坏，遇到这种小船真说不出口。看到他们早早的停泊，我竟不知怎么办。照规矩他们又可以自由停泊的，他们可以从各样事情上找机会，说出不能开动的理由。我呢，也觉得天气太冷，不忍要他们在水中受折磨。可是旁人少受些折磨，我就多受些折磨，你说我怎么办？

我先以为我是个受得了寂寞的人，现在方明白我们自从在一处后，我就变成一个不能够同你离开的人了……三三，想起你我就忍受不了目前的一切了。我真像从前等你回信，不得回信时神气。我想打东西，骂粗话，让冷风吹冻自己全身。我明白我同你离开越远也反而越相近。但不成，我得同你在一处，这心才能安静，事也才能做好！我试过如何来利用这长长的日子写篇小说，思想很乱，无论如何竟写不出什么来。

一月十四下六时

过柳林岔

十五日上午九点三十分

昨天晚上我又睡不好，不知什么原因，尽得醒。船走得太慢，使人着急。但天气那么冷，也不好意思催人下水拉船。我昨天不是说已经够冷了吗？今天还更糟！

今早开船时还只七点左右，落得是子子雪，撒在舱板上船篷上如抛豆子，篙桨把手处皆起了凌，可是船还依然得上滩。从今天为始，我这小船就时时刻刻得上滩了，大约有成百个急水滩得上。

现在已十点，我们业已吃过早饭，船又在开动了。算算日子我已离开了你八天。我的信写了一大堆，皆得到辰州付邮，我知道你着急，可是这信还仍然无法寄来。

路上过的日子，照我们动身时打算，总以为可担心处是危险。现在我方明白，路上危险倒没有，却只是寂寞。一个孤单单的人，坐在一个见方六尺的船舱里，一寸木板下就是汤汤的流水，风雪大了随时皆得泊下……我们的船太不凑巧了点，恰好就遇到这种风雪日子。

船又停了，你说急不急人。船正泊到一个泥堤下，一切声音皆没有，只有水在船底流过的声音。远处的雪一片白，天气好冷！船夫不好意思似的一面骂野话，一面跳上岸去拉纤，望到他们那个背影，我有说不出的同情，不好意思催促。

船开后，我坐在外面看了他们拉船半点钟。雪子落得很密。真冷。若落软雪就好了，目前可似乎还不能落那种雪。照这样走去，也许从桃源到浦市这一段路，将超过七天，可能要十天以上。这预算一超过，我回北平的日子也一定得延长了。我的急与你们的盼望，同样是不能把这路程缩短的。路太长了。

你得好好的做事，不要为我着急，不要为我担忧。我算定这信到你身边时，至迟十来天也就可以回到北平了。这信到辰州方能发出，辰州上浦市两天，浦市过家乡还得坐轿子两天，我在家蹲三天四天，下来有十一天可到北平，故总拢来算算，减去这信在路上的日子，这信到你手边十天后，我也一定可以到北平的。应当这么估计。

冷得很，我手也木了，等等再写。

十五日十一点十五分

三三，我们的船挂了篷，人不必上岸拉，不必用手摇结冰的篙桨，自动的在水面跑了。走得很快，很稳。水手便在火灶旁说笑话。我听他们说了半点钟。

现在还是用帆，风大了些，船也斜斜的。你若到这里来一定怕得喊叫，因为船在水面全是斜的，船边贴水不到一寸。但放心，这船是不作兴入水的。这小船好处在此，上下行全无危险。分量轻，码子小，吃水浅，因此来去自如。我嫌帆小了些，故只想让他们把被单也加上去。但办不到，因为天气太冷了，做什么皆极其费事的。现在还大落子子雪，同雨一样，比雨讨嫌。船上一切皆起了一层薄薄的冰，哑哑的返着薄光。两个水手在灶边烤火，一个舵手就在后梢管绳子同舵把。风景美得很，若人不忙，还带了些酒来，想充雅人，在这船上一定还可作诗的。但我实在无雅兴。我只想着早到早离开。

我苹果还剩八个，这就是说我只吃了两个，送了别人两个，其余还好好的保留下来，预备送家中人吃。九九那个大的也还好好的在箱子里。我们忘了带点甜东西了，实在应当带些饼干，方能把这日子一部分用牙齿嚼掉。船上冬天最需要的恐怕便是饼干，水果全不想吃。我很想得点稀饭吃，因为不方便也就不要求水手做了。

十二点

这时船已到了柳林岔，多美丽！地方出金子，冬天也有人在水中淘金子！我生平还是第一次看到这样好看地方的。气派大方而又秀丽，真是个怪地方。千家积雪，高山皆作紫色，疏林绵延三四里，林中皆是人家的白屋顶。我船便在这种景致中，快快的在水面上跑。我为了看山看水，也忘掉了手冷身上冷了。什么唐人宋人画都赶不上。看一年也不会讨厌。船就要上滩了，我等等再写。这信让四丫头先看，因为她看了才会把她的送你看。

二哥

十五下二时半

泊缆子湾

十五日下午七点十分

我的小船已泊定了。地方名“缆子湾”，专卖缆子的地方。两山翠碧，全是竹子。两岸高处皆有吊脚楼人家，美丽到使我发呆。并加上远处叠嶂，烟云包裹，这地方真使我得到不少灵感！我平常最会想象好景致，且会描写好景致，但对于当前的一切，却只能做呆二了。一千种宋元人作桃源图也比不上。

我已把晚饭吃过了，吃了一碗饭，三个鸡子，一碗米汤，一段腊肝。吃得很舒服，因此写信时也从容了些。下午我为四丫头写了个信。我现在点了两支蜡烛为你写信，光抖抖的，好像知道我要写些什么话，有点害羞的神气。我写的是……别说了，我不害羞烛光可害羞！

三三，你看了我很多的信了，应当看得出我每个信的心情。我有时写得很乱，也就是心正很乱。譬如现在呢，我心静静的，信也当静静的写下去。吃饭以前我校过几篇《月下小景》，细细的看，方知道原来我文章写得那么细。这些文章有些方面真是旁人不容易写到的。我真为我自己的能力着了惊。但倘若这认识并非过分的骄傲，我将说这能力并非什么天才，却是耐心。我把它写得比别人认真，因此也就比别人好些的。我轻视天才，却愿意人明白我在写作方面是个如何用功的人。

我还在打量，看如何一来方把我发展完全，不至于把力量糟蹋到其他小事上去。同时还有你，你若用心些，你的成就同我将是一样的。我希望你比我还好，你做得到。一定做得到。我心太杂乱，只有写作能消耗掉。你单纯统一。比我强。

你接到这信时，一定先六七天就接到了我的电报。我的电一定将使你为难。我知道家中并无什么钱。上海那百块钱纵来了，家中这个月就处处要钱用。你一定又得为我借债，一定又得出面借债！想起这些事我很不安。我记起了你给我那两百块钱，钱被九九拿去做学费了，你却两手空空的在青岛同我蹲下去。结婚时又用了你那么多钱。我们两人本来不应当分什么了的。但想起用了那么多钱，三三到冬天来还得穿那件到人家吃茶时不敢脱下的大衣，你想，我怎么好过。三三，我这时还想起许多次得罪你的地方，我眼睛是湿的，模糊了的。我觉得很对不起你。我的人，倘若这时节我在你身边，你会明白我如何爱你！想起你种种好处，我自己便软弱了。我先前不是说过吗："你生了我的气时，我便特别知道我如何爱你。"现在你并不生我的气，现在你一定也正想着远远的一个人。我眼泪湿湿的想着你一切的过去！

三三，我想起你中公时的一切，我记起我当年的梦，但我料不到的是三三会那么爱我！让我们两个人永远那么要好吧。我回来时，再不会使你生气面壁了。我在船上学得了反省，认清楚了自己种种的错处。只有你，方那么懂我并且原谅我。

我因为冷得很，已把被盖改变了一下，果然暖多了。我已不什么冷了，睡觉时把衣脱去，一定更暖和了。我们的船傍着一大堆船停泊的，隔船有念书的，唱戏的，说笑话的。我船上水手，则卧在外舱吃鸦片烟，一面吃烟还是一面骂野话。船轻轻的摇摆着，烛光一跳一跳，我猜想你们也正把晚饭吃过为我算着日子。

我一哭了，便心中十分温柔。

我还有五天在这小船上，至少得四天。明天我预备做事了。

我希望到了家中，就可看到我那篇论海派的文章，因为这是你编的……我盼望梦里见你的微笑。

十五下

三三，船旁拢了一只麻阳船，一个人在用我那地方口音说话，我真想喊他一声！

还有更动人的是另一个人正在唱“高腔”，声音韵极了。动人得很！

你以为我舱里乱七八糟是不是？我不许你那么猜。正相反，我的舱中太干净了，一切皆放光，一切并且极有秩序，是小船上规矩！明天若有太阳，我当为这小舱照个相寄给你。照片因天气不好，还不开始用它。只是今天到柳林岔时，景致太美，便不问光线如何在船头照了一张……

我听到隔船那同乡“果囊”，“果条伢哉”，“果才蠢喃”，我真想问问他是“哪那的”人。三三，乡音还不动人，还有小孩的哭声，这小孩子一定也是“果囊”人的。哭的声音也有地方性，有强烈个性！

今天只写两张

十六日上午九点

现在已九点钟，小船还不开动，大雪遮盖了一切，连接了天地。我刚吃过饭。我有点着急，但也明白空着急毫无益处。晚上又睡不好。同你离开后就简直不能得到一个夜晚的安睡。但并不妨事，精神可很好。七点左右我就起来看自己的书，校正了些错字，且反复检察了一会。《月下小景》不坏，用字顶得体，发展也好，铺叙也好。尤其是对话。人那么聪明！二十多岁写的。这文章的写成，同《龙朱》一样，全因为有你！写《龙朱》时因为要爱一个人，却无机会来爱，那作品中的女人便是我理想中的爱人。写《月下小景》时，你却在我身边了。前一篇男子聪明点，后一篇女子聪明点。我有了你，我相信这一生还会写得出许多更好的文章！

有了爱，有了幸福，分给别人些爱与幸福，便自然而然会写得出好文章的。对于这些文章我不觉得骄傲，因为等于全是你的。没有你，也就没有这些文章了。而且是习作，时间还多呐。

我今天想做点事，写两篇短论文，好在辰州时付邮。故只预备为你写两张信。我的小船已开动了，看情形，到家中至少还得七天。我发现所带的信纸太少了，在路上就会完事，到家后不知用什么来写信。我忘了告你把信寄存到辰州邮局的办法了，若早记着这一种办法，则我船到辰州时，可看到你几封信，从家中回辰时，又可接到你一大批信了。多有你些信，我在路上也一定好过些。

我真希望你梦里来找寻我，沿河找那黄色小船！在一万只船中找那一只。好像路太远了点，梦也不来。我半夜总为怕人的梦惊醒，心神不安，不知吃什么就好些。我已买了一顶绒帽，同我两人在前门大街看到的一样，花去了四角钱。还不能得一双棉鞋，就因为桃源地方各处便买不出棉鞋。我也许到辰州便坐轿子回去，因为轿子到底快一些。坐轿人可苦一点，然而只要早到早回，苦点也不在乎了。天气太冷，空气也仿佛就要结冰的样子。乡村有鸡叫，鸡声也似乎寒冷得很。来得不凑巧，想不到南方的冷比北方还坏些。

又有了橹歌。简直是诗！在这些歌声中我的心皆发抖，它好像在为我唱的，为爱而唱的。事实上是为了劳动而自得其乐唱的。下水船摇橹不费事！

船坐久了心也转安静，但我还是受不了的。每一桨下去，我皆希望它去得远一点，每一篙撑去，我皆希望它走得快一点。但一切无办法。水太急了，天气又太冷。

今天小船还得上一个大滩，也许我就得上岸走路。这滩上照例有若干大船破碎不完的搁在浅水中，照例每天有船坏事。你可放心，这全是大船出的乱子，小船分量轻，面积小，还无资格搁在那地方的！并且上水从河边走，更无所谓危险。这信到你手边时，过三四天我一定又坐着这样小船在下滩了。那滩名“青浪滩”，问九九，九九知道。滩长廿五里，不到十分钟可以下完。[1]至于上去，可就麻烦了，有时一整天。大船上去得一整天，小船则两三个钟头够了。天气好些，我当照个相，送给你领略一下，将来上行时有个分寸。四丫头一定不怕这种滩水，因为她的大相在旅行中还是笑眯眯的。

---

1. 原信旁注：“共四十里廿分钟直下，好险！”

我小船已上一小滩了，水吼得吓人，浪打船边舱板很重。我不怕，我不怕。有了你在我心上，我不拘做什么皆不吓怕了。你还料不到你给了我多少力气和多少勇气。同时你这个人也还不很知道我如何爱你的。想到这里我有点小小不平。

我今天恐不能为你作画了，我手冻得发麻，画画得出舱外风中去，更容易把手冻僵，故今天不拿铅笔。山同水越到上面也越好，同时也似乎因为太奇太好，更不能画它了。你若见到了这里的山，你就会觉得劳山那些地方建筑房子太可笑了。也亏山东人好意思，把那些地方也当成好风景，而且作为修仙学道的地方。真亏他们。你明年若可以离开北平了，我们两人无论如何上来一趟，到辰州家中住一阵，看看这里不称为风景的山水，好到什么样子。我还希望你有机会同我到凤凰住住，你看那些有声有色的苗人如何过日子！

三三，我的小船快走到妙不可言的地方了，名字叫“鸭窠围”，全河是大石头，水却平平的，深不可测。石头上全是细草，绿得如翠玉，上面盖了雪。船正在这左右是石头的河中行走。“小阜平冈”，我想起这四个字。这里的小阜平冈多着……

二哥

一月十六十点

第三张……

十六日十一点

我不是说今天只预备写两页信吗，这不成的。两岸雀鸟叫得动人得很，我学它们叫，文章也写不下去了。现在我已学会了一种曲子，我只想在你面前来装成一只小鸟，请你听我叫一会子。南边与北方不同的地方也就在此，南方冬天也有莺，画眉，百舌。水边大石上，只要天气好，每早就有这些快乐的鸟，据在上面晒太阳，很自得的啭着喉咙。人来了，船来了，它便飞入岸边竹林里去。过一会，又在竹林里叫起来了。从河中还常常可以看到岸上有黄山羊跑着，向林木深处窜去。这些东西同上海法国公园养的小獐一个样子，同样的色泽，同样的美而静，不过黄羊胖一点点罢了。

你还记得在劳山时看人死亡报庙时情形没有？一定还好

好记得。我为那些印象总弄得心软软的。那真使人动心，那些吹唢呐的，打旗帜的，带孝的，看热闹的，以至于那个小庙，使人皆不容易忘掉。但你若到我们这里来，则无事不使你发生这种动人的印象。小地方的光、色、习惯、观念，人的好处同坏处，凡接触到它时，无一不使你十分感动。便是那点愚蠢，狡滑，也仿佛使你城市中人非原谅他们不可。不是有人常常问到我们如何就会写小说吗？倘若许我真真实实的来答复，我真想说："你到湘西去旅行一年就好了。"但这句话除了你恐怕无人相信得过。

你这人好像是天生就要我写信似的。见及你，在你面前时，我不知为什么就总得逗你面壁使你走开，非得写信赔礼赔罪不可。同你 离开，那就更非时时刻刻写信不可了。倘若我们就是那么分开了三年两年，我们的信一定可以有一箱子了。我总好像要同你说话，又永远说不完事。在你身边时，我明白口并不完全是说话的东西，故还有时默默的。但一离开，这只手除了为你写信，别的事便无论如何也做不好了。可是你呢？我还不曾得到你一个把心上挖出来的信。我猜想你寄到家中的信，也一定因为怕家中人见到，话说得不真。若当真为了这样小心，我见到那些信也看得出你信上不说，另外要说的话。三三，想起我们那么好，我真得轻轻的叹息，我幸福得很，有了你，我什么都不缺少了。

二哥

十六午前十一点廿分

过梢子铺长潭

十六下二点零五分

船已上了第一个大滩，你见了那滩会不敢睁眼睛。我在急流中画了三幅画，照了三个相。光线不好，恐怕照不出什么。至于画的画，不过得其仿佛罢了。现在船已到长潭中了，地方名“梢子铺”。泊了许多不敢下行的大船，吊脚楼整齐得稀有少见，全同飞阁一样，去水全在三十丈以上，但夏天发水时，这些吊脚楼一定就可以泊船了。你见到这些地方时，你真缺少赞美的言语。还有木筏，上面种青菜的东西，多美！

一到下午我就有点寂寞，做什么事皆不得法，我做了阵文章，没有意思，又不再继续了。我只是欢喜为你写信，我真是这样一个没出息的人……

我前面有木筏下来了，八个人扳桡，还有个小孩子。上面一些还有四个筏，皆慢慢的在下行，每个筏上四围皆有人扳桡。你想明白桡是什么，问问九妹，她说的必比我形容的还清楚。这些木筏古怪得有趣，上面有菜，有猪羊，还有特别弄来在筏上供老板取乐的。你若不见过，你不能想象它们如何好看，好玩！

我们的船既上了滩，在潭中把风篷扯满，现在正走得飞快，不要划它。水手们皆蹲在火边去了，我却推开了前舱门看景致，一面看一面伏在箱上为你写信。现在船虽在潭中走，四面却全是高山，同湖泊一样。这小船一直上去皆那么样，远山包了近山，水在山弯里找出路，一个陌生人见到，也许还以为在湖里玩的。可以说像湖里，水却不是玩的。山的倾斜度过大，面积过窄，水流太速，虽是在潭中，你见了也会头晕的。

…………

我的船又在上小滩了，滩不大，浪也不会到船上来，我还依然能够为你写信……路上并无收信处，我已积存了七封信，到辰州时一定共有十封信发出。我预备一大堆放在一个封套中当快信发出。

我的小船不是在小滩上吗，差一点出了事了。船掉头向下溜去，倒并无什么危险，只是多费水手些力罢了。便因为这样，前后的水手就互相骂了六七十句野话。船上骂野话不作兴生气，这很有意思。并且他们那么天真烂熳的骂，也无什么猥亵处，真是古怪的事。

这船上主要的水手有三块四毛钱一趟的薪水，每月可划船两趟。另一学习水手八十吊钱一年，也可以说一块钱一个月，事还做得很好。掌舵的从别处租船来划，每年出钱两百吊，或百二十吊，约合卅块钱到二十四块钱。每次他可得十五元运费，带米一两石又可赚两元，每次他大约除开销外剩五元，每月可余十来块钱。但这人每天得吃三百钱烟，因此驾船几十年，讨个老婆无办法，买条值洋三十元的小船也无办法。想想他们那种生活，真近于一种奇迹！

我这信写了将近一点钟了，我想歇歇，又不愿歇歇。我的小船正靠近一只柴船，我看到一个人穿青羽绫马褂在后梢砍柴，我看准了他是个船主。我且想象得出他如何过日子，因为这人一看（从船的形体也可看出）是麻阳人，麻阳人的家庭组织生活观念，我说起来似乎比他们自己还熟习一点。麻阳人不讨嫌，勇敢直爽耐劳皆像个人也配说是个人。这河里划船的麻阳人顶多，弄大船，装油几千篓，尤其非他们不可。可是船多货少，因此这些船全泊在大码头上放空，每年不过一回把生意，谁想要有那么一只船，随时皆可以买到的。许多船主前几年弄船发了财的，近几年皆赔了本。想支持下去，自己就得兼带做点生意，但一切生意皆有机会赔本，近些日子连做鸦片烟生意的也无利可图，因此多数水面上人生活皆很悲惨，并无多少兴致。这种现象只有一天比一天坏，故地方经济真很使人担心。若照这样下去，这些人过一阵便会得到一个更悲惨的境遇的。我还记得十年前这河里的情形，比现在似乎是热闹不少的。

今天也许因为冷些，河中上行的船好像就只我的小船，一只小到不过三丈的船，在那么一条河中走动，船也真有点寂寞之感！我们先计划四天到辰州，失败了，又计划五天到辰州，又失败了。现在看情形也许六天，或七八天方可到辰州了……我想起真难受。

二哥

十六三点廿五

夜泊鸭窠围

十六日下午六点五十分

我小船停了，停到鸭窠围。早时候写信提到的“小阜平冈”应当名为“洞庭溪”。鸭窠围是个深潭，两山翠色逼人，恰如我写到翠翠的家乡。吊脚楼尤其使人惊讶，高矗两岸，真是奇迹。两山深翠，惟吊脚楼屋瓦为白色，河中长潭则湾泊木筏廿来个，颜色浅黄。地方有小羊叫，有妇女锐声喊“二老”，“小牛子”，且听到远处有鞭炮声，与小锣声。到这样地方，使人太感动了。四丫头若见到一次，一生也忘不了。你若见到一次，你饭也不想吃了。

我这时已吃过了晚饭，点了两支蜡烛给你写报告。我吃了太多的鱼肉。还不停泊时，我们买鱼，九角钱买了一尾重六斤十两的鱼，还是顶小的！样子同飞艇一样，煮了四分之一，我又吃四分之一的四分之一，已吃得饱饱的了。我生平还不曾吃过那么新鲜那么嫩的鱼，我并且第一次把鱼吃个饱。味道比鲥鱼还美，比豆腐还嫩，古怪的东西！我似乎吃得太多了点，还不知道怎么办。

可惜天气太冷了，船停泊时我总无法上岸去看看。我欢喜那些在半天上的楼房。这里木料不值钱，水涨落时距离又太大，故楼房无不离岸卅丈以上，从河边望去，使人神往之至。我还听到了唱小曲声音，我估计得出，那些声音同灯光所在处，不是木筏上的簰头在取乐，就是有副爷们船主在喝酒。妇人手上必定还戴得有镀金戒指。多动人的画图！提到这些时我是很忧郁的，因为我认识他们的哀乐，看他们也依然在那里把每个日子打发下去，我不知道怎么样总有点忧郁。正同读一篇描写西伯利亚方面农人的作品一样，看到那些文章，使人引起无言的哀戚。我如今不止看到这些人生活的表面，还用过去一分经验接触这种人的灵魂。真是可哀的事！我想我写到这些人生活的作品，还应当更多一些！我这次旅行，所得的很不少。从这次旅行上，我一定还可以写出很多动人的文章！

三三，木筏上火光真不可不看。这里河面已不很宽，加之两面山岸很高（比劳山高得远），夜又静了，说话皆可听到。羊还在叫。我不知怎么的，心这时特别柔和。我悲伤得很。远处狗又在叫了，且有人说“再来，过了年再来!”一定是在送客，一定是那些吊脚楼人家送水手下河。

风大得很，我手脚皆冷透了，我的心却很暖和。但我不明白为什么原因，心里总柔软得很。我要傍近你，方不至于难过。我仿佛还是十多年前的我，孤孤单单，一身以外别无长物，搭坐一只装载军服的船只上行，对于自己前途毫无把握，我希望的只是一个四元一月的录事职务，但别人不让我有这种机会。我想看点书，身边无一本书。想上岸，又无一个钱。到了岸必须上岸去玩玩时，就只好穿了别人的军服，空手上岸去，看看街上一切，欣赏一下那些小街上的片糖，以及一个铜元一大堆的花生。灯光下坐着扯得眉毛极细的妇人。回船时，就糊糊涂涂在岸边烂泥里乱走，且沿了别人的船边“阳桥”渡过自己船上去，两脚全是泥，刚一落舱还不及脱鞋，就被船主大喊：“伙计副爷们，脱鞋呀。”到了船上后，无事可做，夜又太长，水手们爱玩牌的，皆蹲坐在舱板上小油灯下玩牌，便也镶拢去看他们。这就是我，这就是我！三三，一个人一生最美丽的日子，十五岁到廿岁，便恰好全是在那么情形中过去了，你想想看，是怎么活下来的！万想不到的是，今天我又居然到这条河里，这样小船上，来回想温习一切的过去！更想不到的是我今天却在这样小船上，想着远远的一个温和美丽的脸儿，且这个黑脸的人儿，在另一处又如何悬念着我！我的命运真太可玩味了。

我问过了划船的，若顺风，明天我们可以到辰州了。我希望顺风。船若到得早，我就当晚在辰州把应做的事做完，后天就可以再坐船上行。我还得到辰州问问，是不是云六已下了辰。若他在辰州，我上行也方便多了。

现在已八点半了，各处还可听到人说话，这河中好像热闹得很。我还听到远远的有鼓声，也许是人还愿。风很猛，船中也冰冷的。但一个人心中倘若有个爱人，心中暖得很，全身就冻得结冰也不碍事的！这风吹得厉害，明天恐要大雪。羊还在叫，我觉得希奇，好好的一听，原来对河也有一只羊叫着，它们是相互应和叫着的。我还听到唱曲子的声音，一个年纪极轻的女子喉咙，使我感动得很。我极力想去听明白那个曲子，却始终听不明白。我懂许多曲子。想起这些人的哀乐，我有点忧郁。因这曲子我还记起了我独自到锦州，住在一个旅馆中的情形，在那旅馆中我听到一个女人唱大鼓书，给赶骡车的客人过夜，唱了半夜。我一个人便躺在一个大炕上听窗外唱曲子的声音，同别人笑语声。这也是二哥！那时节你大概在暨南读书，每天早上还得起床来做晨操！命运真使人惘然。爱我，因为只有你使我能够快乐！

二哥

我想睡了。希望你也睡得好。

十六下八点五十

第八张……

十六日下午九时

我把船舱各处透风地方皆用围巾、手巾、书本、长衫塞好后，应当躺到冷被中睡觉了，一时却不想睡。与其冷冰的躺在舱板上听水声，不如拥被坐着，借烛光为你写信较好。我今天快写到八张了，白日里还只说预备写两张。倘若这是罪过，这罪过应各个人负一半责……

今夜里风特别大了些，一个人坐在舱里，对着微抖的烛光，作着客中怀人的神气，也有个味儿。我在为你计算，这时你同九妹也许还在炉边同张大姐谈话……也许在估计我的行程，猜想我在小船上的生活，但你绝想不到我现在还正在为你写信！我希望你记得有日记，因为记下了些你的事情，到我回来时，我们就可以对照，看同一天你做了些什么，想了些什么，我又做了些什么，想到些什么……

现在河中还有人说话，还可隐约听到远处的鼓声，我寂寞得很。这里水没有声音，但船的摇荡却可以从感觉中明白。有时这小船还忽然一搁，也许是大鱼头碰着船底的。我相信船边一定有鱼，因为吃饭时我倒了一些残饭到水中，这时就听得明明白白，水中有种声音。

我太冷了，管他能睡不能睡，我只好躺下去。到了半夜若又冷醒了，实在睡不着时，我便再爬起来写信。说起写信，我记起了两年前或一年前的情形来了，比一比，我便觉得现在太幸福了。

二哥

十六下九点五十分

梦无凭据

一月十六下十点

我脱了衣又披起衣来写信了。天气太冷，睡不下去，还不如这样坐起来同你写点什么较好。我不想就睡。因为梦无凭据，与其等候梦中见你，还不如光着眼睛想你较好！你现在一定睡了，你倘若知道我在船上的情形，一定不会睡着的。你若早知道小船上一堆日子是怎样过的，也许不会让我一个人回家的。我本来身体很疲倦，应得睡了，但想着你，心里却十分清醒。我抓我自己的头发，想不出个安慰自己的方法。我很不好受。

二哥

十六日下十点十分

鸭窠围的梦

十七日上六点十分

五点半我又醒了，为恶梦吓醒的。醒来听听各处，世界那么静。回味梦中一切，又想到许多别的问题。山鸡叫了，真所谓百感交集。我已经不想再睡了。你这时说不定也快醒了！你若照你个人独居的习惯，这时应当已经起了床的。

我先是梦到在书房看一本新来的杂志，上面有些希奇古怪的文章，后来我们订婚请客了，在一个花园中请了十个人，媒人却姓曾。一个同小五哥年龄相仿佛的中学生，但又同我是老同学。酒席摆在一个人家的花园里，且在大梅花树下面。来客整整坐了十位，只其中曾姓小孩子不来，我便去找寻他，到处找不着，再赶回来时客全跑了，只剩下些粗人，桌上也只放下两样吃的菜。我问这是怎么回事，方知道他们等客不来，各人皆生气散了。我就赶快到处去找你，却找不到。再过一阵，我又似乎到了我们现在的家中房里，门皆关着，院子外有狮子一只咆哮，我真着急。想出去不成，想别的方法通知一下你们也不成。这狮子可是我们家养的东西，不久张大姐（她年纪似乎只十四岁）拿生肉来喂狮子了，狮子把肉吃过就地翻斤斗给我们看。我同你就坐在正屋门限上看它玩一切把戏，还看得到好好的太阳影子！再过一阵我们出门野餐去了，到了个湖中央堤上，黄泥作成的堤，两人坐下看水，那狮子则在水中游泳。过不久这狮子理着项下长须，它变成了同于右任差不多的一个胡子了……

醒来只听到许多鸡叫，我方明白我还是在小船上。我希望梦到你，但同时还希望梦中的你比本来的你更温柔些。可是我成天上滩，在深山长潭里过日子，梦得你也不同了。也许是鲤鱼精来作梦，假充你到我面前吧。

这时真静，我为了这静，好像读一首怕人的诗。这真是诗。不同处就是任何好诗所引起的情绪，还不能那么动人罢了。这时心里透明的，想一切皆深入无间。我在温习你的一切。我真带点儿惊讶，当我默读到生活某一章时，我不止惊讶。我称量我的幸运，且计算它，但这无法使我弄清楚一点点。你占去了我的感情全部。为了这点幸福的自觉，我叹息了。

倘若你这时见到我，你就会明白我如何温柔！一切过去的种种，它的结局皆在把我推到你身边心上，你的一切过去也皆在把我拉近你身边心上。这真是命运。而且从二哥说来，这是如何幸运！我还要说的话不想让烛光听到，我将吹熄了这支蜡烛，在暗中向空虚去说。

二哥

鸭窠围清晨

这时已七点四十分了，天还不很亮。两山过高，故天亮较迟。船上人已起身，在烧水扫雪，且一面骂野话玩着。对于天气，含着无可奈何的诅咒。木筏正准备下行，许多从吊脚楼上妇人处寄宿的人，皆正在下河，且互相传着一种亲切的话语。许多筏上水手则各在移动木料。且听到有人锐声装女人无意思的天真烂漫的唱着，同时便有斧斤声和锤子敲木头的声音。我的小船也上了篷，着手离岸了。

昨晚天气虽很冷，我倒好。我明白冷的原因了。我把船舱通风处皆杜塞了一下，同时却穿了那件旧皮袍睡觉。半夜里手脚皆暖和得很，睡下时与起床时也很舒服方便。我小船的篷业已拉起，在潭里移动了。只听到人隔河岸“牛保，牛保，到哪囊去了？”河这边等了许久，方仿佛从吊脚楼上一个妇人被里逃出，爬在窗边答着“宋宋，宋宋，你喊哪样？

早咧。”“早你的娘!”“就算早我的娘!”最后一句话不过是我想象的，因为他已沉默了，一定又即刻回到床上去了。我还估想他上床后就会拧了一下那妇人，两人便笑着并头睡下了的。这分生活真使我感动得很。听到他们的说话，我便觉得我已经写出的太简单了。我正想回北平时用这些人作题材，写十个短篇，或我告给你，让你来写。写得好，一定是种很大的成功。这时我们的船正在上行，沿了河边走去，许多大船同木筏，昨晚停泊在上游一点的，也皆各在下行，我坐在舱中，就只听到水面人语声，以及橹桨搅水声，与橹桨本身被推动时咿咿哑哑声。这真是圣境。我出去看了一会儿，看到这船筏浮在水面，船上还扬着红红的火焰同白烟，两岸则高矗而上，如对立巨魔，颜色墨绿。不知什么地方有老鸦叫着出窠，不知什么地方有鸡叫着，且听得着岸旁有小水鸟吱吱吱吱的叫，不知它们是种什么意思，却可以猜想它们每早必这样叫一大阵。这点印象实实在在值得受份折磨得到它。

我正计算了一阵日子。我算作八号动身，应在下月七号到地见你。今天我已走了十天，至多还加个五天我必可到家。若照船上人说来，他们包我下行从浦市到桃源作三天(这一段路上行我们至少需八天)，从桃源到常德一天，从常德到长沙一天，从长沙到汉口一天，汉口停一天，再从汉口到北平两天，加上从我家回到浦市两天，则路上共需十一天。共加拢来算算，则我可在家中住四天。恐怕得多住一天，则汉口我不耽搁，时间还是一样的……今天十七，我快则二十天后可以见你，慢也不过二十三天，我希望至迟莫过十号，我们可以在北平见面。我希望这次回到家中，可以把你一切好处让家中人知道，我还希望为你带些有趣味的东西，同家中人对你的好意给你。我一到家一定就有人问："为什么不带张妹来?"我却说："带来了，带来了。"我带来的是一个相片，我送他们相片看。事实上则我当真也把你带来了，因为你在我的心上！不过我不会把这件事告给人，我不让他们从这个事情上得到一个发笑的机会。一个人过分吝啬本不是件美德，我可不能不吝啬了。

今天风好像不很大，船会赶不到辰州。然而至多明天我总可到辰州的。我一到地就有两件事可做，第一是打电话回去，告大哥我已到了辰州，第二是打电报给你，希望你把钱寄来。我这次下行，算算有九十块钱已够了，但我希望手边却有一百廿块钱，因为也许得买点东西回北平来送人。这里许多东西皆是北平人的宝贝，正如同北平许多东西是这里宝贝一样。我动身时一定有人送我小东小西，我真盼望所有东西全是可以使你欢喜的，或转送四丫头，使四丫头惊奇的。

这时已八点四十，天还黯黯的。也许这小表被我拨快了一些，也许并不是小表的罪过。从这次上行的经验看来，不拘带什么皆不会放坏，故下行时也许还可以为你带些古怪食物！九九是多年不吃冻菌了的，我预备为她带些冻菌。你欢喜酸的，我预备请大嫂为你炒一罐胡葱酸。四丫头倾心苗女人，我可以为她买一块苗妇人手做的冻豆腐。时间若许我从容些，我还能同三哥到乡下去赶次场，说不定我尚可为四丫头带些狗肉来。我想带的可太多了，一个火车厢恐怕也装不下。正因为这样子，或者我一样不带。

我忘了问张大姐要些什么了。请先告她，我若到苗乡去，当为她带个苗人用的顶针或针筒来。我那里针筒皆镂花，似乎还不坏。我还听同乡说本城酱油已出名，且成为近日来运销出口的一种著名东西，下可以到长沙，上可以到川东黔省，真想不到。我无论如何总为你们带点酱油来的。

九点四十五分，我小船停泊在一个滩岨乱石间，大家从从容容吃过了早饭。又吃鱼。吃了饭后船上人还在烤烤火，我就画了一个对河的小景。对河有人家处色泽极其美丽，名为“打油溪”。还有长长的墙垣，一定就是油坊。住在这种地方不作诗却来打油，古怪透了。画刚打好稿子，船就开了。今天小船还应上两个大滩，“九溪”同“横石”，这滩还不很难上，可是天气怪冷，水手真苦。说不定还得落水去拉船。近辰州时又还有个长十里的急流，无风时也很费事。今天风不好，不能把船送走，故看情形还赶不到辰州。我希望明天上半天可到，用半天日子做一切事，后天就可上行。我还希望到了辰州可以从电话中谈几句话，告他一切，也让他们放心些，不然收到了你的信后，却不见我到家，岂不希奇。

今天更冷，应当落大雪了，可是雪总落不下来。南方天气我疏远得太久了，如今看来同看一本新书一样，处处不像习惯所能忍受的样子，我若到这些地方长住下去，性格一定沉郁得很了。但一到春天，这里可太好了。就是这种天气，山中竹雀画眉依然叫得很好。一到春天，是可想而知的。

歪了一下

一月十七日上午十点卅五分

这河水可不是玩意儿。我的小船在滩上歪了那么一下，一切改了样子，船进了点水，墨水全泼尽了，书、纸本子、牙刷、手巾，全是墨水。许多待发的信封面上也全是墨水。箱子侧到一旁，一切家伙皆侧到一旁，再来一下可就要命。但很好，就只那么一次危险。很可惜的是掉了我那支笔，又泼尽了那瓶墨水，信却写不成了。现在的墨水只是一点点瓶底残余，笔却是你的自来水笔。更可惜的是还掉了一支……你猜去吧。

这是我小船第一次遇险，等等也许还得有两次这种事情，但不碍事，“吉人天相”，决不会有什么大事。很讨厌的是墨水已完，纸张又湿，我的信却写不成了。我还得到辰州去补充一切，不然无法再报告你一切消息。好在残余的墨水至少总还可以够我今天用它，到了明天，我却已可以买新的墨水了。在危险中我本来还想照个相，这点从容我照例并不缺少的，可是来不及照相，我便滚到船一边了。说到在危险中人还从从容容，我记起了十二年前坐那军服船上行，到一个名为“白鸡关”的情形来了。那时船正上滩，忽然掉了头，船向下溜去。船既是上行的，到上滩时照例所有水手皆应当去拉纤，船上只有一个拦头一个掌梢的，两个人在急滩上驾只大船可不容易，因此在斜行中船就乓的同石头相磕，顷刻之间船已进了水，且很快的向下溜去。我们有三个朋友在船上，两人皆吓慌了，我可不在乎。我看好了舱板同篙子，再不成，我就向水中跳。但很好，我们居然不用跳水还拢了岸，水过船面两寸许，只湿了我们的脚。一切行李皆拿在手上，一个小包袱，除了两只脚沾了点水以外，什么也不湿。故这次打船经验可以说是非常合算的。我们还在那河滩上露宿一夜，可以说干赚得这一夜好生活！这次坐的船太小了点，还无资格遇这种危险，你不用为我担心，反应为我抱屈，因为多有次危险经验，不是很有意思的事么?

那支笔我觉得有点可惜，因为这次旅行的信，差不多全是它写的。现在大致很孤独的卧在深水里，间或有一只鱼看到那么一个金色放光的笔尖，同那么一个长长的身体，觉得奇异时，会游过去嗅嗅，又即刻走开了。想起它那躺在深水里慢慢腐去，或为什么石头压住的情形，我这时有点惆怅。凡是我用过的东西，我对它总发生一种不可言说的友谊，我不知道这是什么原因。

我们的船又在上滩了，不碍事，我心中有你，我胆儿便稳稳的了。眼看到一个浪头跟着一个浪头从我船旁过去，我不觉得危险，反而以为你无法经验这种旅行极可惜。

又有了橹歌，同滩水相应和，声音雍容典雅之至。我歇歇，看看水，再来告你。我担心墨水不够我今天应用，故我的信也好像得悭吝一些了。

二哥

十七日上十一点卅五分

滩上挣扎

我不说除了掉笔以外还掉了一支……吗？我知道你算得出那是一支牙骨筷子的。我真不快乐，因为这东西总不能单独一支到北平的。我很抱歉。可是，你放心，我早就疑心这筷子即或有机会掉到河中去，它若有小小知觉，就一定不愿意独自落水。事不出我所料，在舱底下我又发现它了。

今天我小船上的滩可特别多，河中幸好有风，但每到一个滩上，总仍然很费事。我伏卧在前舱口看他们下篙，听他们骂野话。现在已十二点四十分，从八点开始只走了卅多里，还欠七十里，这七十里中还有两个大滩，一个长滩，看情形又不会到地的。这条河水坐船真折磨人，最好用它来作性急人犯罪以后的处罚。我希望这五点钟内可以到白溶下面泊船，那么明天上午就可到辰州了。这时船又在上一个滩，船身全是侧的，浪头大有从前舱进自后舱出的神气，水流太急，船到了上面又复溜下，你若到了这些地方，你只好把眼睛紧紧闭着。这还不算大滩，大滩更吓人！海水又大又深，但并不吓人，仿佛很温和。这里河水可同一股火样子，太热情了一点。好像只想把人攫走，且好像完全凭自己意见做去。但古怪，却是这些弄船人。他们逃避急流同漩水的方法可太妙了，不管什么情形他们总有办法避去危险。到不得已时得往浪里钻，今天已钻三回，可是又必有方法从浪里找出路。他们逃避水的方法，比你当年避我似乎还高明。他们明白水，且得靠水为生，却不让水把他们攫去。他们比我们平常人更懂得水的可怕处，却从不疏忽对于水的注意。你实在还应当跟水手学两年，你到之江避暑，也就一定有更多情书可看了。

…………

我离开北平时，还计划到，每天用半个日子写信，用半个日子写文章。谁知到了这小船上，却只想为你写信，别的事全不能做。从这里看来我就明白没有你，一切文章是不会产生的。先前不同你在一块儿时，因为想起你，文章也可以写得很缠绵，很动人。到了你过青岛后，却因为有了你，文章也更好了。但一离开你，可不成了。倘若要我一个人去生活，作什么皆无趣味，无意思。我简直已不像个能够独立生活下去的人。你已变成我的一部分，属于血肉、精神一部分。我人并不聪明，一切事情得经过一度长长的思索，写文章如此，爱人也如此，理解人的好处也如此。

你不是要我写信告爸爸吗？我在常德写了个信，还不完事，又因为给你写信把那信搁下不写了。我预备到辰州写，辰州忙不过来，我预备到本乡写。我还希望在本乡为他找得出点礼物送他。不管是什么小玩意儿，只要可能，还应当送大姐点。大姐对我们好处我明白，二姐的好处被你一说也明白了。我希望在家中还可以为她们两人写个信去。

三三，又上了个滩。不幸得很……差点儿淹坏了一个小孩子，经验太少，力量不够，下篙不稳，结果一下子为篙子弹到水中去了。幸好一个年长水手把他从水中拉起，船也侧着进了不少的水。小孩子被人从水中拉起来后，抱着桅子荷荷的哭，看到他那样子真有使人说不出的同情。这小孩就是我上次提到一毛钱一天的候补水手。

这时已两点四十五分，我的小船在一个滩上挣扎，一连上了五次皆被急流冲下，船头全是水，只好过河从另一方拉上去。船过河时，从白浪里钻过，篷上也沾了浪。但不要为我着急，船到这时业已安全过了河。最危险时是我用～～～号时，纸上也全是水，皮袍也全弄糟了。这时船已泊在滩下等待力量的恢复，再向白浪里弄去。

这滩太费事了，现在我小船还不能上去。另外一只大船上了将近一点钟，还在急流中努力，毫无办法。风篷、纤手、篙子，全无用处。拉船的在石滩上皆伏爬着，手足并用的一寸一寸向前。但仍无办法。滩水太急，我的小船还不知如何方能上去。这时水手正在烤火说笑话，轮到他们出力时，他们不会吝惜气力的。

三三，看到吊脚楼时，我觉得你不同我在一块儿上行很可惜，但一到上滩，我却以为你幸好不同来，因为你若看到这种滩水，如何发吼，如何奔驰，你恐怕在小船上真受不了。我现在方明白住在湘西上游的人，出门回家家中人敬神的理由。从那么一大堆滩里上行，所依赖的固然是船夫，船夫的一切，可真靠天了。

我写到这里时，滩声正在我耳边吼着，耳朵也发木。时间已到三点，这船还只有两个钟头可走，照这样延长下去，明天也许必须晚上方可到地。若真得晚上到辰州，我的事情又误了一天，你说，这怎么成。

小船已上滩了，平安无事，费时间约廿五分。上了滩问问那落水小水手，方知道这滩名“骂娘滩”（说野话的滩），难怪船上去得那么费事。再过廿分钟我的小船又得上个名为“白溶”的滩，全是白浪，吉人天相，一定不有什么难处。

今天的小船全是上滩，上了白溶也许天就夜了，则明天还得上九溪同横石。横石滩任何船只皆得进点儿水，劣得真有个样子。我小船有四妹的相片，也许不至于进水。说到四妹的相片，本来我想让它凡事见识见识，故总把它放在外边……可是刚才差点儿它也落水了，故现在已把它收到箱子里了。

小船这时虽上了最困难的一段，还有长长的急流得拉上去。眼看到那个能干水手一个人爬在河边石滩上一步一步的走，心里很觉得悲哀。这人在船上弄船时，便时时刻刻骂野话，动了风，用不着他做事时，就摹仿麻阳人唱橹歌，风大了些，又摹仿麻阳人打呵贺，大声的说：

“要来就快来，莫在后面捱，呵贺~~~~”

“风快发，风快发，吹得满江起白花，呵贺~~~~”

他一切得摹仿，就因为桃源人弄小船的连唱歌喊口号也不会！这人也有不高兴时节，且可以说时时刻刻皆不高兴，除了骂野话以外，就唱：

“过了一天又一天，心中好似滚油煎。”

心中煎熬些什么不得而知，但工作折磨到他，实在是很可怜的。这人曾当过兵，今年还在沅州方面打过四回仗，不久逃回来的。据他自己说，则为人也有些胡来乱为。赌博输了不少的钱，还很爱同女人胡闹，花三块钱到一块钱，胡闹一次。他说：“姑娘可不是人，你有钱，她同你好，过了一夜钱不完，她仍然同你好，可是钱完了，她不认识你了。”他大约还胡闹过许多次数的。他还当过两年兵，明白一切作兵士的规矩。身体结实如二小的哥哥，性情则天真朴质。每次看到他，总很高兴的笑着。即或在骂野话，问他为什么得骂野话，就说：“船上人作兴这样子！”便是那小水手从水中爬起以后，一面哭一面也依然在骂野话的。看到他们我总感动得要命。我们在大城里住，遇到的人即或有学问，有知识，有礼貌，有地位，不知怎么的，总好像这人缺少了点成为一个人的东西。真正缺少了些什么又说不出。但看看这些人，就明白城里人实实在在缺少了点人的味儿了。我现在正想起应当如何来写个较长的作品，对于他们的做人可敬可爱处，也许让人多知道些，对于他们悲惨处，也许在另一时多有些人来注意。但这里一般的生活皆差不多是这样子，便反而使我们哑口了。

你不是很想读些动人作品吗？其实中国目前有什么作品值得一读？作家从上海培养，实在是一种毫无希望的努力。你不怕山险水险，将来总得来内地看看，你所看到的也许比一生所读过的书还好。同时你想写小说，从任何书本去学习，也许还不如你从旅行生活中那么看一次，所得的益处还多得多！

我总那么想，一条河对于人太有用处了。人笨，在创作上是毫无希望可言的。海虽俨然很大，给人的幻想也宽，但那种无变化的庞大，对于一个作家灵魂的陶冶无多益处可言。黄河则沿河都市人口不相称，地宽人少，也不能教训我们什么。长江还好，但到了下游，对于人的兴感也仿佛无什么特殊处。我赞美我这故乡的河，正因为它同都市相隔绝，一切极朴野，一切不普遍化，生活形式生活态度皆有点原人意味，对于一个作者的教训太好了。我倘若还有什么成就，我常想，教给我思索人生，教给我体念人生，教给我智慧同品德，不是某一个人，却实实在在是这一条河。

我希望到了明年，我们还可以得到一种机会，一同坐一次船，证实我这句话。

…………

我这时耳朵热着，也许你们在说我什么的。我看看时间，正下午四点五十分。你一个人在家中已够苦的了，你还得当家，还得照料其他两个人，又还得款待一个客人，又还得为我做事。你可以玩时应得玩玩。我知道你不放心……我还知道你不愿意我上岸时太不好看，还知道你愿意我到家时显得年轻点，我的刮脸刀总摆在箱子里最当眼处。一万个放心……若成天只想着我，让两个小妮子得到许多取笑你的机会，这可不成的。

我今天已经写了一整天了，我还想写下去。这样一大堆信寄到你身边时，你怎么办。你事忙，看信的时间恐怕也不多，我明天的信也许得先写点提要……

这次坐船时间太久，也是信多的原因。我到了家中时，也就是你收到这一大批信件时。你收到这信后，似乎还可发出三两个快信，写明“寄常德杰云旅馆曾芹轩代收存转沈从文亲启”。我到了常德无论如何必到那旅馆看看。

我这时有点发愁，就是到了家中，家中不许我住得太短。我也愿意多住些日子，但事情在身上，我总不好意思把一月期限超过三天以上。一面是那么非走不可，一面又非留不可，就轮到我为难时节了。我倒想不出个什么办法，使家中人催促我早走些。也许同大哥故意吵一架，你说好不好？地方人事杂，也不宜久住！

小船又上滩了，时间已五点廿分。这滩不很长，但也得湿湿衣服被盖。我只用你保护到我的心，身体在任何危险情形中，原本是不足惧的。你真使我在许多方面勇敢多了。

二哥

泊杨家岨

船又上了个滩，名为“回师”。各处是大石头，船就从石头中过去。天保佑，船又安然上去了。到上游滩多了些，船却少了些，不大能够有机会听摇橹人歌声，山又似乎反而低些了。我至多明天就可到柏子停船的地方了，我一定得照个那里水手的相来，我为这件事盼望明天有个好天气，且盼望辰州河边无积雪，却是一摊烂泥。因为柏子上岸胡闹那一天，正是飞毛毛雨的日子。那地方是我第一次出门离家，在外混日子的地方，悄悄地翻一个书记官的辞源，三个人各出三毛四分钱订《申报》，皆是那个地方。我最后见到我们那个可怜的爸爸，我小时节他爱我，长大时他教我的爸爸，也就是这个地方！这地方对我是太有意义了。我还穿过棉军服，每天到那地方南门口吃过汤圆，在河街上去鉴赏卖船上的檀木活车、钢钻、火镰等等宝贝。我的教育大部分从这地方开始，同时也从这地方打下我生活的基础。一个人生活前后太不同，记忆的积累，分量可太重了。不管是曹雪芹那么先前豪华，到后落寞，也不管像我那么小时孤独，近来幸福，但境遇的两重，对于一个人实在太惨了。我直到如今，总还是为过去一切灾难感到一点忧郁。便是你在我身边，那些死去了的事，死去了的人，也仍然常常不速而至的临近我的心头，使我十分惆怅的。至于你，你可太幸福了。你只看到我的一面，你爱我，也爱的是这个从一切生活里支持过来，有了转机的我，你想不到我在过去，如何在一个陌生社会里打发一大堆日子，绝想不到！

小船再过半点钟就可停泊了……不，即刻就得停泊了。船已到了“杨家岨”，又是吊脚楼，飞楼杰阁似的很悦目。小船傍在大石边，只需一跳就可以上岸。岸上正有妇人说话，不知说些什么。这里已无雪，山头皆为棕色，远山则为紫色。地方静得很，无一只船，无一个人，无一堆柴。不知什么地方有人正在捶捣东西，一下一下的捣。对河也有人说话，且看不清楚人家。三三，我手全冻了，时间已六点卅五分，我想歇歇。我的舱口对风，还得把一切通风处塞塞，不然夜里又很冷。

这可不怕冷了，前舱竹篷已放下，风让了路，全不要紧了。船上已在煎鱼，油老后，哗的沙的一响，满舱皆是烟气。我喝了一碗米汤，加了点白糖，这东西算是我吃饭以外唯一的食物，也算是我唯一的饮料。我的蜡烛已点去三支，剩下两支大致刚可以到地。我到了湘西，方明白云六大哥对于他那手电筒宝贝的理由，所有城市一到夜里，街上皆是黑黑的。船傍小码头时尤其不成。有电筒，好处可多了。我忘了把我们家中那个东西带来。

船每天皆泊到小地方，我真有点点担心。今天的码头只我的小船一只，孤零零的停顿到这地方，我真有点害怕。船上那开过小差的水手，若误会了我箱中的东西，在半唱过“过了一天又一天”之余，也许真会转念头来玩新花样的。三三，这是说笑话的！这时又来了一只大船，且是向上行的。那水手已拿了我一串钱，上吊脚楼吃鸦片烟去了。他等等回来时，还一定同我说到河街吊脚楼，同大脚婆娘烧烟故事的。我请他的客，他却告我很多新鲜事情。这个人若会写字，且会把所认得的字写他的一切，他才真真是个地道普罗作家！这人用口说故事时，还能加上一些铺叙，一点感想，便是一张口，也比较许多笔写出来的故事深刻多了。

我为了想看看那河街烟馆，若有个灯，真还要上岸去一次！我明天一定到辰州河街去的，我还得去家中看看灵官巷的新房子。

我吃饭了，等等再告你。

二哥

十七日下午七点廿分

潭中夜渔

我只吃一碗饭，鱼又吃了不少。这时已七点四十，你们也应当吃过饭了。我们的短期分离，我应多受点折磨，方能补偿两人在一处过日子时，我对你疏忽的过失，也方能把两人同车时我看报的神气使你忘掉。我还正在各种过去事情上，找寻你的弱点与劣点，以为这样一来，也许我就可以少担负一份分离的痛苦。但出人意料的是我越找寻你坏处，就越觉得你对我的好处……

夜晚了，船已停泊，不必担心相片着水，我这时又把你同四丫头的相从箱中取出来了。我只想你们从相片上跳下来，我当真那么傻想……我应当多带些你们的相片来了。我还忘了带九九同你元和大姐的相片，若全带到箱子里，则我也许可以把些时间，同这些相片来讨论点事情，或说几个故事，或又模拟你们口吻，说点笑话……现在十天了我还无发笑机会。三三，四丫头近来吃饭被踢没有？应当为我每次踢她一脚。还有九妹，我希望她肯多问你些不认识的生字，不必说英文，便是中文她需要指点的方面也就很多。还有巴金，我从没为他写信，却希望你把我的路上一切，撮要告给他，并请他写点文章，为刊物登载。还有杨先生，你也得告他我在路上的情形。我为了成日成夜给你这个三三写信，别的信皆不曾动手，也无动手机会，你为我各处说一声就得了。

现在已九点了，这地方太静，静得有些怕人。晚上风又大了些也猛了些，希望它明天还能够如此吹一天，则到辰州必很早。我想最好我再过五天可到家……我一切信上皆不敢提及妈的病，我只担心她已很沉重，又担心她正已复元，却因我这短期回家，即刻分离增加她老人家的病痛。我心虚得很。三三，这十多天想来我已有很多信件了，我希望其中并无云六报告什么不吉消息。我还希望你们能把我各处来信看看，应复的你且为我一一复去。我这一走必忙坏了你……

三三，这河面静中有个好听的声音，是弄鱼人用一个大梆子，一堆火，搁在船头上，河中下了拦江钧，因此满河里去擂梆子，让梆声同火光把鱼惊起，慌乱的四窜便触了网。这梆声且轻重不同，故听来动人得很。这种弄鱼方法，你从书上是看不到的。还有用火照鱼，用鸡笼捕鱼，用草毒鱼种种方法，单看书，皆毫无叙述。

我小船泊的地方是潭里，因此静得很，但却有种声音恐怕将使我睡不着。船底下有浪拍打，叮叮当当的响。时间已九点四十分，我的确得睡了……

弄鱼的梆声响得古怪，在这样安静地方，却听到这种古怪声音，四丫头若听到，一定又惊又喜。这可以说是一首美丽的诗，也可以说一种使人发迷着魔的符咒。因为在这种声音中，水里有多少鱼皆触了网，且同时一定也还有人因此联想到土匪来时种种空气的。三三，凡是在这条河里的一切，无一不是这样把恐怖、新奇同美丽揉和而成的调子！想领略这种美丽，也应得出一分代价。我出的代价似乎太多了点……我不放下这支笔，实在是我一点自私处。我想再同你说一会儿。在这样一叶扁舟中，来为三三写信，也是不可多得的！我想写个整晚，梦是无凭据的东西，反而不如就这样好！

二哥

十七日下十时一刻

船泊杨家岨

横石和九溪

十八日上午九时

我七点前就醒了，可是却在船上不起身。我不写信，担心这堆信你看不完。起来时船已开动，我洗过了脸，吃过了饭，就仍然作了一会儿痴事……今天我小船无论如何也应当到一个大码头了。我有点慌张，只那么一点点。我晚上也许就可以同三弟从电话中谈话的。我一定想法同他们谈话。我还得拍发给你的电报，且希望这电报送到家中时，你不至于吃惊，同时也不至于为难。你接到那电报时若在十九，我的船必在从辰州到泸溪路上，晚上可歇泸溪。这地方不很使我高兴，因为好些次数从这地方过身皆得不到好印象。风景不好，街道不好，水也不好。但廿日到的浦市，可是个大地方，数十年前极有名，在市镇对河的一个大庙，比北平碧云寺还好看。地方山峰同人家皆雅致得很。那地方出肥人，出大猪，出纸，出鞭炮。造船厂规模很像个样子。大油坊长年有油可打，打油人皆摇曳长歌，河岸晒油篓时必百千个排列成一片。河中且长年有大木筏停泊，有大而明黄的船只停泊，这些大船船尾皆高到两丈左右，渡船从下面过身时，仰头看去恰如一间大屋。那上面一定还用金漆写得有一个“福”字或“顺”字！地方又出鱼，鱼行也大得很。但这个码头却据说在数十年前更兴旺，十几年前我到那里时已衰落了的。衰落的原因为的是河边长了沙滩，不便停船，水道改了方向，商业也随之而萧条了。正因为那点“旧家子”的神气，大屋、大庙、大船、大地方，商业却已不相称，故看起来尤其动人。我还驻扎在那个庙里半个月到廿天，属于守备队第一团，那庙里墙上的诗好像也很多，花也多得很，还有个“大藏”，样子如塔，高至五丈，在一个大殿堂里，上面用木砌成，全是菩萨。合几个人力量转动它时，就听到一种吓人的声音，如龙吟太空。这东西中国的庙里似乎不多，非敕建大庙好像还不作兴有它的。

我船又在上一个大滩了，名为“横石”，船下行时便必需进点水，上行时若果是只大船，也极费事，但小船倒还方便，不到廿分钟就可以完事的。这时船已到了大浪里，我抱着你同四丫头的相片，若果浪把我卷去，我也得有个伴！

三三，这滩上就正有只大船碎在急浪里，我小船挨着它过去，我还看得明明白白那只船中的一切。我的船已过了危险处，你只瞧我的字就明白了。船在浪里时是两面乱摆的。如今又在上第二段滩水，拉船人得在水中弄船，支持一船的又只是手指大一根竹缆，你真不能想象这件事。可是你放心，这滩又拉上了……

我想印个选集了，因为我看了一下自己的文章，说句公平话，我实在是比某些时下所谓作家高一筹的。我的工作行将超越一切而上。我的作品会比这些人的作品更传得久，播得远。我没有方法拒绝。我不骄傲，可是我的选集的印行，却可以使些读者对于我作品取精摘尤得到一个印象。你已为我抄了好些篇文章，我预备选的仅照我记忆到的，有下面几篇：

柏子、丈夫、夫妇、会明（全是以乡村平凡人物为主格的，写他们最人性的一面的作品）。

龙朱、月下小景（全是以异族青年恋爱为主格，写他们生活中的一片，全篇贯串以透明的智慧，交织了诗情与画意的作品）。

都市一妇人、虎雏（以一个性格强的人物为主格，有毒的放光的人格描写）。

黑夜（写革命者的一片段生活）。

爱欲（写故事，用天方夜谭风格写成的作品）。

应当还有不少文章还可用的，但我却想至多只许选十五篇。也许我新写些，请你来选一次。我还打量作个《我为何创作》，写我如何看别人生活以及自己如何生活，如何看别人作品以及自己又如何写作品的经过。你若觉得这计划还好，就请你为我抄写《爱欲》那篇故事。这故事抄时仍然用那种绿格纸，同《柏子》差不多的。这书我估计应当有购者，同时有十万读者。

船去辰州已只有三十里路，山势也大不同了，水已较和平，山已成为一堆一堆黛色浅绿色相间的东西。两岸人家渐多，竹子也较多，且时时刻刻可以听到河边有人做船补船，敲打木头的声音。山头无雪，虽无太阳，十分寒冷，天气却明明朗朗。我还常常听到两岸小孩子哭声，同牛叫声。小船行将上个大滩，已泊近一个木筏，筏上人很多。上了这个滩后，就只差一个长长的急水，于是就到辰州了。这时已将近十二点，有鸡叫！这时正是你们吃饭的时候，我还记得到，吃饭时必有送信的来，你们一定等着我的信。可是这一面呢，积存的信可太多了。到辰州为止，似乎已有了卅张以上的信。这是一包，不是一封。你接到这一大包信时，必定不明白先从什么看起。你应得全部裁开，把它秩序弄顺，再订成个小册子来看。你不怕麻烦，就得那么做。有些专利的痴话，我以为也不妨让四妹同九妹看看，若绝对不许她们见到，就用另一纸条粘好，不宜裁剪……

船又在上一个大滩了，名为“九溪”。等等我再告你一切。

…………

好厉害的水！吉人天佑，上了一半。船头全是水，白浪在船边如奔马，似乎只想攫你们的相片去，你瞧我字斜到什么样子。但我还是一手拿着你的相片，一手写字。好了，第一段已平安无事了。

小船上滩不足道，大船可太动人了。现在就有四只大船正预备上滩，所有水手皆上了岸，船后掌梢的派头如将军，拦头的赤着个膊子，船捎到水中不动了，一下子就跃到水中去了。我小船又在急水中了，还有些时候方可到第二段缓水处。大船有些一整天只上这样一个滩，有些到滩上弄碎了，就收拾船板到石滩上搭棚子住下。三三，这斗争，这和水的争斗，在这条河里，至少是有廿万人的！三三，我小船第二段危险又过了，等等还有第三段得上。这个滩共有九段麻烦处，故上去还需些时间。我船里已上了浪，但不妨的，这不是要远人担心的……

我昨晚上睡不着时，曾经想到了许多好像很聪明的话……今天被浪一打，现在要写却忘掉了。这时浪真大，水太急了点，船倒上得很好。今天天明朗一点，但毫无风，不能挂帆。船又上了一个滩，到一段较平和的急流中了。还有三五段。小船因拦头的不得力，已加了个临时纤手，一个老头子，白须满腮，牙齿已脱，却如古罗马人那么健壮。先时蹲到滩头大青石上，同船主讲价钱，一个要一千，一个出九百，相差的只是一分多钱，并且这钱全归我出，那船主仍然不允许多出这一百钱。但船开行后，这老头子却赶上前去自动加入拉纤了。这时船已到了第四段。

小船已完全上滩了，老头子又到船边来取钱，简直是个托尔斯太！眉毛那么浓，脸那么长，鼻子那么大，胡子那么长，一切皆同画上的托尔斯太相同。这人秀气一些，因为生长在水边，也许比那一个同时还干净些。他如今又蹲在一个石头上了。看他那数钱神气，人那么老了，还那么出力气，为一百钱大声的嚷了许久，我有个疑问在心：

“这人为什么而活下去？他想不想过为什么活下去这件事？”

不止这人不想起，我这十天来所见到的人，似乎皆并不想起这种事情的。城市中读书人也似乎不大想到过。可是，一个人不想到这一点，还能好好生存下去，很希奇的。三三，一切生存皆为了生存，必有所爱方可生存下去。多数人爱点钱，爱吃点好东西，皆可以从从容容活下去的。这种多数人真是为生而生的。但少数人呢，却看得远一点，为民族为人类而生。这种少数人常常为一个民族的代表，生命放光，为的是他会凝聚精力使生命放光！我们皆应当莫自弃，也应当得把自己凝聚起来！

三三，我相信你比我还好些，可是你也应得有这种自信，来思索这生存得如何去好好发展！

我小船已到了一个安静的长潭中了。我看到了用鸬鹚咬鱼的渔船了，这渔船是下河少见的。这种船同这种黑色怪鸟，皆是我小时节极欢喜的东西，见了它们同见老友一样。我为它们照了个相，希望这相还可看出个大略。我的相片已照了四张，到辰州我还想把最初出门时，军队驻扎的地方照来，时间恐不大方便。我的小船正在一个长潭中滑走，天气极明朗，水静得很，且起了些风，船走得很好。只是我手却冻坏了，如果这样子再过五天，一定更不成事了的。在北方手不肿冻，到南方来却冻手，这是件可笑的事情。

我的小船已到了一个小小水村边，有母鸡生蛋的声音，有人隔河喊人的声音，两山不大而翠色迎人，有许多待修理的小船皆斜卧在岸上，有人正在一只船边敲敲打打，我知道他们是在用麻头同桐油石灰嵌进船缝里去的，一个木筏上面还有小船，正在平潭中溜着，有趣得很！我快到柏子停船的岸边了，那里小船多得很，我一定还可以看到上千的真正柏子！

我烤烤手再写。这信快可以付邮了，我希望多写些，我知道你要许多，要许多。你只看看我的信，就知道我们离开后，我的心如何还在你的身边！

手一烤就好多了。这边山头已染上了浅绿色，透露了点春天的消息，说不出它的秀。我小船只差上一个长滩，就可以用桨划到辰州了。这时已有点风，船走得更快一些。到了辰州，你的相片可以上岸玩玩，四丫头的大相却只好在箱子里了。我愿意在辰州碰到几个必须见面的人，上去时就方便些。辰州到我县里只二百八十里，或二百六或二百廿里，若坐轿三天可到，我改坐轿子。一到家，我希望就有你的信，信中有我们所照的相片！

船已在上我所说最后一个滩了，我想再休息一会会，上了这长滩，我再告你一切。我一离开你，就只想给你写信，也许你当时还应当苛刻一点，残忍一点，尽挤我写几年信，你觉得更有意思！

…………

二哥

一月十八十二时卅分

历史是一条河

十八日下午二时卅分

我小船已把主要滩水全上完了，这时已到了一个如同一面镜子的潭里，山水秀丽如西湖，日头已出，两岸小山皆浅绿色。到辰州只差十里，故今天到地必很早。我照了个相，为一群拉纤人照的。现在太阳正照到我的小船舱中，光景明媚，正同你有些相似处，我因为在外边站久了一点，手已发了木，故写字也不成了。我一定得戴那双手套的，可是这同写信恰好是鱼同熊掌，不能同时得到。我不要熊掌，还是做近于吃鱼的写信吧。这信再过三四点钟就可发出，我高兴得很。记得从前为你寄快信时，那时心情真有说不出的紧处，可怜的事，这已成为过去了。现在我不怕你从我这种信中挑眼儿了，我需要你从这些无头无绪的信上，找出些我不必说的话……

我已快到地了，假若这时节是我们两个人，一同上岸去，一同进街且一同去找人，那多有趣味！我一到地见到了有点亲戚关系的人，他们第一句话，必问及你！我真想凡是有人问到你，就答复他们“在口袋里！”

三三，我因为天气太好了一点，故站在船后舱看了许久水，我心中忽然好像彻悟了一些，同时又好像从这条河中得到了许多智慧。三三，的的确确，得到了许多智慧，不是知识。我轻轻的叹息了好些次。山头夕阳极感动我，水底各色圆石也极感动我，我心中似乎毫无什么渣滓，透明烛照，对河水，对夕阳，对拉船人同船，皆那么爱着，十分温暖的爱着！我们平时不是读历史吗？一本历史书除了告我们些另一时代最笨的人相斫相杀以外有些什么？但真的历史却是一条河。从那日夜长流千古不变的水里石头和砂子，腐了的草木，破烂的船板，使我触着平时我们所疏忽了若干年代若干人类的哀乐！我看到小小渔船，载了它的黑色鸬鹚向下流缓缓划去，看到石滩上拉船人的姿势，我皆异常感动且异常爱他们。我先前一时不还提到过这些人可怜的生，无所为的生吗？不，三三，我错了。这些人不需我们来可怜，我们应当来尊敬来爱。他们那么庄严忠实的生，却在自然上各担负自己那分命运，为自己，为儿女而活下去。不管怎么样活，却从不逃避为了活而应有的一切努力。他们在他们那分习惯生活里、命运里，也依然是哭、笑、吃、喝，对于寒暑的来临，更感觉到这四时交递的严重。三三，我不知为什么，我感动得很！我希望活得长一点，同时把生活完全发展到我自己这分工作上来。我会用我自己的力量，为所谓人生，解释得比任何人皆庄严些与透入些！三三，我看久了水，从水里的石头得到一点平时好像不能得到的东西，对于人生，对于爱憎，仿佛全然与人不同了。我觉得惆怅得很，我总像看得太深太远，对于我自己，便成为受难者了。这时节我软弱得很，因为我爱了世界，爱了人类。三三，倘若我们这时正是两人同在一处，你瞧我眼睛湿到什么样子！

三三，船已到关上了，我半点钟就会上岸的。今晚上我恐怕无时间写信了，我们当说声再见！三三，请把这信用你那体面温和眼睛多吻几次！我明天若上行，会把信留到浦市发出的。

二哥

一月十八下午四点半

这里全是船了！

离辰州上行

……[1]今天雾大得很，故日里太阳必极其可观。我上船时带得有腊肠同面条，且有个照料我的副爷，这一行可太惬意了。

我寄北平的电是昨晚发的，一定可以这时收到。我一大堆信本想即刻付邮，但到家时局中已不能寄挂号信，故一切全托云六办理了。我的信分成两包，较小的一包是应后发一天的，也许云六一齐寄发了。

这次上行在家中我也许住三四天可以脱身，下行时过辰州，或将为这些乡亲要人留下多搁一天两天的。我发急得很，因为我应当早些见你。

---

1. 原信缺失一页，约 900 字。

我同行的副爷正在为我说他的事，等等我再告你。

二哥

（十九日）十点卅分

虎雏印象

这时已下午两点，船只上小滩，在一条平衍河里走去，河面放宽一些，两岸山已不高，太阳甚好，照在这张纸上眩我眼睛！我很舒服。我的手已不再发肿，我的脚也不觉得怎样冷了。我听那虎雏说了半天关于他生活过去的故事。这副爷现在还不到廿三岁，七八岁时就打死了人，独自跑出外边，做过割草人，做过土匪，做过采茶人，做过兵。他当了七年的兵，明白的事情，比一个教授多多了。他打架喝酒的事情，不知有过多少次，但人却能干可爱之至。他跟了我三弟三四年，一切事皆可交给他，这真是个怪而了不起的人。他说到许多打小仗吃苦受罚的事情，皆正是任何一本书还不曾提到过的事情。他那分渊博处，以及因见多识广，对于自己观念打算铺叙的才干，使我不能不佩服他。我不是说这次旅行一定可以学许多吗？别的不提，单在这样一个人方面，给我有用的知识与智慧已够多了。

这时阳光真好。

我们本乡那方面，大哥也在昨晚上就拍发了一个无线电报回去了，家中得到这个电后，他们不知如何快乐！这次谁也不想到我会回来的，故辰州方面许多老朋友皆十分惊异。到了家中那天，本乡人见着了我，一定更其惊奇！离家太久真不好，一切皆生疏得很，同做客一样，我说话也似乎很困难的。

我的船昨天停泊的地方就是我十五年前在辰州看柏子停船的地方，我本想照个相已赶不及，回来时一定可把我自己照成柏子一样的。

天气太好我就有点惆怅，今天的河水已极清浅，河床中大小不一的石子，历历可数，如棋子一般，较大石头上必有浅绿色蓝丝，在水中漂荡，摇曳生姿。这宽而平平的河床，以及河中东西，皆明丽不凡。两岸山树如画图，秀而有致。船在这样一条河中行走，同舱中缺少一个你，觉得太不合理了。

我想我也得睡睡才好，我昨天只睡三个钟头……

人家都说我胖了些，这话从他们口中说出我不甚相信，但从他们本人肥瘦上看来，我却十分相信。我昨天见到五个熟人，其中就只有一个天生胖子，其胖如昔，其余诸人，全似乎还不如我的。这里人说话皆大声叫喊，吃东西随便把花生橘子皮壳撒满一地，客人在家中不作兴脱帽，很有趣味。

二哥

十九日下三时

到泸溪

十九日下四时廿分

我小船走得很好，上午无风，下午可有风，帆拉得满满的。河水还依然如前一信所说，很平很宽，不上什么滩，也不再见什么潭。再有十里我船可以到泸溪，船就得停泊了。天气好得很……动身时，我们最担心处是上面不安静，但如今这里的安静却令人出奇，只须从天气河流上看来，也就使人不必再担心有任何困难，会在远行人方面发生了。管领这条河面的是辰州那个戴旅长，军纪好得很，河面可以说是太安全了。在家在辰州的朋友亲戚，他们全将不许我走路，全要我多住一天两天，这可不成。我想在家中住三天，回转辰州住那一天，我想要云六大哥请客，把朋友请到新家来吃一顿。至于在家中，则打量一律不赴人的酒席。凡请我吃饭的，皆用“想陪母亲”来挡拒。这样一来当轻松一些。一切熟人皆相隔太久了，说话也无多意思，这些人某种知识也许比我的好过数倍，但我也无从去学习，因为学来也毫无用处。一切熟人生活皆与我完全不同，且仿佛皆活得比我更起劲，我同他们去玩也似乎不能再在一处玩了。家中只有妈同六弟同几个老年亲戚可以看看，在家中时，家中人一定特别快乐，我也一定特别快乐的。我就发愁要走，或走不动……

我小船已到了泸溪，时间六点多一些，天气太好，地方风景也雅多了。这里城不十分坏，码头可不像个样子，地方上下六十里皆著名码头，故商务萧条得很，只是通峒河的船，则应从此地分流。若想乘船直到我家乡，便可在此地搭船上行的。峒河来源很怪，全从悬崖石壁中流出，一下就可行船。另一支流则直经过我的家乡小城，绕城上行达到苗乡乌巢河的。

我小船已泊定，吃了两碗白面当饭，这时正有廿来只大船从上游下行，满江的橹歌，轻重急徐，各不相同又复谐和成韵。夕阳已入山，山头余剩一抹深紫，山城楼门矗立留下一个明朗的轮廓，小船上各处有人语声，小孩吵闹声，炒菜落锅声，船主问讯声。我真感动，我们若想读诗，除了到这里来别无再好地方了。这全是诗。

天黑了，我想把这信发了，故不写完。但写不完的却应当也为你看出些字句较好，因为这是从我身边来的一张纸……

你的心

十九下六时半

泸溪黄昏

十九下午七时

我似乎说过泸溪的坏话，泸溪自己却将为三三说句好话了。这黄昏，真是动人的黄昏！我的小船停泊处，是离城还有一里三分之一地方，这城恰当日落处，故这时城墙同城楼明明朗朗的轮廓，为夕阳落处的黄天衬出。满河是橹歌浮着！沿岸全是人说话的声音，黄昏里人皆只剩下一个影子，船只也只剩个影子，长堤岸上只见一堆一堆人影子移动，炒菜落锅的声音与小孩哭声杂然并陈，城中忽然哨的一声小锣，唉，好一个圣境！

我明天这时，必已早抵浦市了的。我还得在小船上睡那么一夜，廿一则在小客店过夜，如《月下小景》一书中所写的小旅店，廿二就在家中过夜了……

明天就到廿了，日子说快也快，说慢又慢。我今天同昨天在路上已看到许多白塔，许多就河边石上捶衣的妇人，而且还看到河边悬崖洞中的房屋，以及架空的碾子。三三，我已到了“柏子”的小河，而且快要走到“翠翠”的家乡了！日中太阳既好，景致又复柔和不少，我念你的心也由热情而变成温柔的爱。我心中尽喊着你，有上万句话，有无数的字眼儿，一大堆微笑，一大堆吻，皆为你而储蓄在心上！我到家中见到一切人时，我一定因为想念着你，问答之间将有些痴话使人不能了解。也许别人问我：“你在北平好！”我会说：“我三三脸黑黑的，所以北平也很好！”不是这么说也还会有别的话可说，总而言之则免不了授人一点点开玩笑的机会。母亲年老了，这老人家看到我有那么一个乖而温柔的三三，同时若让这老人家知道我们如何要好，她还会更高兴的。我在辰州时，云六说：“妈还说‘晓得从文怎么样就会选到一个屋里人？同他一样的既不成，同他两样的，更不好’。可是如今可来了，好了，原来也还有既不同样也不异样的人！”家中人看到我们很好，他们的快乐是你想不出的。他们皆很爱你，你却还不曾见过他们！

三三，昨天晚上同今晚上星子新月皆很美，在船上看天空尤可观，我不管冻到什么样子，还是看了许久星子。你若今夜或每夜皆看到天上那颗大星子，我们就可以从这一粒星子的微光上，仿佛更近了一些。因为每夜这一粒星子，必有一时同你眼睛一样，被我瞅着不旁瞬的。三三，在你那方面，这星子也将成为我的眼睛的！

你的二哥

十九下九时

天明号音

廿下一时十分

这里已是下午一点又十分，我的船已过了有名的箱子岩，再过四点钟就会到最后一个码头了。我小船是上午七点开行的。船还未开动时，听到各船上吹天明号音，从大船起始，凡是有军队的皆一一依次吹号，吹完事后便听到有人拉移铁锚声，推篷声，喊人声。这点情形使我温习了一个日子长长的旧梦。我上来还是第一次听到天明号音。大约十四年前时节，我同许多人一样，这声音刚起头，各人就应当从热被中爬起，站在大坪中成一列点名的。现在呢，我同样被这号音又弄醒了。我想念你。三三，倘若两人一同在这小船上来为这种号音惊醒，我一定会告你许多旧事。但如今我写不完这些旧事，这太多了，太旧了，太琐碎了。你若听到过这样号音，一定也有些悟处。这种声音说起来真是又美又凄凉，我还不曾觉得有何种音乐能够与这个相提并论。

我早饭吃得很好，你放心。我似乎并不瘦，你放心。我还有三天在路上过日子，这三天之中我将吃得饱饱的，睡得足足的，使家中人见到，皆明白这是你给我一切照料的结果。我在辰州已换了件汗衣，是云六的。我墨水泼尽后又新从大哥处取来一瓶，到家后这种东西必不缺少，可是纸张只剩下一点点，倒有点惶恐，只担心到地后找寻不着这种东西。我到辰州时送了大哥一个苹果，吃完事后他把眼睛一闭，“吃得吗？金山苹果！美国橘子！维他命多，合乎卫生！”三三，他那神气真妩媚得很！

你收到这信后必有四天方可再得到我的信，因为从浦市过凤凰，来回必须四天的。我还怕初到地不能为你写信，希望得你原谅。

我小船到了一个好山下了，你瞧，多美丽！我想看看这山，等等再写给你一些。

你二哥

廿下四时廿分

浦市已到，一切安宁。

到凤凰

廿二上午八时

我昨天下午三点到了家中，天气很好，故一切皆觉得好。母亲好了些，但瘦得很。我来了，大家当然十分快乐。我不能发电告你，就因为这地方只能收电，无法发电。

到了家中接到你四个信，家中人因为不见我来，十分希奇，故看了信。看了信方知道我业已回来，你瞧，多古怪。到辰州发的电，却反而比人缓到一些。你寄来的相业已见到，很不坏，四人在冰上照的，你似乎比谁都好。我这几天可不能为你写长长的信了，你明白这是无空暇时间的原因。我已见过了老上司，且同时见到了一些朋友。我在街上打了一转，印象是地方小了许多。街太小，人可太多了。走到街上去时，我真有点惊讶。

我写这信时是在火炉边的，弟弟在身边，母亲在床上。

我大约十三方下辰州回北平，说不定比预定日子迟，此事请同杨先生说说，很抱歉。我离家太久，母亲又病得厉害，留我多住两天，把十二那天母亲的生日过去再走，希望杨先生原谅。

当到大家写信，我不好意思说……

二哥

廿二

感慨之至

廿二下九时半

四点前发了个信，同时还去信告云六，要他为我拍个电报告你一切，可不知他会不会忘掉这件事。我到了这里一天半，各处是熟人，我不出门找他们，就有人来找我，故抽不出时间来详详细细告你一切事情了。我为了会见客人头也弄晕了，只有看你的信可以清醒一些。我希望你会还有三个来信的。我十三下行，就还有三个日子方能动身，若这三天无你信来，我是不快乐的。

这里一切使我感慨之至。一切皆变了，一切皆不同了，真是使我这出门过久的人很难过的事！妈病得很坏，近来虽离去危险期，但人还是瘦得很。我一时真不想离开她，但又不能不离开这老人家。我只想多陪她坐坐，但客人一来一坐又总是很久很久。我心乱得很，我很悔见到熟人，却妨碍了我同妈谈话的机会。我现在想有个办法把自己同熟人拉开，可是又无这个办法。

你想想，在这种情形下我如何办。

我见到了你的相，照得很美，故亲戚一问到你时，我必把相片给她们看。多少人皆把你看成了不得的，这为的是什么？不过为的是使妈高兴罢了。

我一上了岸，接到你的信，心就乱极了。三三，我希望你不要难过，我在十号以前会回来的。我也正想着，将来回到北平，决不会再使你面壁了！我想一切皆是我的不是，我向你认错，你原谅了我。我更得向三三认错，在信上说把你文章丢到黄河。其实并无这回事，健吾的文章同你的，皆好好的在箱子里！

这时已十点半了，家中人业已睡尽，我也得睡了。我希望这个时节你已安睡。

二哥

廿二下十时半

我想你得很！你应当还有些信来方好。

买白松糖浆二瓶当信寄。妈急于要用。

辰州下行

二月一号下五时

我小船在一个两岸皆山，山半皆吊脚楼的某处过去，我想起应当为你写信了。我小船所到的地方，正是从辰州寄发一大堆信所写到的地方。上行时这些河边小屋如何感动了我，现在依然又有了机会到这种感动中来写信！这时已经快要入夜了。河边小屋在雨后屋瓦皆极黑，上面为炊烟包着浸着。远山还在雾里，同样在这条河中向上行驶的船，皆各挂了大小不等的白帆，沿河走去。有摇橹人歌声，有呐喊声。我的小船上的水手之一，已把晚饭菜煮好，只等待到了那个预定要到的站头，就抛了锚吃饭。今天从辰州开船时已七点八点，但船小而且轻，风又不大，故仍然走了八十九十里路。这小船应泊的地方名为潭口，明早便又得下最大的青浪滩了。照这样子算来，我是应当可以希望在八号到北平的。我也许到武昌停顿一天，把一点东西送给叔华。但我却愿意早见你们，不妨把东西从北平寄给她。这信是必须后天方能发出的，它将比我先到一天。

今早我上船时，大哥三弟皆送我到船边。船停顿的泥滩便是柏子小船停顿的泥滩，对河有白塔，河中有大小船数百，许多人皆同柏子一样，我感动得很！大哥在我小船开动以后还哑着个喉咙说："三月三人来啊，三月三人来啊！"他真希望你们来看看他经营的好看小屋，那屋在辰州地方很出色，放到青岛去时也依然是出色的。

信写到这里时我吃了一顿好饭，船停在河心买柴，吃完了饭站到外面看看，我无法形容所见的一切。总而言之，此后我再也不把北平假古画当宝贝了。

时间快要夜了，我很温柔的想着你。我还有八天方可见你，但我并不如上行时那么焦躁了。顺水行船也是使我不着慌的理由。我心很静，很温柔。

我因为在上面吃辣的太多，泻了许多天，上船来可好了。我一定瘦些了，我正希望到车上去多加点养料到身上去。我除了稍瘦一切都好，你放心。若这信比我先到，我得请求你不要睡不着觉，我至多只会慢这信一天到地的。

这次的船比上次还干净宽畅。

二哥

一日下五时卅七分

再到柳林岔

二号上午九点

这个时节我的小船已行走了五十里路，快要到美丽的柳林岔了。今天还未天亮时，船上人乘着蒙蒙月就下了最大最长的一个青浪滩，船在浪里过去时，只听到吼声同怒浪拍打船舷声，各处全是水，但毫不使人担心。照规矩，下行船在潭口上游有红嘴老鸦来就食，这船就不会发生任何危险。老鸦业已来过，故船上人就不在乎了。说到这老鸦时也真怪，下行船它来讨饭，把饭向空中抛去，它接着，便飞去了。它却不向上行船打麻烦。今天无风，水又极稳，故预备一夜赶到桃源。但车子不凑巧，我也许不能不在常德停一天，必得后天方能过长沙。天气阴阴的，也不很冷，也无雨无雪，坐船得这样天气，可以说是十分幸福的。我觉得一天比一天接近你了，我快乐得很！

我今天又得吃鱼，水手的鱼真不可不吃，不忍不吃。鱼卖一毛钱一斤，不买它来吃，不说打鱼人，便是鱼也会多心的。我带来了不少腊肉、腊肠，还有十筒茶叶，一百橘子。还有个牛角，从苗巫师处得到，预备送一个人的。还有圈子，应作送四丫头等的钏子。还有梨子，味道并不怎样高明，但已是“五千里外远客”的梨子。还有印花布，可以作客厅垫单用的宝物！到长沙时，我或许为你们带了些酱油来，或许还可带两对鸭绒枕心作为垫子。我在长沙应蹲个半天，还应见四五个人，希望天晴，在街上可以多见识见识。长沙一切皆不恶，市面尤其好看。

……前天晚上我在辰州戴家吃消夜，差不多把每一样菜皆来上一把辣子，上到鱼翅时，我以为这东西大约不会辣了，谁知还是有一钱以上的胡椒末在汤中。可是到后上莲子，可归我独享了。回家时已十二点钟，先回家的大哥早已睡觉了。

我小船又在下滩了，好大的水！这水又窄又急，滩下还停顿得有卅来只大船等待一一上滩。那滩下转折处的远山，多神奇的设计！我只想把你一下捉到这里来，让你一惊，我真这么想。我希奇那些住在对岸的人，对着这种山还毫不在乎。

我这时已吃过了一顿模范早餐，我吃完了饭，水手也吃完了饭，各人在吸丝烟，船在一个梢公桨下顺流而下，这长潭，又是多么神奇的境界！我吃的是一大碗糙米饭，一碗用河水煮就的河鱼，一碗紫菜薹，一点香肠。三斤半的鲤鱼我大约吃了十二两，一个大尾巴，用茶油煎成黄色的家伙，我差不多完全吃光了。假若这样在船上半年，不必读一本书，我一定也聪明多了。河鱼味道我还缺少力量来描写它。

在岸上吃过饭后的人总懒些呆些，在船上可两样了。我在船上每次把饭吃过以后，人总非常舒服。只想讲话，只想动，只想写。六月里假若我们还可以有一个月离开北平，我以为纵不是过辰州避暑，也不妨来湖南坐坐我所坐的小船，因为单是船上这种生活，只要一天，你就会觉得其他任何麻烦皆抵消了。这河上的一切，你只需看一眼，你就会终生不忘的。等着六月再看吧，若果六月时短期离开北平不是件大事，我们就来到这河上证实一下我所说的一切吧。

今天一点儿风也不起，我的小船一个整天会在这条河上走两百里路的。今天所走的路，抵前次上行四天所走的路。你只想想这个比数，也就可以想象得出这段河流的速度了。

二哥

十二点或者还欠些

（我表已不在手边了）

过新田湾

二号十二点过些

假若你见到纸背后那个地方，那点树，石头，房子，一切的配置，那点颜色的柔和，你会大喊大叫。不瞒你，我喊了三声！可惜我身边的相匣子不能用，颜色笔又送人了，对这一切简直毫无办法。我的小船算来已走了九十里，再过相等时间，我可以到桃源了。我希望黄昏中到桃源，则可看看灯，看看这小城在灯光中的光景。还同时希望赶得及在黄昏前看桃源洞。这时一点儿风没有，天气且放了晴，薄薄的日头正照在我头上。我坐的地方是梢公脚边，他的桨把每次一推仿佛就要磕到我的头上，却永远不至于当真碰着我。河水已平，水流渐缓，两岸小山皆接连如佛珠，触目苍翠如江南的五月。竹子、松、杉，以及其他常绿树皆因一雨洗得异常干净。山谷中不知何处有鸡叫，有牛犊叫，河边有人家处，屋前后必有成畦的白菜，作浅绿色。小埠头停船处，且常有这种白菜堆积成A字形，或相间以红萝卜。三三，我纵有笔有照相器，这里的一切颜色，一切声音，以至于由于水面的静穆所显出的调子，如何能够一下子全部捉来让你望到这一切，听到这一切，且计算着一切，我叹息了。我感到生存或生命了。三三，我这时正像上行时在辰州较下游一点点和尚洲附近，看着水流所感到的一样。我好像智慧了许多，温柔了许多。

三三，更不得了，我又到了一个新地方，梢公说这是"新田湾"。有人唤渡，渔船上则有晒帆晾网的。码头上的房子已从吊脚楼改而为砖墙式长列，再加上后面远山近山的翠绿颜色，我不知道怎么来告你了。三三，这地方同你一样，太温柔了。看到这些地方，我方明白我在一切作品上用各种赞美言语装饰到这条河流时，所说的话如何蠢笨。

我这时真有点难过，因为我已弄明白了在自然安排下我的蠢处。人类的言语太贫乏了。单是这河面修船人把麻头塞进船缝敲打的声音，在鸡声人声中如何静，你没有在场，你从任何文字上也永远体会不到的！我不原谅我的笨处，因为你得在我这枝笔下多明白些，也分享些这里这时的一切！三三，正因为我无法原谅自己，我这时好像很忧愁。在先一时我以为人类是个万能的东西，看到的一切，并各种官能感到的一切，总有办法用点什么东西保留下来，我且有这种自信，我的笔是可以作到这件事情的。现在我方明白我的力量差得远。毫无可疑，我对于这条河中的一切，经过这次旅行可以多认识了一些，此后写到它时也必更动人一些，在别人看来，我必可得到“更成功”的谀语，但在我自己，却成为一个永远不能用骄傲心情来作自己工作的补剂那么一个人了。我明白我们的能力，比自然如何渺小，我低首了。这种心境若能长久支配我，则这次旅行，将使我在人事上更好一些……

这时节我的小船到了一个挂宝山前村，各处皆无宝贝可见。梢公却说了话：

“这山起不得火，一起火辰州也就得起火。”

我说：“哪一个山?”原来这里有无数小山。

梢公用手一挥：“这一串山!”

我笑了。他为我解释：

“因为这条山迎辰州，故起不得火。”

真是有趣的传说，我不想明白这个理由，故不再问他什么。我只想你，因为这山名为挂宝山，假若我是个梢公，前面坐了一个别的人，我告他的一定是关于你的事情！假若我不是梢公，但你这时却坐在我身旁，我凭空来凑个故事，也一定比“失火”有趣味些！

我因为这梢公只会告我这山同辰州失火有关，似乎生了点气，故钻进舱中去了。我进舱时听岸边有黄鸟叫，这鸟在青岛地方，六月里方会存在。

这次在上面所见到的情形，除了风景以外，人事却使我增加无量智慧。这里的人同城市中人相去太远，城市中人同下面都市中人又相去太远了，这种人事上的距离，使我明白了些说不分明的东西，此后关于说到军人，说到劳动者，在文章上我的观念或与往日完全不同了。

我那乡下有一样东西最值钱，又有一样东西最不值钱，我不告给你，你尽可同四丫头、九九，三人去猜，谁猜着了我回来时把她一样礼物。

我在家中时除泻以外头总有点晕，脚也有点疼，上了船，我已不泻不疼，只是还有些些儿头晕。也许我刚才风吹得太久了点，我想睡睡会好些。如果睡到晚上还不见好，便是长途行旅，车船颠簸把头脑弄坏了的缘故。这不算大事，到了北平只要有你用手摸摸也就好了。

…………

我头晕得很，我想歇歇，可是船又在下滩了。

二哥

大约二点左右

重抵桃源

我小船这时就到了桃源，想不到那么快的。这时大约还不过八点钟，算算时间，昨天从八点到下六点计十个钟头，今天从上六点到下八点计十四个钟头，一共廿四个钟头便把上行的六天所走的路弄完了。若不为了过常德取你的信，我明天是就可以到长沙的。若照如此经济办法说来，则从辰州到北平，也不过只需要七天或六天的日子罢了。我的小船这时已停泊了，我今夜还在船上睡觉，明天一早就搭了汽车过常德。我估想到那旅馆可以接到你三个信，有两个信却是同一天付邮的。这信中所说的正是我要听的话，不管是骂我也行，我希望至少有一个信，在火车上方不寂寞。我要水手为我买了十个桃源鸡蛋，也许居然还可以带一个把到北平。想到我不过五天就可以见着你，我今晚上可睡不着了。我有点发慌，我知道你们这时节是在火炉边计算着我的路程的。我仿佛看着你们。我慌得很！我们不在一块儿太久了！你真万想不到我每个日子如何的过。

我今天又看了一本新书，日本人所作的，提到近代艺术的一般思潮，文章还好却也不顶好。我想这种书你一定不高兴看，但这种书能耐耐烦烦看下去，对你实在很有益处。一般人不能作论文，不是无作论文的能力，只是不会作。看了这本书，也许多少有些好处。

这里有人用废缆作火炬，一面晃着一面在河边走路，从舱口望去好看得很。

二哥

（二月二日晚）

沈从文致沈云六

大大：

你廿三号来信五号收到，一切都明白了。这次回南，本想使妈快乐一点，想不到结果反而使妈大不快乐，见大大来信，觉得伤心。因再想同妈谈谈，也来不及了。妈生前既全得你同大嫂等服侍，丧事又全由大大主持，在这里说感谢近于客气，但事实上弟等实仍感谢之至也。丧事既了，六弟又复下行，想家中近来当极寂寞，你病好些没有？我们真极关心。我来回在路上太久，一到北平，也病倒了，幸好日来已能做事，不至于延长日子。你说三月再下辰州，计划也好，若果三月六弟得过北平，你早搬下辰州也好一些。房子半途而止，实不成事，一切还得要你主持。六弟病后性情略躁，也极自然。你如今已像父亲，大嫂即是母亲，许多事没有你哪里会弄得好？至于你担心到了辰州，恐前途困难，请你千万放心。我们生活不至于极坏，妈虽过去了，大大生活难道就不应当我们来负点责吗？只请你放心。关于你同大嫂生活我总来想办法，每月为你们弄来，即或六弟一时无办法，你也不会为难。你只管大胆些，我这里当为你按月弄点来。三十够不够？若不够，又多弄些。关于房子欠款，我有，也会陆续弄些来填还，因为我懂得这些钱是你用面子借来的，我们不会使你为这件事不好见人。我要告你的是此后关于你事情我总尽力。我尽力做事，尽力为你想办法，请你放心。

我在此事略忙，因为各处皆要文章，一双手当然忙不过来。加上近来还得为《国闻周报》作评论，星期天也无休息时节。我只希望我莫病，我无论如何，总得赤手空拳弄出个局面，让大大看到，会说沈家的人究竟并不蹩脚的。这里三人都好，请你同大嫂放心。

并问安佳。

二弟上

廿三年三月五日晚

湘行散记

一个戴水獭皮帽子的朋友

我由武陵（常德）过桃源时，坐在一辆新式黄色公共汽车上。车从很平坦的大堤公路上奔驶而去，我身边还坐定了一个懂人情有趣味的老朋友，这老友正特意从武陵县伴我过桃源县。他也可以说是一个“渔人”，因为他的头上，戴的是一顶价值四十八元的水獭皮帽子，这顶帽子经过沿路地方时，却很能引起一些年青娘儿们注意的。这老友是武陵地方某大旅馆的主人。常德、河洑、周溪、桃源，沿河近百里路以内“吃四方饭”的标致娘儿们，他无一不特别熟习；许多娘儿们也就特别熟习他那顶水獭皮帽子。但照他自己说，使他迷路的那点年龄业已过去了，如今一切已满不在乎，白脸长眉毛的女孩子再不使他心跳，水獭皮帽子，也并不需要娘儿们眼睛放光了。他今年还只三十五岁。十年前，在这一带地方凡有他撒野机会时，他从不放过那点机会。现在既已规规矩矩作了一个大旅馆的大老板，童心业已失去，就再也不胡闹了。当他二十五岁左右时，大约就有过一百个女人净白的胸膛被他亲近过。我坐在这样一个朋友的身边，想起国内无数中学生，在国文班上很认真的读陶靖节《桃花源记》情形，真觉得十分好笑。同这样一个朋友坐了汽车到桃源去，似乎太幽默了。

朋友还是个爱玩字画也爱说野话的人。从汽车眺望平堤远处，薄雾里错落有致的平田、房子、树木，皆如敷了一层蓝灰，一切极爽心悦目。汽车在大堤上跑去，又极平稳舒服。朋友口中揉合了雅兴与俗趣，带点儿惊讶嚷道：

“这野杂种的景致，简直是画！”

“自然是画！可是是谁的画？”我说，“大哥，你以为是谁的画？”我意思正想考问一下，看看我那朋友对于中国画一方面的知识。

他笑了。“沈石田这狗肏的，强盗一样好大胆的手笔！”

我自然不能同意这种赞美，因为朋友家中正收藏了一个沈周手卷，姓名真，画笔不佳，出处是极可怀疑的。说句老实话，当前从窗口入目的一切，潇洒秀丽中带点雄浑苍莽气概，还得另外找寻一句恰当的比拟，方能相称啊。我在沉默中的意见，似乎被他看明白了，他就说：

“看，牯子[1]老弟你看，这点山头，这点树，那一片林梢，那一抹轻雾，真只有王麓台那野狗干的画得出！”

这一下可被他“猜”中了。我说：

“这一下可被你说中了。我正以为目前风物极和王麓台卷子相近；你有他的扇面，一定看得出。因为它很巧妙的混合了秀气与沉郁，又典雅，又恬静，又不做作。”

“好，有的是你这文章魁首的形容！……”接着他就使用了一大串野蛮字眼儿，把我喊作小公牛，且把他自己水獭皮帽子向上翻起的封耳，拉下来遮盖了那两只冻得通红的耳朵，于是大笑起来了。仿佛第一次所说的话，本不过是为了引起我对于窗外景致注意而说，如今见我业已注意，他便很快乐的笑了。

他掣着我的肩膊很猛烈的摇了两下，我明白那是他极高兴的表示。我说：

“牯子大哥，你怎么不学画呢？你一动手，就会弄得很高明的！”

“我讲，牯子老弟，别丢我吧。我也是一个仇十洲，但

1．牯子，作者原注：牯子即公牛。

是只会画妇人的肚皮，真像你说，‘弄得很高明’的！你难道不知道我是个什么人吗?”

“你是个妙人。绝顶的妙人。”

“绣衣哥，得了，什么庙人寺人，谁来割我的××？我还预备割掉许多男人的××，省得他们装模作样，在妇人面前露脸！我讨厌他们那种样子！”

“你不讨厌的。”

“牯子老弟，有的是你说的。不看你面上，我一定要割他们……”

这个朋友言语行为皆粗中有细，且带点儿妩媚，真可算得是一个妙人！

这个人脸上不疤不麻，身个儿比平常人略长一点，肩膊宽宽的，且有两只体面干净的大手，初初一看，可以知道他是个军队中吃粮子上饭跑四方人物，但也可以说他是一个准绅士。从三岁起就欢喜同人打架，为一点儿小事，不管对面的一个大过了他多少，也一面辱骂一面挥拳打去。但人长大到二十岁后，虽在男子面前还常常挥拳比武，在女人面前，却变得异常温柔起来，样子显得很懂事怕事。到了三十岁，处世便更谦和了。生平书读得虽不多，却善于用书，在一种近于奇迹的情形中，这人无师自通，写信办公事时，笔下都很可观。为人性情又随和又不马虎，一切看人来，在他认为是好朋友的，掏出心子不算回事；可是遇着另外一种老想沾他一点儿便宜的人呢，他就完全不同了。——也就因此在一般人中他的毁誉是平分的；有人称他为豪杰，也有人称他为坏蛋。但不妨事，把两种性格两个人格拼合拢来，这人才真是一个活鲜鲜的人！

十三年前我同他在一只装军服的船上，向沅水上游开去，船当天从常德开头，泊到周溪时，天气已快要夜了。那时空中正落着雪子，天气很冷，船顶船舷都结了冰，他为的是惦念到岸上一个长眉毛白脸庞小女人，便穿了崭新绛色缎子的猞猁里马褂，从那为冰雪冻结了的木筏上爬过去，一不小心便落了水，一面大声嚷粘子老弟这下我可完了，一面还是笑着挣扎。待到努力从水中挣扎上船时，全身皆已为水弄湿了。但他换了一件新棉军服外套后，却仍然很高兴的从木筏上爬拢岸边，到他心中惦念那个女人身边睡觉去了。三年前，我因送一个朋友的孤雏转回湘西时，就在他家中，看了他的藏画一整天。他告我，有幅文徵明的山水，好得很，被一个妇人攫走，十分可惜。到后一问，才知道原来他把那画卖了三百块钱，为一个小娼妇点蜡烛挂了一次衣。现在我又让那个接客的把行李搬到旅馆中来了。

见面时我喊他：

“牯子大哥，我又来了，不认识了我吧。”

他正站在旅馆天井中分派用人抹玻璃，自己却用手抹着那顶绒头极厚的水獭皮帽子，一见到我就赶过来用两只手同我握手，握得我手指酸痛，大声说道：“嗨，嗨，你这个骚牯子又来了，妙极了，使人正想死你！”

“什么话，近来心里闲得想到北平城老朋友头上来了吗？”

“什么画，壁上挂，——当天赌咒，天知道，我正如何念你！”

这自然是一句真话，粮子上出身的人物，对好朋友说谎，原看成为一种罪恶。他想念我，只因为他花了四十块钱，买得一本倪元璐所写的武侯《出师表》。他既不知道这东西是从岳飞石刻《出师表》临来的，末尾那颗巴掌大的朱红印记，把他更弄胡涂了。照外行人说来，字既然极其“飞舞”四百也不觉得太贵，他可不明白那个东西应有的价值，花了那么一笔钱，从一个退伍军官处把它弄到手，因此想着我来了。于是我们一面说点十年前的野话，一面就到他的房中欣赏宝物去了。

这朋友年青时，是个绿营中守兵名分的巡防军，派过中营衙门办事，在衙门中栽花养金鱼。后来作了军营里的庶务，又作过两次军需，又作过一次参谋。时间使一些英雄美人成尘成土，把一些傻瓜坏蛋变得又富又阔；同样的，到这样一个地方，我这个朋友，在一堆倏然而来悠然而逝的日子中，也就做了武陵县一家最清洁安静的旅馆主人，且同时成为爱好古玩字画的风雅人了。他既收买了数量可观的字画，还有好些铜器与磁器收藏的物件泥沙杂下，并不如何希罕，但在那么一个小地方，在他那种情形下，能力却可以说尽够人敬服了。若有什么雅人由北方或由福建广东，想过桃源去看看，从武陵过身时，能泰然坦然把行李搬进他那个旅馆去，到了那个地方，看看过厅上的芦雁屏条，同长案上一切陈设，便会明白宾主之间实有同好，这一来，凡事皆好说了。

还有那向湘西上行过川黔考察方言歌谣的先生们，到武陵时最好就是到这个旅馆来下榻。我还不曾遇见过什么学者，比这个朋友更能明了中国格言谚语的用处。他说话全是活的，即便是许话野话，也莫不各有出处，言之成章。他那言语比喻丰富处，真像是大河流水永无穷尽。在那旅馆中住下，一面听他詈骂用人，一面使我就想起在北平城圈里编大辞典的诸先生，为一句话一个字的用处，把《水浒》《金瓶梅》《红楼梦》，以及其他小说翻来翻去，剪破了多少书籍！若果他们能够来到这个旅馆里，故意在天井中撒一泡尿，或装作无心的样子把脏东西从窗口抛出去，或索性当着这旅馆老板面前，作点不守规矩缺少理性的行为。好，等着就是。你听听那作老板的骂出几个希奇古怪字眼儿，你会觉得原来这里还搁下了一本活辞典！倘若有个经济社会调查团，想从湘西弄到点材料，这旅馆也是最好下榻的处所，因为辰河沿岸码头的税收、烟价、妓女，以及桐油、朱砂的出处行价，各个码头上管事的头目，他知道的也似乎比别人更清楚。——他懂得多哩，只要想想，人还只在二十五岁左右，就有一百个年青妇人在他面前裸露过胸膛同心子，普通读书人看来，这是一个如何丰富吓人的经验！

只因我已十多年不再到这条河上，一切皆极生疏了，他便特别伴送我过桃源。为我租雇小船，照料一切。

十二点钟我们从武陵动身，一点半钟左右，汽车就到了桃源县停车站。我们下了车，预备去看船时，几件行李成为极麻烦的问题了。老朋友说，若把行李带去，到码头边叫小划子时，那些吃水上饭的人，会“以逸待劳”，把价钱放在一个高点上，使我们无法对付的。若把行李寄放到另外一个地方，空手去看船，我们便又“以逸待劳”了。我信任了老朋友的主张，照他的意思，一到桃源我们就把行李送到一个卖酒曲的人家去。到了那酒曲铺子，拿烟的是个四十岁左右的胖妇人，他的干亲家。倒茶的是个十五六岁的白脸长身女孩子，腰身小，嘴唇小，眼目清明如两粒水晶球儿，见人只是转个不停。论辈数，说是干女儿呢。坐了一阵，两人方离开那人家洒着手下河边去。在河街上一个旧书铺，一幅无名氏的山水牵引了他的眼睛，二十块钱把画买定了。再到河边去看船，船上人知道我是那个大老板的熟人，价钱倒很容易说妥了。来回去逼船总写保单，取行李，一切安排就绪，时间已快到半夜了。我那小船明天一早方能开头，我就邀他在船上住一夜。他却说酒曲铺子那个十五年前老伴的女儿，正炖了一只鸡等着他去消夜。点了一段废缆子，很快乐的跳上岸匆匆走去了。

他上岸从一些吊脚楼柱下转入河街时，我还听到河街上哨兵喊口号，他大声答着“百姓”，表明他的身分。第二天天刚发白，我还没醒，小船就已向上游开动了。大约已经走了三里路，却听得岸上有个人喊叫我的名字，沿岸追来，原来是他从热被里脱出赶来送我的行的。船傍了岸。天落着雪，他站在船头一面抖去肩上雪片，一面质问弄船人，为什么船开得那么早。

我说："牯子大哥，你怎么的，天气冷得很，大清早还赶来送我！"

他钻进舱里笑着轻轻的向我说："牯子老弟，我们看好了的那幅画，我不想买了。我昨晚上还看过更好的一本册页！"

"什么人画的？"

"当然仇十洲。我怕仇十洲那杂种也画不出。牯子老弟，好得很……"话不说完他就大笑起来。我明白他话中所指了。

"你又迷路了吗？你不是说自己年纪已老了吗？"

"到了桃源还不迷路吗？自己虽老别人可年青！牯子老弟，你好好的上路吧，不要胡思乱想我的事情，回来时仍住到我的旅馆里，让我再照料你上车吧。"

"一路复兴，一路复兴"，那么嚷着，于是他同一匹豹子一样，一纵又上了岸，船就开了。

桃源与沅州

全中国的读书人，大概从唐朝以来，命运中就注定了应读一篇《桃花源记》，因此把桃源当成一个洞天福地，人人皆知道那地方是武陵渔人发现的，有桃花夹岸，芳草鲜美。远客来到，乡下人就杀鸡温酒，表示欢迎。乡下人皆避秦隐居的遗民，不知有汉朝，更无论魏晋了。千余年来，读书人对于桃源的印象，既不怎么改变，所以每当国体衰弱发生变乱时，想做遗民的必多，这文章也就增加了许多人的幻想，增加了许多人的酒量。至于住在那儿的人呢，却无人自以为是遗民或神仙，也从不曾有人遇着遗民或神仙。

桃源洞离桃源县二十五里。从桃源县坐小船沿沅水上行，船到白马渡时，上岸走去，忘路之远近乱走一阵，桃花源就在眼前了，那地方桃花虽不如何动人，竹林却很有意思。如椽如柱的大竹子，随处皆可发现前人用小刀刻画留下的诗歌。新派学生不甘自弃，也多刻下英文字母的题名。竹林里间或潜伏一二翦径壮士，待机会霍地从路旁跃出，仿照《水浒传》上英雄好汉行为，向游客发个利市。桃源县城则与长江中部各小县城差不多，一入城门最触目的是推行印花税与某种公债的布告。城中有棺材铺、官药铺。有茶馆酒馆，有米行脚行，有和尚道士，有经纪媒婆。庙宇祠堂多数为军队驻防，门外必有个武装同志站岗。土栈烟馆皆照章纳税，受当地军警保护。代表本地的出产，边街上有几十家玉器作坊，用珉石染红着绿，琢成酒杯笔架等物，货物品质平平常常，价钱却不轻贱。另外还有个名为“后江”的地方，住下无数公私不分的妓女，很认真经营她们的业务。有些人家在一个菜园平房里，有些却又住在空船上，地方虽脏一点倒富有诗意。这些妇女使用她们的下体，安慰军政各界，且征服了往还沅水流域的烟贩，木商，船主，以及种种过路人，挖空了每个顾客的钱包，维持许多人生活，促进地方的繁荣。一县之长照例是个读书人，从史籍上早知道这是人类一种最古的职业，没有郡县以前就有了它们，取缔既与“风俗”不合，且影响及若干人生存，因此就很正当的向这些人来抽收一种捐税（并采取了个美丽名词叫作花捐），把这笔款项用来补充地方行政，保安，或城乡教育经费。

桃源既是个有名地方，每年自然就有许多“风雅”人，心慕古桃源之名，二三月里携了《陶靖节集》与《诗韵集成》等物，来到桃源县访幽探胜。这些人往桃源洞赋诗前后，必尚有机会过后江走走。由朋友或专家引道，这家那家坐坐，烧匣烟，喝杯茶，看中意某一个女人时，问问行市，花个三元五元，便在那龌龊不堪万人用过的花板床上，压着那可怜妇人胸膛放荡一夜。于是纪游诗上多了几首无题诗，“巫峡神女”“汉皋解珮”“刘阮天台”等等典故，一律被引用到诗上去。看过了桃源洞，这人平常是很谨慎的，自会觉得应当过医生处走走，于是匆匆的回家了。至于接待过这种外路风雅人的妓女呢，前一夜也许陆续接待过了三个麻阳船水手，后一夜又得陪伴两个贵州省牛皮商人。这些妇人说不定还被一个水手，一个县公署执达吏，一个公安局书记，或一个当地小流氓，长时期包定占有，客来时那人往烟馆过夜，客去时再回到妇人身边来烧烟。

妓女的数目，占城中人口比例数不小。因此仿佛有各种原因，她们的年龄皆比其他都市更无限制。有些人年在五十以上，还不甘自弃，同孙女辈行来参加这种生活斗争，每日轮流接待水手同军营中火夫。也有年纪不过十三四岁，乳臭尚未脱尽，便在那儿服侍客人过夜的。

她们的技艺是烧烧鸦片烟，唱点流行小曲，若来客是粮子上跑四方的人物，还得唱唱军歌党歌，与电影明星的新歌，应酬应酬，增加兴趣。她们的收入有些一次可得洋钱二十三十，有些一整夜又只得三毛五毛。这些人有病本不算一回事，实在病重了，不能作生活挣饭吃，间或就上街走到西药房去打针，六零六三零三扎那么几下，或请走方郎中配副药，朱砂茯苓乱吃一阵，只要支持得下去，总不会坐下来吃白饭。直到病倒了，毫无希望可言了，就叫毛伙用门板抬到那类住在空船中孤身过日子的老妇人身边去，尽她咽最后那一口气，死去时亲人呼天抢地哭一阵，罄所有请和尚安魂念经再托人赊购副四合头棺木，或借“大加一”买副薄薄板片，土里一埋也就完事了。

桃源地方已有公路，直达号称湘西咽喉的武陵（常德），每日皆有八辆十辆新式载客汽车，按照一定时刻在公路上奔驰。距常德约九十里，车票价钱一元零。这公路从常德且直达湖南省会的长沙，汽车路程约四点钟，车票价约六元。公路通车时，有人说这条公路在湘省经济上具有极大意义，对于黔省出口特货运输可方便不少。这人似乎不知道特货过境每次皆三百担五百担，公路上一天不过十几辆汽车来回，若非特货再加以精制，每天能运输特货多少？关于特货的精制，在各省严厉禁烟宣传中，平民谁还有胆量来作这种非法勾当。假若在桃源县某种铺子里，居然有人能够设法购买一点黄色粉末药物，仔细问问也就会弄明白那货物的来源，且明白出产地并不是桃源县城，运输出口时或用轮船直往汉口，却不需藉公路汽车转运长沙。

真可称为桃源名产的，是家鸡同鸡卵，街头巷尾无处不可以发现这种冠赤如火庞大庄严的生物。凡过路人初见这地方鸡卵，必以为是鸭卵或鹅卵。其次，桃源有一种小划子，轻捷，稳当，干净，在沅河中可称首屈一指。一个外省旅行者，若想到湘西的永绥、乾城、凤凰，研究湘边苗族的分布状况，或想从湘西往四川的酉阳、秀山，调查桐油的生产，往贵州的铜仁，调查朱砂水银的生产，往玉屏调查竹科种类，注意造箫制纸的工业，皆可在桃源县魁星阁下边，雇妥那么只小船，沿沅河溯流而上，直达目的地，到地时取行李上岸落店，毫无何等困难。

一只桃源小划子上照例要个舵手，管理后梢，调动船只左右。张挂风帆，松紧帆索，捕捉河面山谷中的微风。放缆拉船，量度河面宽窄与河流水势，伸缩竹缆。另外还要个拦头人，上滩下滩时看水认容口，出事前提醒舵手躲避石头，恶浪，与滩流，出事后点篙子需要准确，稳重。这种人还要有胆量，有气力，有经验。张帆落帆皆得很敏捷的拉桅下绳索。走风船行如箭时，便蹲坐在船头打吆喝呼啸，嘲笑同行落后的船只。自己船只落后被人嘲骂时，还得回骂；人家唱歌也得用歌声作答。两船相碰说理时，不让别人占便宜。动手打架时，先把篙子抽出拿在手上。船只搁入急流乱石中，不问冬夏，皆得敏捷而勇敢的脱光衣裤，向急流中跳去，在水里尽肩背之力使船只离开险境。掌舵的有事不能尽职，就从船顶爬过船尾去，作个临时舵手。船上若有小水手，还应事事照料小水手，指点小水手。更有一分不可推却的职务，便是在一切过失上，应与掌舵的各据小船一头，相互辱宗骂祖，继续使船前进。小船除此两人以外，尚需要个小水手居于杂务地位，淘米，烧饭，切菜，洗碗，无事不作。行船时应荡桨就帮同荡桨，应点篙就帮同持篙。这种水手大都在学习期间，应处处留心，取得经验同本领。除了学习看水，看风，记石头，使用篙桨以外，也学习挨打挨骂。尽各种古怪希奇字眼儿成天在耳边响着，好好的保留在记忆里，将来长大时再用它来辱骂旁人。上行无风吹，一个人还得负了纤板，曳着一段竹缆，在荒凉河岸小路上拉船前进。小船停泊码头边时，又得规规矩矩守船。关于他们经济情势，舵手多为船家长年雇工，平均算来合八分到一角钱一天。拦头工有长年雇定的，人若年富力强多经验，待遇同掌舵的差不多，若只是短期包来回，上行平均每天可得一毛或一毛五分钱，下行则尽义务吃白饭而已，至于小水手，学习期限看年龄同本事来，学习期间有些人每天可得两分钱作零用，有些人在船上三年五载吃白饭，一个不小心，闪不知被自己手中竹篙弹入乱石激流中，泅水技术又不在行，淹死了，船主方面写得有字据，生死家长不能过问，掌舵的把死者剩余的衣服交给亲长说明白落水情形后，烧几百钱纸手续便清楚了。

一只桃源小划子，有了这样三个水手，再加上一个需要赶路，有耐心，不嫌孤独，能花个二十三十的乘客，这船便在一条清明透澈的沅水上下游移动起来了。在这条河里在这种小船上作乘客，最先见于记载的一人，应当是那疯疯癫癫的楚逐臣屈原。在他自己的文章里，他就说道："朝发枉渚兮，夕宿辰阳。"若果他那文章还值得称引，我们尚可以就"沅有芷兮澧有兰"与"乘舲上沅"这些话，估想他当年或许就坐了这种小船，溯流而上，到过出产香草香花的沅州。沅州上游不远有个白燕溪，小溪谷里生芷草，到如今还随处可见。这种兰科植物生根在悬崖罅隙间，或蔓延到松树枝桠上，长叶飘拂，花朵下垂成一长串，风致楚楚。花叶形体较建兰柔和，香味较建兰淡远。游白燕溪的可坐小船去，船上人若伸手可及，多随意伸手摘花，顷刻就成一束。若崖石过高，还可以用竹篙将花打下，尽它堕入清溪洄流里，再用手去溪里把花捞起。除了兰芷以外，还有不少香草香花，在溪边崖下繁殖。那种黛色无际的崖石，那种一丛丛幽香眩目的奇葩，那种小小洄旋的溪流，合成一个如何不可言说迷人心目的圣境！若没有这种地方，屈原便再疯一点，据我想来他文章未必就能写得那么美丽。

什么人看了我这个记载，若神往于香草香花的沅州，居然从桃源包了小船，过沅州去，希望实地研究解决《楚辞》上几个草木问题。到了沅州南门城边，也许无意中会一眼瞥见城门上有一片触目黑色。因好奇想明白它，一时可无从向谁去询问，他所见到的只是一片新的血迹，并非古迹。大约在清党前后，有个晃州姓唐的青年，北京农科大学毕业生，用党务特派员资格，率领了两万以上四乡农民，肩持各种农具，上城请愿。守城兵先已得到长官命令，不许请愿群众进城。于是两方面自然而然发生了冲突。一面是旗帜，木棒，呼喊与愤怒，一面是一尊机关枪同四枝步枪。街道那么窄，结果站在最前线上的特派员同四十多个青年学生与农民，便皆在城门边牺牲了。其余农民一看情形不对，抛下农具四散吓跑了。那个特派员的身体，于是被兵士用刺刀钉在城门木板上，示众三天，三天过后，便抛入屈原所称赞的清流里喂鱼吃了。几年来本地人派捐拉夫，在应付差役中把日子混过去，大致把这件事也慢慢的忘掉了。

桃源小船载客载到沅州府，把客人行李扛上岸，讨得酒钱回船时，这些水手必乘兴过皮匠街走走。那地方同桃源的后江差不多，住下不少经营最古职业的人物。地方既非商埠，价钱可公道一些。花四百钱关一次门，上船时还可以得一包黄油油的上净丝烟，那是十年前的规矩。照目前百物昂贵情形想来，一切当然已不同了，出钱的花费也许得多一点，收钱的待客也许早已改用美丽牌代替上净丝了。

或有人在皮匠街蓦见水手，对水手发问："弄船的，'肥水不落外人田'，家里有的你让别人用，用别人的你还得花钱，上算吗?"

那水手一定会拍着腰间麂皮抱兜，笑眯眯的回答说："大爷，'羊毛出在羊身上'。这钱不是我桃源人的钱，上算的。"

他回答的只是后半截，前半截却不必提。本人正在沅州，离桃源远过八百里，桃源那一个他管不着。

便因为这点哲学，水手们的生活，比起风雅人来似乎洒脱多了。若说话不犯忌讳，无人疑心我袒护无产阶级，我还想说他们的行为，比起风雅人来也实在道德得多。

三月北平大城中

鸭窠围的夜

天快黄昏时落了一阵雪子，不久就停了。天气真冷，在寒气中一切皆仿佛结了冰，便是空气，也像快要冻结的样子。我包定的那一只小船，在天空大把撒着雪子时已泊了岸。从桃源县沿河而上这已是第五个夜晚。看情形晚上还会有风有雪，故船泊岸边时便从各处挑选好地方。沿岸除了某一处有片沙岨宜于泊船以外，其余地方皆黛色如屋的大石头。石头既然那么大，船又那么小，我们皆希望寻觅得到一个能作小船风雪屏障，同时要上岸又还方便的处所。凡可以泊船的地方早已被当地渔船占去了。小船上的水手，把船上下各处撑去，钢钻头敲打着沿岸大石头，发出好听的声音，结果这只小船，还是不能不同许多大小船只一样，在正当泊船处插了篙子，把当作锚头用的石碇抛到沙上去，尽那行将来到的风雪，摊派到这只船上。

这地方是个长潭的转折处，两岸皆高大壁立的山，山头上长着小小竹子，长年翠色逼人。这时节两山只剩余一抹深黑，赖天空微明为画出一个轮廓。但在黄昏里看来如一种奇迹的，却是两岸高处去水已三十丈上下的吊脚楼。这些房子莫不俨然悬挂在半空中，借着黄昏的余光，还可以把这些希奇的楼房形体，看得出个大略。这些房子同沿河一切房子有共通相似处，便是从结构上说来，处处显出对于木材的浪费。房屋既在半山上，不用那么多木料，便不能成为房子吗？半山上也有用吊脚楼形式，这形式是必需的吗？然而这条河水的大宗出口是木料，木材比石块还不值价。因此即或是河水永远涨不到处，吊脚楼房子依然存在，似乎也不应当有何惹眼惊奇了。但沿河因为有了这些楼房，长年与流水斗争的水手，寄身船中枯闷成疾的旅行者，以及其他过路人，却有了落脚处了。这些人的疲劳与寂寞是从这些房子中可以一律解除的。地方既好看，也好玩。

河面大小船只泊定后，莫不点了小小的油灯，拉了篷。各个船上皆在后舱烧了火，用铁顶罐煮饭，饭闷熟后，又换锅子熬油，哗的把菜蔬倒进热锅里去。一切齐全了，各人蹲在舱板上三碗五碗把腹中填满后，天已夜了。水手们怕冷怕动的，收拾碗盏后，就莫不在舱板上摊开了被盖，把身体钻进那个预先卷成一筒又冷又湿的硬棉被里去休息。至于那些想喝一杯的，发了烟瘾得靠靠灯，船上烟灰又翻尽了的，或一无所为，只是不甘寂寞，好事好玩想到岸上去烤烤火谈谈天的，则莫不提了桅灯，或燃一段废缆子，摇着晃着从船头跳上了岸，从一堆石头间的小路径，爬到半山上吊脚楼房子那边去，找寻自己的熟人，找寻自己的熟地。陌生人自然也有来到这条河中来到这种吊脚楼房子里的时节，但一到地，在火堆旁小板凳上一坐，便是陌生人，即刻也就可以称为熟人了。

这河边两岸除了停泊有上下行的大小船只三十左右以外，还有无数在日前趁融雪涨水放下形体大小不一的木筏。较小的上面供给人住宿过夜的棚子也不见，一到了码头，便各自上岸找住处去了。大一些的木筏呢，则有房屋，有船只，有小小菜园与养猪养鸡栅栏，有女眷，有孩子。

黑夜占领了全个河面时，还可以看到木筏上的火光，吊脚楼窗口的灯光，以及上岸下船在河岸大石间飘忽动人的火炬红光。这时节岸上船上皆有人说话，吊脚楼上且有妇人在黯淡的灯光下唱小曲的声音，每次唱完一支小曲时，就有人笑嚷。什么人家吊脚楼下有匹小羊叫，固执而且柔和的声音，使人听来觉得忧郁，我心中想着"这一定是从别一处牵来的，另外一个地方，那小畜生的母亲，一定也那么固执的鸣着吧。”算算日子，再过十一天便过年了。“小畜生明不明白只能在这个世界上活过十天八天?”明白也罢，不明白也罢，这小畜生是为了过年而赶来应在这个地方死去的。此后固执而又柔和的声音，将在我耳边永远不会消失。我觉得忧郁起来了。我仿佛触着了这世界上一点东西。看明白了这世界上一点东西，心里软和得很。

但我不能这样子打发这个长夜，我把我的想象，追随了一个唱曲时清中夹沙的妇女声音到她的身边去了。于是仿佛看到了一个床铺，下面是草荐，上面摊了一床用旧帆布或别的旧货做成脏而又硬的棉被，搁在被盖上面的是一个木托盘，盘中有一把小茶壶，一个小烟匣，一块石头，一盏灯。盘边躺着一个人。唱曲子的妇人，或是袖了手捏着自己的膀子站在吃烟者的面前，或是靠在男子对面的床头，为客人烧烟。房子分两进，前面临街，地是土地，后面临河，便是所谓吊脚楼了。这些人房子窗口既一面临河，可以凭了窗口呼喊河下船中人，当船上人过了瘾，胡闹已够，下船时，或者尚有些事情嘱托，或有其他原因，一个晃着火炬停顿在大石间，一个便凭立在窗口，“大老你记着，船下行时又来!”“好，我来的，我记着的。”“你见了顺顺就说：会呢，完了;

孩子大牛呢，脚膝骨好了，细粉捎三斤，冰糖捎三斤。”“记得到，记得到，大娘你放心，我见了就说：会呢，完了，大牛呢，好了，细粉来三斤，冰糖来三斤。”“杨氏，杨氏，一共四吊七，莫错账！”“是的，放心呵，你说四吊七就四吊七，年三十夜莫会要你多的！你自己记着就是了！”这样那样的说着，我一一皆可听到，而且一面还可以听着在黑暗中某一处咩咩的羊鸣。我明白这些回船的人是上岸吃过“荤烟”了的。

我还估计得出，这些人不吃“荤烟”，上岸时只去烤烤火的，到了那些屋子里时，便多数只在临街那一面铺子里。这时节天气太冷，大门必已上好了，屋里一隅或点了小小油灯，屋中土地上必就地掘了浅凹，烧了些树根柴块。火光煜煜，且时时刻刻爆炸着一种难于形容的声音。火旁矮板凳上坐有船上人，木筏上人，有对河住家的熟人。且有虽为天所厌弃还不自弃的老妇人，闭着眼睛蜷成一团蹲在火边，悄悄的从大袖筒里取出一片薯干，一枚红枣，塞到嘴里去咀嚼。有穿着肮脏身体瘦弱的孩子，手擦着眼睛傍着火旁的母亲打盹。屋主人有为退伍的老军人，有翻船背运的老水手，有单身寡妇，借着火光灯光，可以看得出这屋中的大略情形，三堵木板壁上，一面必有个供养祖宗的神龛，神龛下空处或另一面，必贴了一些大小不一的红白名片。这些名片倘若有那些好事者加以注意，用小油灯照着，去仔细检查，便可以发现许多动人的名衔，军队上的连附，上士、一等兵，商号中的管事，当地的团总、保正、催租吏，以及照例姓滕的船主，洪江的木簰商人，与其他人物，无所不有。这是近十年来经过此地若干人中一小部分的题名录。这些人各用一种不同的生活，来到这个地方，且同样的来到这些屋子里，坐在火边或靠近床上，逗留过若干时间。这些人离开了此地后，在另一个世界里还是继续活下去，但除了同自己的生活圈子中人发生关系以外，与一同在这个世界上其他的人，却仿佛便毫无关系可言了。他们如今也许死掉了，水淹死的，枪打死的，被外妻用砒霜谋杀的，然而这些名片却依然将好好的保留下去。也许有些人已成了富人名人，成了当地的小军阀，这些名片却仍然写着催租人、上士等等的衔头。……除了这些名片，那屋子里是不是还有比它更引人注意的东西呢？锯子，小捞兜，香烟大画片，装干栗子的口袋……

提起这些问题时使人心中很激动。我到船头上去眺望了一阵。河面静静的，木筏上火光小了，船上的灯光已很少了，远近一切只能借着水面微光看出个大略情形。另外一处的吊脚楼上，又有了妇人唱小曲的声音，灯光摇摇不定，且有猜拳声音。我估计那些灯光同声音所在处，不是木筏上的簰头在取乐，就是水手们小商人在喝酒。妇人手指上说不定还戴了从常德府为水手特别捎来的镀金戒指，一面唱曲一面把那只手理着鬓角，多动人的一幅画图！我认识他们的哀乐，这一切我也有分。看他们在那里把每个日子打发下去，也是眼泪也是笑，离我虽那么远，同时又与我那么相近。这正同读一篇描写西伯利亚方面的农人生活动人作品一样，使人掩卷引起无言的哀戚。我如今只用想象去领味这些人生活的表面姿态，却用过去一分经验，接触着了这种人的灵魂。

羊还固执的鸣着。远处不知什么地方有锣鼓声音，那是禳土酬神巫师的锣鼓。声音所在处必有火燎与九品蜡，照耀争辉，眩目火光下有头包红布的老巫独立作旋风舞，门上架上有黄钱，平地有装满了谷米的平斗。有新宰的猪羊伏在木架上，头上插着小小纸旗。有行将为巫师用口把头咬下的活生公鸡，缚了双脚与翼翅，在土坛边无可奈何的躺卧。主人锅灶边则热了猪血稀粥，灶中火光熊熊。

邻近一只大船上，水手门已静静的睡下了，只剩余一个人吸着烟，且时时刻刻把烟管敲着船舷。也像听着吊脚楼的声音，为那点声音所激动，忽然按捺自己不住了，只听到他轻轻的骂着野话，擦了支自来火，点上一段废缆，跳上岸往吊脚楼那里去了。他在岸上大石间走动时，火光便从船篷空处漏进我的船中。也是同样的情形吧，在一只装载棉军服向上行驶的船上，泊到同样的岸边，躺在成束成捆的军服上面，夜既太长，水手们爱玩牌的皆蹲坐在舱板上小油灯光下玩天九，睡既不成，便胡乱穿了两套棉军服，空手上岸，借着石块间还未融尽残雪返照的微光，一直向高岸上有灯光处走去。到了街上，除了从人家门罅里露出的灯光成一条长线横卧着，此外一无所有。在计算中以为应可见到的小摊上成堆的花生，用哈德门长烟匣装着干瘪瘪的小橘子，切成小方块的片糖，以及在灯光下看守摊子把眉毛扯得极细的妇人（这些妇人无事可作时还会在灯光下做点针线的），如今什么也没有。既不敢冒昧闯进一个人家里面去，便只好又回转河边船上了。但上山时向灯光凝聚处走去，方向不会错误。下河时可弄糟了。糊糊涂涂在大石小石间走了许久，且大声喊着才走近自己所坐的一只船。上船时，两脚全是泥，刚攀上船舷还不及脱鞋落舱，就有人在棉被中大喊："伙计哥子们，脱鞋呀！"把鞋脱了还不即睡，便镶到水手身旁去看牌，一直看到半夜，——十五年前自己的事，在这样地方温习起来，使人对于命运感到惊异。我懂得那个忽然独自跑上岸去的人，为什么上去的理由！

等了一会，邻船上那人还不回到他自己的船上来，我明白他所得的比我多了一些。我想听听他回来时，是不是也像别的船上人，有一个妇人在吊脚楼窗口喊叫他。许多人都陆续回到船上了，这人却没有下船。我记起“柏子”。但是，同样是水上人，一个那么快乐的赶到岸上去，一个却是那么寂寞的跟着别人后面走上岸去，到了那些地方，情形不会同柏子一样，也是很显然的事了。

为了我想听听那个人上船时那点推篷声音，我打算着，在一切声音皆已安静时，我仍然不能睡觉。我等待那点声音，大约到午夜十二点，水面上却起了另外一种声音。仿佛鼓声，也仿佛汽油船马达转动声，声音慢慢的近了，可是慢慢的又远了。这是一个有魔力的歌唱，单纯到不可比方，也便是那种固执的单调，以及单调的延长，使一个身临其境的人，想用一组文字去捕捉那点声音，以及捕捉在那长潭深夜一个人为那声音所迷惑时节的心情，实近于一种徒劳无功的努力。那点声音使我不得不再从那个业已用被单塞好空罅的舱门，到船头去搜索它的来源。河面一片红光，古怪声音也就从红光一面掠水而来。日里隐藏在大岩下的一些小渔船，原来在半夜前早已静悄悄的下了拦江网。到了半夜，把一个从船头伸出水面的铁篮，盛上燃着熊熊烈火的油柴，一面敲着船舷各处走去。身在水中见了火光而来与受了柝声惊走四窜的鱼类，便在这种情形中触了网，成为渔人的俘虏。

一切光，一切声音，到这时节已为黑夜所抚慰而安静了，只有水面上那一份红火与那一派声音。那种声音与光明，正为着水中的鱼与水面的渔人生存的搏战，已在这河面上存在了若干年，且将在接连而来的每个夜晚依然继续存在。我弄明白了，回到舱中以后，依然默听着那个单调的声音。我所看到的仿佛是一种原始人与自然战争的情景。那声音，那火光，皆近于原始人类的武器！

不知在什么时候开始落了很大的雪，听船上人嘟哝着，我心想，第二天我一定可以看到邻船上那个人上船时节，在岸边雪地上留下的那一行足迹。那寂寞的足迹，事实上我却不曾见到，因为第二天到我醒来时，小船已离开那个泊船处很远了。

一九三四年一月十八

我仿佛被一个极熟的人喊了又喊，人清醒后那个声音还在耳朵边。原来我的小船已开行了许久，这时节正在一个长潭中顺风滑行，河水从船舷轻轻擦过，故把我弄醒了。

我的小船今天应当停泊到一个大码头，想起这件事，我就有点儿慌张起来了。小船应停泊的地方，照史籍上所说，出丹砂，出辰州符。事实上却只出胖人，出肥猪，出鞭炮，出雨伞。一条长长的河街，在那里可以见到无数水手柏子与无数柏子的情妇。长街尽头飘扬着税关的幡信，税关前停泊了无数上下行验关的船只。长街尽头油坊围墙如城垣，长年有油可打，打油人摇荡悬空油捶，訇的向前抛去时，莫不伴以摇曳长歌，由日到夜，不知休止。河中长年有大木筏停泊，每一木筏浮江而下时，同时四方角隅至少有三十个人举桡激水。沿河吊脚楼下泊定了大而明黄的船只，船尾高张，皆到两丈左右，小船从下面过身时，仰头看去恰如一间大屋。（那上面必用金漆写得有福字同顺字！）这个地方就是我一提及它时充满了感情的辰州地方。

小船去辰州还约三十里，两岸山头已较小，不再壁立拔峰，渐渐成为一堆堆黛色与浅绿相间的邱阜，山势既较和平，河水也温和多了。两岸人家渐渐越来越多，随处皆可以见到毛竹林。山头已无雪，虽尚不出太阳，气候干冷，天空倒明明朗朗。小船顺风张帆向上流走去时，似乎异常稳定。

但小船今天至少还得上三个滩与一个长长的急流。

大约九点钟时，小船到了第一个长滩脚下了，白浪从船旁跑过快如奔马，在惊心眩目情形中小船居然上了滩。小船上滩照例并不如何困难，大船可不同了一点。滩头上就有四只大船斜卧在白浪中大石上，毫无出险的希望。其中一只货船大致还是昨天才坏事的，只见许多水手在石滩上搭了棚子住下，且摊晒了许多被水浸湿的货物。正当我那只小船上完第一滩时，却见一只大船，正搁浅在滩头激流里，只见一个水手赤裸着全身向水中跳去，想在水中用肩背之力使船只活动，可是人一下水后，就即刻为水带走了。在浪声哮吼里尚听到岸上人沿岸喊着，水中那一个大约也回答着一些遗嘱之类，过一会，人便不见了。这个滩共有九段。这件事从船上人看来可太平常了。

小船上第二段时，河流已随山势曲折，再不能张帆取风，我担心到这小小船只的安全问题，就向掌舵水手提议，增加一个临时纤手，钱由我出。得到了他的同意，一个老头子，牙齿已脱，白须满腮，却如古罗马人那么健壮，光着手脚蹲在河边那个大青石上讲生意来了。两方面皆大声嚷着而且辱骂着，一个要一千，一个却只出九百，相差那一百钱折合银洋约一分一厘。那方面既坚持非一千文不出卖这点气力，这一方面却以为小船根本不必多出这笔钱给一个老头子。我即或答应了不拘多少钱皆由我出，船上三个水手，一面与那老头子对骂，一面把船开到急流里去了。但小船已开出后，老头子方不再坚持那一分钱，却赶忙从大石上一跃而下，自动把背后纤板上短绳，缚定了小船的竹缆，躬着腰向前走去了。待到小船业已完全上滩后，那老头就赶到船边来取钱，互相又是一阵辱骂。得了钱，坐在水边大石上一五一十数着，我问他有多少年纪，他说七十七。那样子，简直是一个托尔斯太！眉毛那么长，鼻子那么大，胡子那么多，一切皆同画相上的托尔斯太相去不远。看他那数钱神气，人快到八十了，对于生存还那么努力执着，这人给我的印象真太深了。但这个人在他们看来，一个又老又狡猾的东西罢了。

小船上尽长滩后，到了一个小小水村边，有母鸡生蛋的声音，有人隔河喊人的声音，两山不高而翠色迎人。许多等待修理的小船，皆斜卧在岸上，有人在一只船边敲敲打打，我知道他们正用麻头与桐油石灰嵌进船缝里去。一个木筏上面还搁了一只小船，在平潭中溜着，忽然村中有炮仗声音，有唢呐声音，且有锣声；原来村中人正接媳妇，锣声一起，修船的，放木筏的，划船的，都停止了工作，向锣声起处望去。——多美丽的一幅画图，一首诗！但除了一个从城市中因事挤出的人觉得惊讶，难道还有谁看到这些光景瞿然神往。

下午二时左右，我坐的那只小船，已经把辰河由桃源到沅陵一段路程主要滩水上完，到了一个平静长潭里。天气转晴，日头初出，两岸小山作浅绿色，山水秀雅明丽如西湖。船离辰州只差十里，过不久，船到了白塔下再上个小滩，转过山岨，就可以见到税关上飘扬的长幡了。

想起再过两点钟，小船泊到泥滩上后，我就会如同我小说写到的那个柏子一样，从跳板一端摇摇荡荡的上了岸，直向有吊脚楼人家的河街走去，再也不能蜷伏在船里了。

我坐到后舱口日光下，向着河流清算我对于这条河水这个地方的一切旧账。原来我离开这地方已十六年。十六年的日子实在过得太快了一点。想起从这堆日子中所有人事的变迁，我轻轻的叹息了好些次。这地方是我第二个故乡。我第一次离乡背井，随了那一群肩扛刀枪向外发展的武士为生存而战斗，就停顿到这个码头上。这地方每一条街，每一处衙署，每一间商店，每一个城洞里作小生意的小担子，还如何在我睡梦里占据一个位置！这个河码头在十六年前教育我，给我明白了多少人事，帮助我作过多少幻想，如今却又轮到它来为我温习那个业已消逝的童年梦境来了。

望着汤汤的流水，我心中好像忽然彻悟了一点人生，同时又好像从这条河上，新得到了一点智慧。的的确确，这河水过去给我的是“知识”，如今给我的却是“智慧”。山头一抹淡淡的午后阳光感动我，水底各色圆如棋子的石头也感动我。我心中似乎毫无渣滓，透明烛照，对万汇百物，对拉船人与小小船只，皆那么爱着，十分温暖的爱着！我的感情早已融入这第二故乡一切光景声色里了。我仿佛很渺小很谦卑，对一切似乎皆在伸手，且微笑的轻轻的说：

“我来了，是的，我仍然同从前一样的来了。我们全是原来的样子，真令人高兴。你，充满了牛粪桐油气味的小小河街，虽稍稍不同了一点，我这张脸，大约也不同了一点。可是，很可喜的是我们还互相认识，只因为我们过去实在太熟习了！”

看到日夜不断千古长流的河水里石头和砂子，以及水面腐烂的草木，破碎的船板，使我触着了一个使人感觉惆怅的名词，我想起“历史”。一套用文字写成的历史，除了告给我们一些另一时代另一群人在这地面上相斫相杀的故事以外，我们决不会再多知道一些要知道的事情。但这条河流，却告给了我若干年来若干人类的哀乐！小小灰色的渔船，船舷船顶站满了黑色沉默的鹭鸶，向下游缓缓划去了。石滩上走着脊梁略弯的拉船人。这些东西于历史似乎毫无关系，百年前或百年后皆仿佛同目前一样。他们那么忠实庄严的生活，担负了自己那分命运，为自己，为儿女，继续在这世界中活下去。不问所过的是如何贫贱艰难的日子，却从不逃避为了求生而应有的一切努力。在他们生活爱憎得失里，也依然摊派了哭，笑，吃，喝。对于寒暑的来临，他们便更比其他世界上人感到四时交替的严肃。历史对于他们俨然毫无意义，然而提到他们这点千年不变无可记载的历史，却使人引起无言的哀戚。

我有点担心，地方一切虽没有什么变动，我或者变得太多了一点。

船到了税关前趸船旁泊定时，我想象那些税关办事人，因为见我是个陌生旅客，一定上船来盘问我，麻烦我。我于是便假定恰如数年前作的一篇文章上我那个样子，故意不大理会，希望引起那个公务员的愤怒，直到把我带局为止。我正想要那么一个人引路到局上去，好去见他们的局长！还很希望他们带我到当地驻军旅部去，因为若果能够这样，就使我进衙门去找熟人时，省得许多琐碎的手续了。

可是验关的来了，一个宽脸大身材的苗人，见到他头上那个盘成一饼的青布包头，引动了我一点乡情。我上岸的计划不得不变更了。他还来不及开口我就说：

“同年，你来查关！这是我坐的一只空船，你尽管看。我想问你，你局长姓什么！”

那苗人已上了小船在我面前站定，看看舱里一无所有，且听我喊他为“同年”，从乡音中得到了点快乐，便用着小孩子似的口音问我：

“你到哪那去，你从哪那来呀！”

“我从常德来——就到这地方。你不是梨林人吗？我是……我要会你局长！”

那关吏说：“我是镇筸城人！你问局长，我们局长姓陈！”

第一个碰到的原就是自己的乡亲，我觉得十分激动，赶忙请他进舱来坐坐。可是这个人看看我的衣服行李，大约以为我是个什么代表，一种身分的自觉，不敢进舱里来了。就告我若要找陈局长，可以把船泊到下南门去。一面说着一面且把手中的粉笔，在船篷上画了个放行的记号，却回到大船上去：“你们走！”他挥手要水手开船，且告水手应当把船停到下南门，上岸方便。

船开上去一点，又到了一个复查处。仍然来了一个头裹青布的乡亲，从舱口看看船中的我。我想这一次应当故意不理会这个公务人，使他生气方可到局里去。可是这个复查员看看我不作声的神气，一问水手，水手说了两句话，又挥挥手把我们放走了。

我心想：这不成，他们那么和气，把我想象的安排计划全给毁了，若到下南门起岸，水手在身后扛了行李，到城门边检查时，只需水手一句话又无条件通过，很无意思。我多久不见到故乡的军队了，我得看看他们对于职务上的兴味与责任，过去和现在有什么不同处。我便变更了计划，要小船在东门下傍码头停停，我一个人先上岸去，上了岸后小船仍然开到下南门，等等我再派人来取行李。我于是上了岸，不一会就到河街上了。当我打从那河街上过身时，做炮仗的，卖油盐杂货的，收买发卖船上一切零件的，所有小铺子皆牵引了我的眼睛，因此我走得特别慢些。但到进城时却使我很失望，城门口并无一个兵。原来地方既不戒严，兵移到乡下去驻防，城市中已用不着守城兵了。长街路上虽有穿着整齐军服的年青人，我却不便如何故意向他们生点事。看看一切皆如十六年前的样子，只是兵不同了一点。

我既从东门从从容容的进了城，不生问题，不能被带过旅部去，心想时间还早，不如早到我弟弟哥哥共同在这地方新建筑的“芸庐”新家里看看，那新房子全在山上。到了那个外观十分体面的房子大门前，问问工人谁在监工，才知道我哥哥来此刚三天。这就太妙了，若不来此问问，我以为我家中人还依然全在镇筸山城里！我进了门一直向楼边走去时，还有使我更惊异而快乐的，是我第一个见着的人，原来就正是五年来行踪不明的“虎雏”。这人五年前在上海从我住处逃亡后，一直就无他的消息，我还以为他早已腐了烂了。他把我引导到我哥哥住的房中，告给我哥哥已出门，过三点钟方能回来。在这三点钟之内，他在我很惊讶盘问之下，却告给了我他的全部历史，八岁时他就因为用石块砸死了人逃出家乡，做过玩龙头宝的助手，做过土匪，做过采茶人，做过兵。到上海发生了那件事情后，这六年中又是从一切想象不到的生活里，转到我军官兄弟手边来作一名“副爷”。

见到哥哥时，我第一句话说的是："家中虎雏真是个了不起的人物。"我哥哥却回答得很妙："了不起的人吗？这里比他了不起的人多着哪。"

到了晚上，我哥哥说的话，便被我所见到的五个青年军官证实了。

一个多情水手与一个多情妇人

我的小表到了七点四十分时，天光还不很亮。停船地方两山过高，故住在河上的人，睡眠仿佛也就可以多些了。小船上水手昨晚上吃了我五斤河鱼，鱼虽吃过，大约还记得着那吃鱼的原因，不好意思再睡，这时节业已起身，卷了铺盖，在烧水扫雪了。两个水手一面工作一面用野话编成韵语骂着玩着，对于恶劣天气与那些昨晚上能晃着火炬到有吊脚楼人家去同宽脸大奶子妇人纠缠的水手，含着无可奈何的诅咒。

大木筏都得天明时漂滩，正预备开头，寄宿在岸上的人已陆续下了河，与宿在筏上的水手们，共同开始从各处移动木料，筏上有斧斤声与大摇槌嘭嘭的敲打木桩声音。许多在吊脚楼寄宿的人，从妇人热被里脱身，皆在河滩大石间踉跄走着，回归船上。妇人们恩情所结，也多和衣靠着窗边，与河下人遥遥传述那种种“后会有期各自珍重”的话语。很显然的事，便是这些人从昨夜那点露水恩情上，已经各在那里支付分上一把眼泪与一把埋怨。想到这些眼泪与埋怨，如何揉进这些人的生活中，成为生活之一部时，使人心中柔和得很！

第一个大木筏开始移动时，约在八点左右。木筏四隅数十枝大桡，拨水而前，筏上且起了有节奏的“唉”声。接着又移动了第二个。……木筏上的楼手，各在微明中画出一个黑色的轮廓。木筏上某一处必飏着一片红红的火光，火堆旁必有人正蹲下用钢罐煮水。

我的小船到这时节一切业已安排就绪，也行将离岸，向长潭上游溯江而上了。

只听到河下小船邻近不远某一只船上，有个水手哑着嗓子喊人：

“牛保，牛保，不早了，开船了呀！”

许久没有回答，于是又听那个人喊道：

“牛保，牛保，你不来当真船开动了！”

再过一阵，催促的转而成为辱骂，不好听的话已上口了。

“牛保，牛保，狗×的，你个狗就见不得河街女人的×！”

吊脚楼上那一个，到此方仿佛初从好梦中惊醒，从热被里妇人手臂中逃出，光身爬到窗边来答着：

“宋宋，宋宋，你喊什么？天气还早咧。”

“早你的娘，人家木簰全开了，你×了一夜还尽不够！”

“好兄弟，忙什么？今天到白鹿潭好好的喝一杯！天气早得很！”

“天气早得很，哼，早你的娘！”

“就算是早我的娘吧。”

最后一句话，不过是我所想象的。因为河岸水面那一个，虽尚呶呶不已，楼上那一个却业已沉默了。大约这时节那个妇人还卧在床上，也开了口，“牛保，牛保，你别理他，冷得很！”因此即刻又回到床上热被里去了。

只听到河边那个水手喃喃的骂着各种野话，且有意识把船上家伙撞磕得很响。我心想：这是个什么样子的人，我倒应当看看他。且很希望认识岸上那一个。我知道他们那只船也正预备上行，就告给我小船上水手，不忙开头，等等同那只船一块儿开。

不多久，许多木筏离岸了，许多下行船也拔了锚，推开篷，着手荡桨摇橹了。我卧在船舱中，就只听到水面人语声，以及橹桨激水声，与橹桨本身被扳动时咿咿哑哑声。河岸吊脚楼上妇人在晓气迷蒙中锐声的喊人，正如同音乐中的笙管一样，超越众声而上。河面杂声的综合，交织了庄严与流动，一切真是一个圣境。

我出到舱外去站了一会，天已亮了，雪已止了，河面寒气逼人，眼看这些船筏各戴上白雪浮江而下，这里那里飏着红红的火焰同白烟，两岸高山则直矗而上，如对立巨魔，颜色淡白，无雪处皆作一片墨绿。奇景当前，有不可形容的瑰丽。

一会儿，河面安静了。只剩下几只小船同两片小木筏，还无开头意思。

河岸上有个蓝布短衣青年水手，正从半山高处人家下来，到一只小船上去。因为必需从我小船边过身，故我把这人看得清清楚楚。大眼，宽脸，鼻子短，宽阔肩膊下挂着两只大手（手上还提了一个棕衣口袋，里面填得满满的），走路时肩背微微向前弯曲，看来处处皆证明这个人是一个能干得力的水手！我就冒昧的喊他，同他说话：

“牛保，牛保，你玩得好！”

谁知那水手当真就是牛保。

那家伙回过头来看看是我叫他，就笑了。我们的小船好几天以来，皆一同停泊，一同启碇，我虽不认识他，他原来早就认识了我的。经我一问，他有点害羞起来了。他把那口袋举起带笑说道：

“先生，冷呀！你不怕冷吗？我这里有核桃，你要不要吃核桃？”

我以为他想卖给我些核桃，不愿意扫他的兴，就说我要，等等我一定向他买些。

他刚走到他自己那只小船边，就快乐的唱起来了。忽然税关复查处比邻吊脚楼人家窗口，露出一个年青妇人鬓发散乱的头颅，向河下人锐声叫将起来：

“牛保，牛保，我同你说的话，你记着吗？”

年青水手向吊脚楼一方把手挥动着。

“唉，唉，我记得到！……冷！你是怎么的啊！快上床去！”大约他知道妇人起身到窗边时，是还不穿衣服的。

妇人似乎因为一番好意不能使水手领会，有点不高兴的神气。

“我等你十天，你有良心，你就来——”说着，嘭的一声把格子窗放下了。这时节眼睛一定已红了。

那一个还向吊脚楼喃喃说着什么，随即也上了船。我看看，那是一只深棕色的小货船。

我的小船行将开头时，那个青年水手牛保却跑来送了一包核桃。我以为是他拿来卖给我的，赶快取了一张值五角的票子递给他。这人见了钱只是笑。他把钱交还，把那包核桃从我手中抢了回去。

“先生，先生，你买我的核桃，我不卖！我不是做生意人。（他把手向吊脚楼指了一下，话说得轻了些。）那婊子同我要好，她送我的。送了我那么多，此外还有栗子、干鱼。还说了许多痴话，等我回来过年咧……”

慷慨原是辰河水手一种通常的性格，既不要我的钱，皮箱上正搁了一包烟台苹果，我随手取了四个大苹果送给他，且问他：

“你回不回来过年？”

他只笑眯眯的把头点点，就带了那四个苹果飞奔而去。我要水手开了船。小船已开到长潭中心时，忽然又听到河边那个哑嗓子在喊嚷：

“牛保，牛保，你是怎么的？我×你的妈，还不下河，我翻你的三代，还……”

一会儿，一切皆沉静了，就只听到我小船船头分水的声音。

听到水手的辱骂，我方明白那个快乐多情的水手，原来得了苹果后，并不即返船，仍然又到吊脚楼人家去了。他一定把苹果献给那个妇人，且告给妇人这苹果的来源，说来说去，到后自然又轮着来听妇人说的痴话，所以把下河的时间完全忘掉了。

小船已到了辰河多滩的一段路程，长潭尽后就是无数大滩小滩。河水半月来已落下六尺，雪后又照例无风，较小船只即或可以不从大漕上行，沿着河边浅水处走去也仍然十分费事。水太干了，天气又实在太冷了点。我伏在舱口看水手们一面骂野话，一面把长篙向急流乱石间掷去，心中却念及那个多情水手。船上滩时浪头俨然只想把船上人攫走。水流太急，故常常眼看业已到了滩头，过了最紧要处，但在抽篙换篙之际，忽然又会为急流冲下。海水又大又深，大浪头拍岸时常如一个小山，但它总使人觉得十分温和。河水可同一股火，太热情了一点，时时刻刻皆想把人攫走，且仿佛完全只凭自己意见作去。但古怪的是这些弄船人，他们逃避激流同漩水的方法，十分巧妙。他们得靠水为生，明白水，比一般人更明白水的可怕处；但他们为了求生，却在每个日子里每一时间皆有向水中跳去的准备。小船一上滩时，就不能不向白浪里钻去，可是他们却又必有方法从白浪里找到出路。

在一个小滩上，因为河面太宽，小漕河水过浅，小船缆绳不够长不能拉纤，必需尽手足之力用篙撑上，我的小船一连上了五次皆被急流冲下。船头全是水。到后想把船从对河另一处大漕走去，漂流过河时，从白浪中钻出钻进，篷上也沾了水。在大漕中又上了两次，还花钱加了个临时水手，方把这只小船弄上滩。上过滩后问水手是什么滩，方知道这滩名“骂娘滩”（说野话的滩！），即或是父子弄船，一面弄船也一面得互骂各种野话，方可以把船弄上滩口。

一整天小船尽是上滩，我一面欣赏那些从船舷驰过急于奔马的白浪，一面便用船上的小斧头，敲剥那个风流水手见赠的核桃吃。我估想这些硬壳果，说不定每一颗还皆是那吊脚楼妇人亲手从树上摘下，用鞋底揉去一层苦皮，再一一加以选择，放到棕衣口袋里来的。望着那些棕色碎壳，那妇人说的“你有良心你就赶快来”一句话，也就尽在我耳边响着。那水手虽然这时节或许正在急水滩头爬伏到石头上拉船，或正脱了裤子涉水过溪，一定却记忆着吊脚楼妇人的一切，心中感觉十分温暖。每一个日子的过去，便使他与那妇人接近一点点。十天完了，过年了，那吊脚楼上，一定门楣上全贴了红喜钱，被捉的雄鸡啊呵呵呵的叫着，雄鸡宰杀后，把它向门角落抛去，只听到翅膀扑地的声音。锅中蒸了一笼糯米饭，长年覆着搁在门口的老粑槽，那时节业已翻动，粑槌也洗得干干净净，只等候把蒸熟的米饭倒下，两人就开始在一个石臼里捣将起来。一切事皆两个人共力合作，一切工作中皆掺合有笑谑与善意的诅骂。于是当真过年了。又是叮咛与眼泪，在一分长长的日子里有所期待，留在船上另一个放声的辱骂催促着，方下了船，又是胡桃与栗子，干鲤鱼与……

到了午后，天气太冷，无从赶路。时间还只三点左右，我的小船便停泊了。停泊地方名为杨家岨。依然有吊脚楼，飞楼高阁悬在半山中，结构美丽悦目。小船傍在大石边，只须一跳就可以上岸。岸上吊脚楼前枯树边，正有两个妇人，穿了毛蓝布衣裳，不知商量些什么，幽幽的说着话。这里雪已极少，山头皆裸露作深棕色，远山则为深紫色。地方静得很，河边无一只船，无一个人，无一堆柴。只不知河边某一个大石后面有人正在捶捣衣服，一下一下的捣。对河也有人说话，却看不清楚人在何处。

小船停泊到这些小地方，我真有点担心。船上那个壮年水手，是一个在军营中开过小差作过种种非凡事业的人物，成天在船上只唱着“过了一天又一天，心中好似滚油煎”，若误会了我箱中那些带回湘西送人的信笺信封，以为是值钱东西，在唱过了埋怨生活的戏文以后，转念头来玩个新花样，说不定我还来不及被询问“吃板刀面或吃馄饨”以前，就被他解决了。这些事我倒不怎么害怕，凡是蠢人作出的事我不知道什么叫吓怕的。只是有点儿担心。因为若果这个人做出了这种蠢事，我完了，他跑了，这地方可糟了。地方既属于我那些同乡军官大老管辖，把他们可忙坏了。

我盼望牛保那只小船赶来，也停泊到这个地方，一面可以不用担心，一面还可以同这个有人性的多情水手谈谈。

直等到黄昏，方来了一只邮船，靠着小船下了锚。过不久，邮船那一面有个年青水手嚷着要支点钱上岸去吃“荤烟”，另一个管事的却不允许，两人便争吵起来了。只听到年青的那一个呶呶絮语，声音神气简直同大清早上那个牛保一个样子。到后来，这个水手负气，似乎空着个荷包，也仍然上岸过吊脚楼人家去了。过了一会还不见他回船，我很想知道一下他到了那里作些什么事情，就要一个水手为我点上一段废缆，晃着那小小火把，引导我离了船，爬了一段小小山路，到了所谓河街。

五分钟后，我与这个穿绿衣的邮船水手，一同坐到一个人家正屋里的火堆旁，默默的在烤火了。一个大油松树根株，正伴同一饼油渣，熊熊的燃着快乐的火焰。间或有人用脚或树枝拨了那么一下，便有好看的火星四散惊起。主人是一个中年妇人，另外还有两个老妇人，虽对水手提出种种问题，且把关于下河的油价、木价、米价、盐价，一件一件来询问他，他却很散漫的回答，只低下头望着火堆。从那个颈项同肩膊，我认得这个人性格同灵魂，竟完全同早上那个牛保水手一样。我明白他沉默的理由，一定是船上管事的不给他钱，到岸上来又赊烟不到手。他那闷闷不乐的神气，可以说是很妩媚。我心想请他一次客，又不便说出口。到后机会却来了，门开处进来了一个年事极轻的妇人，头上裹着大格子花布首巾，身穿绿色土布袄子，挂着一条蓝色围裙，胸前还绣了一朵小小白花。那年轻妇人把两只手插在围裙里，轻脚轻手进了屋，就站在中年妇人身后。说真话，这个女人真使我有点儿“惊讶”。我似乎在什么地方另一时节见着这样一个人，眼目鼻子皆仿佛十分熟习。若不是当真在某一处见过，那就必定是在梦里了。公道一点说来，这妇人是个美丽得很的动物！

最先我以为这小妇人是无意中撞来玩玩，听听从下河来的客人谈谈下面事情，安慰安慰自己寂寞的。可是一瞬间，我却明白她是为另一件事而来的了。屋主人要她坐下她却不肯坐下，只把一双放光的眼睛尽瞅着我，待到我抬起头去望她时，那眼睛却又赶快逃避了。她在一个水手面前一定没有这种羞怯，为这点羞怯我心中有点儿惆怅，引起了点儿怜悯。这怜悯一半给了这个小妇人，却留下一半给我自己。

那邮船水手眼睛为小妇人放了光，很快乐的说：

“夭夭，夭夭，你打扮得真像个观音！”

那女人抿嘴笑着不理会，表示这点阿谀并不希罕，一会儿方轻轻的说：

“我问你，白师傅的大船到了桃源不到？”

邮船水手答应了，妇人又轻轻的问：

“杨金保的船？”

邮船水手又答应了，妇人又继续问着这个那个。我一面向火一面听他们说话，却在心中计算一件事情。小妇人虽同邮船水手谈到岁暮年末水面上的情形，但一颗心却一定在另外一件事情上驰骋。我几乎本能的就感到了这个小妇人是正在爱着我的，不用惊奇，这不是希奇事情。我们若稍懂人情，就会明白一张为都市所折磨而成的白脸，同一件称身软料细毛衣服，在一个小家碧玉心中所能引起的是一种如何幻想，对目前的事也便不用多提了。

对于身边这个小妇人，也正如先前一时对于身边那个邮船水手一样，我想不出用个什么方法，就可以使这个有了点儿野心与幻想的人，得到她所要得到的东西。其实我在两件事上皆不能再吝啬了，因为我对于他们皆十分同情。但试想想看，倘若这个小妇人所希望的是我本身，我这点同情，会不会引起五千里外另一个人的苦痛？我笑了。

……假若我给这水手一笔钱，让这小妇人同他谈一个整夜？

我正那么计算着，且安排如何来给那个邮船水手的钱，使他不至于感觉难于为情。忽然听到那年轻妇人问道：

“牛保那只船？”

那邮船水手吐了一口气：“牛保的船吗，我们一同上骂娘滩，溜了四次。末后船已上了滩，那拦头的伙计还同他在互骂，且不知为什么互相用篙子乱打乱劁起来，船又溜下滩去了。看那样子不是有一个人落水，就得两个人同时落水。”

有谁发问：“为什么？”

邮船水手感慨似的说：“还不是为那一张×！”

几人听着这件事，皆大笑不已。那年轻小妇人，却长长的吁了一口气。

忽然河街上有个老年人嘶声的喊人：

“天天小婊子，小婊子婆，卖×的，你是怎么的，夹着那两片小×，一睒眼又跑到哪里去了！你来！……”

小妇人听门外街口有人叫她，把小嘴收敛做出一个爱娇的姿式，带着不高兴的神气自言自语说：“叫骡子又叫了。

夭夭小婊子偷人去了！投河吊颈去了！”咬着下唇很有情致的盯了我一眼，拉开门，放进了一阵寒风，人却冲出去，消失到黑暗中不见了。

那邮船水手望了望小妇人去处那扇大门，自言自语的说：“小婊子嫁老烟鬼，天晓得！”

于是大家便来谈说刚才走去那个小妇人的一切。屋主中年妇人，告给我那小妇人年纪还只十九岁，却为一个年过五十的老兵所占有。老兵原是一个烟鬼，虽占有了她，只要谁有土有财就让床让位。至于小妇人呢，人太年轻了点，对于钱毫无用处，却似乎常常想得很远很远。屋主人且为我解释很远很远那句话的意思，给我证明了先前一时我所感觉到的一件事情的真实。原来这小妇人虽生在不能爱好的环境里，却天生有种爱好的性格。老烟鬼用名分缚着了她的身体，然而那颗心却无从拘束。一只船无意中在码头边停靠了，这只船又恰恰有那么一个年青男子，一切派头皆与水手不同，夭夭那颗心，将如何为这偶然而来的人跳跃！屋主人所说的话增加了我对于这个年轻妇人的关心。我还想多知道一点，请求她告给我，我居然又知道了些不应当写在纸上的事情。到后来谈起命运，那屋主人沉默了，众人也沉默了。各人眼望着熊熊的柴火，心中玩味着“命运”两个字的意义，而且皆俨然有一点儿痛苦。

我呢，在沉默中体会到一点“人生”的苦味。我不能给那个小妇人什么，也再不作给那水手一点点钱的打算了，我觉得他们的欲望同悲哀都十分神圣，我不配用钱或别的方法渗进他们命运里去，扰乱他们生活上那一分应有的哀乐。

下船时，在河边我听到一个人唱《十想郎》小曲，曲调卑陋声音却清圆悦耳。我知道那是由谁口中唱出且为谁唱的。我站在河边寒风中痴了许久。

辰河小船上的水手

我自从离开了那个水獭皮帽子的朋友以后，独自坐到这只小船上，已闷闷的过了十天。小船前后舱面既十分窄狭，三个水手白日皆各有所事；或者正在吵骂，或者是正在荡桨撑篙，使用手臂之力，使这只小船在结了冰的寒气中前进。有时两个年轻水手即或上岸拉船去了，船前船后又有湿淋淋的缆索牵牵绊绊。打量出去站站，也无时不显得碍手碍脚，很不方便。因此我就只有蜷伏在船舱里，静听水声与船上水手辱骂声，打发了每个日子。

照原定计划，这次旅行来回二十八天的路程，就应当安排二十二个日子到这只小船上。如半途中这小船发生了什么意外障碍，或者就多得四天五天。起先我尽记着水獭皮帽子的朋友“行船莫算，打架莫看”的格言，对于这只小船每日应走多少路，已走多少路，还需要走多少路，从不发言过问。他们说“应当开头了”，船就开了，他们说“这鬼天气不成，得歇憩烤火”，我自然又听他们歇憩烤火。天气也实在太冷了一点，篙上桨上莫不结了一层薄冰。我的衣袋中，虽还收藏了一张桃源县管理小划子的船总亲手所写“十日包到”的保单，但天气既那么坏，还好意思把这张保单拿出来向掌梢水手说话吗?

我口中虽不说什么，心里却计算到所剩余的日子，真有点儿着急。

可是三个水手中的一人，已看准了我的弱点，且在另外一件事情上，又看准了我另外一项弱点，想出了个两得其利的办法来了。那水手向我说道：

“先生，你着急，是不是? 不必为天气发愁。如今落的是雪子，不是刀子。我们弄船人，命里派定了划船，天上纵落刀子也得做事!”

我的坐位正对着船尾，掌梢水手这时正分张两腿，两手捎定舵把，一个人字形的姿势对我站定。想起昨天这只小船捎入石罅里，尽三人手足之力还无可奈何时，这人一面对天气咒骂各种野话，一面卸下了裤子向水中跳去的情形，我不由得微喟了一下。我说：“天气真坏!”

他见我眉毛聚着便笑了。“天气坏不碍事，只看你先生是不是要我们赶路，想赶快一些，我同伙计们有的是办法!”

我带了点埋怨神气说：“不赶路，谁愿意在这个日子里来在河上受活罪？你说有办法，告我看是什么办法!”

“天气冷，我们手脚也硬了。你请我们晚上喝点酒，活活血脉，这船就可以在水面上飞!”

我觉得这个提议很正当，便不追问先划船后喝酒，如何活动血脉的理由，即刻就答应了。我说：“好得很，让我们的船飞去吧，欢喜吃什么买什么。”

于是这小船在三个划船人手上，当真俨然一直向辰河上游飞去。经过钓船时就喊卖鱼，一拢码头时就用长柄大葫芦满满的装上一葫芦烧酒。沿河两岸连山皆深碧一色，山头常戴了点白雪，河水则清明如玉。在这样一条河水里旅行，望着水光山色，体会水手们在工作上与饮食上的勇敢处，使我在寂寞里不由得不常作微笑!

船停时，真静。一切声音皆为大雪以前的寒气凝结了。只有船底的水声，轻轻的轻轻的流过去，——使人感觉到它的声音，几乎不是耳朵却只是想象。三个水手把晚饭吃过后，围在后舱钢灶边烤火烘衣。

时间还只五点二十五分，先前一时在长潭中摇橹唱歌的一只大货船，这时也赶到快要靠岸停泊了。只听到许多篙子钉在浅水石头上的声音，且有人大嚷大骂。他们并不是吵架，不过在那里“说话”罢了。这些人说话照例永远得使用个粗野字眼儿，也正同我们使用标点符号一样，倘若忘了加上去，意思也就很容易模糊不清楚了。这样粗野字眼儿的使用，即在父子兄弟间也少不了。可是这些粗人野人，在那吃酸菜臭牛肉说野话的口中，高兴唱起歌来时，所唱的又正是如何美丽动人的歌！

大船靠定岸边后，只听到有一个人在船头上大声喊叫：

“金贵，金贵，上岸××去！”

那个名为金贵的水手，似乎正在那只货船舱里鱿鱼海带间，嘶着个嗓子回答说：

“你××去我不来。你娘××××正等着你！”

我那小船上三个默默的烤火烘衣的水手，听到这个对白，便一同笑将起来了。其中之一学着邻船人语气说：

“××去，×你娘的×。大白天像狗一样在滩上爬，晚上好快乐！”

另一个水手就说：

“七老，你要上岸去，你向先生借两角钱也可以上岸去！”

几个人把话继续说下去，便讨论到各个小码头上吃四方饭娘儿们的人材与轶事来了。说及其中一些野妇人悲喜的场面时，真使我十分感动。我再也不能孤独的在舱中坐下了，就爬到那个钢灶边去，同他们坐在一处去烤火。

我搀入那个团体时，询问那个年纪较大的水手：

“掌舵的，我十五块钱包你这只船，一次你可以捞多少！”

“我可以捞多少，先生！我不是这只船的主人，我是个每年二百四十吊钱雇定的舵手，算起来一个月我有两块三角钱，你看看这一次我捞多少！”

我说：“那么，大伙计，你拦头有多少！全船皆得你，难道也是二百四十吊一年吗?”

那一个名为七老的说：“我弄船上行，两块六角钱一次，下行吃白饭！”

“那么，小伙计，你呢。我看你手脚还生疏得很！你昨天差点儿淹坏了，得多吃多喝，把骨头长结实一点点！”

小子听我批评到他的能力就只干笑。掌舵的代他说话：

“先生要你多吃多喝，你不听到吗？这小子看他虽长得同一块发糕一样，其实就只是能吃能喝，撇篙子拉纤全不在行！”

“多少钱一月！”我说，“一块钱一月，是不是?”

那个小水手自己笑着开了口：“多少钱一月？十个铜子一天，——×他的娘。天气多坏！”

我在心中打了一下算盘，掌舵的八分钱一天，拦头的一角三分一天，小伙计一分二厘一天。在这个数目下，不问天气如何，这些人莫不皆得从天明起始到天黑为止，做他应分做的事情。遇应当下水时，便即刻跳下水中去。遇应当到滩石上爬行时，也毫不推辞即刻前去。在能用气力时，这些人就毫不吝惜气力打发了每个日子，人老了，或大六月发痧下痢，躺在空船里或太阳下死掉了，一生也就算完事了。这条河中至少有十万个这样过日子的人。想起了这件事情，我轻轻的吁了一口气。

“掌舵的，你在这条河里划了几年船？”

“我今年五十三，十六岁就到了船上。”

三十七年的经验，七百里路的河道，水涨水落河道的变迁，多少滩，多少潭，多少码头，多少石头——是的，凡是那些较大的知名的石头，这个人就无一不能够很清楚的举出它们的名称和故事！划了三十七年的船，还只是孤身一人，把经验与气力每天作八分钱出卖，来在这水上飘泊，这个古怪的人！

“拦头的大伙计，你呢？你划了几年船？”

“我照老法子算今年三十一岁，在船上五年，在军队里也五年。我是个逃兵，七月里才从贵州开小差回来的！”

这水手结实硬朗处，倒真配作一个兵。那分粗野爽朗处也很像个兵。掌舵的水手人老了，眼睛发花，已不能如年青人那么手脚灵便，小水手年龄又太小了一点，一切事皆不在行，全船最重要的人物就是他。昨天小船上滩，小水手换篙较慢，被篙子弹入急流里去时，他却一手支持篙子，还能一手把那个小水手捞住，援助上船。上了船后那小子又惊又气，全身湿淋淋的，抱定桅子荷荷大哭。他一面笑骂着种种野话，一面却赶快脱了棉衣单裤给小水手替换。在这小船上他一个人脾气似乎特别大，但可爱处也就似乎特别多。

想起小水手掉到水中被援起以后的样子，以及那个年纪大一点的脱下了裤子给他掉换，光着个下身在空气里弄船的神气，我心中充满了不可言说的感情。我向小水手带笑说："小伙计，你呢？"

那个拦头的水手就笑着说：“他吗？只会吃，只会哭，做错了事骂两句，还会说点蠢话：‘你欺侮我，我用刀子同你拼命！’拿你刀子来切我的××，老子还不见过刀子，怕你！”

小水手说：“老子哭你也管不着！”

拦头的水手说："我管你咬我的××！不管你你还会有命！落了水爬起来，有什么可哭？我不脱下衣来，先生不把你毯子，不冷死你！十五六岁了的人，命好早×出了孩子，动不动就哭，不害羞！"

正说着，邻船上有水手很快乐的用女人窄嗓子唱起曲子，晃着一个火把，上了岸，往半山吊脚楼胡闹去了。

我说："大伙计，你是不是也想上岸去玩玩？要去就去，我这里有的是钱。要几角钱？你太累了，我请客！"

掌舵的老水手听说我请客，赶忙在旁打边鼓儿说："七老，你去，先生请客你就去，两吊钱先生出得起！"

他妩媚的咕咕笑着。我知道那是什么意思。就取了值四吊钱的五角钞票递给他，小水手笑乐着为他把作火炬的废缆燃好。于是推开了篷，这个人就被两个水手推上了岸，也摇晃着个火把，爬上高坎到吊脚楼地方取乐去了。

人走去后，掌舵的水手方把这个人的身世为我详细说出来。原来这个人的履历上，还有十一个月土匪的经验应当添注上去。这个人大白天一面弄船一面吼着说"老子要死了，老子要做土匪去了"，种种独白的理由，我方完全明白了。

我心中以为这个人既到了河街吊脚楼，若不是同那些宽脸大奶子女人在床上去胡闹，必就坐到火炉边，夹杂在一群划船人中间向火，嚼花生或剥酸柚子吃。那河街照例有屠户，有油盐店，有烟馆，有小客店，还有许多妇人提起竹篾织就的圆烘笼烤手，一见到年青水手的就做眉做眼。还有妇女年纪大些的，鼻梁根扯得通红，太阳穴贴上了膏药，做丑事毫不以为可羞。看中了某一个结实年青的水手时，只要那水手不讨厌她，还会提了家养母鸡送给水手！那些水手胡闹到半夜里回到船上，把缚着脚的母鸡，向舱里同伴热被上抛去，一些在睡梦里被惊醒的同伴，就会喃喃的骂着，“溜子，溜子，你一条××换一只母鸡，老子明早天一亮用刀割了你！”于是各个臭被一角皆起了咕咕的笑声。……

我还正在那个拦头水手行为上，思索到一个可笑的问题，不知道他那么上岸去，由他说来，究竟得到了些什么好处。可是他却出我意料以外，上岸不久又下了河，回到小船上来了。小船上掌梢水手正点了个小油灯，薄薄灯光照着那水手的快乐脸孔。掌梢的向他说：

“七老，怎么的，你就回来了，不同婊子过夜！”

小水手也向他说了句野话，那小子只把头摇着且微笑着，赶忙解下了他那根腰带。原来他棉袄里藏了一大堆橘子，腰带一解，橘子便在舱板上各处滚去。问他为什么得了那么多橘子，方知道他虽上了岸，却并不胡闹，只到河街上打了个转，在一个小铺子里坐了一会，见有橘子卖，知道我欢喜吃橘子，就把钱全买了橘子带回来了。

我见着他那很有意思的微笑，我知道他这时所作的事，对于他自己感觉到如何愉快，我便笑将起来，不说什么了。四个人剥橘子吃时，我要他告给我十一个月作土匪的生活，有些什么可说的事情，让我听听。他就一直把他的故事说到十二点钟。

天气如所希望的终于放晴了，我同这几个水手在这只小船上已经过了十一个日子。

天既放晴后，小船快要到目的地时，坐在船舱中一角，瞻望澄碧无尽的长流，使我发生无限感慨。十五年以前，河岸两旁黛色庞大石头上，依然是在这样晴朗冬天里，有野莺与画眉鸟从山中竹篁里飞出来，在石头上晒太阳，悠然自得的啭唱悦耳的曲子，直到有船近身时，又方始一齐向竹林中飞去。十五年来竹林里的鸟雀，那分从容处，犹如往日一个样子，水面划船人愚蠢朴质勇敢耐劳处，也还相去不远。但这个民族，在这一堆日子里，为内战，毒物，饥馑，水灾，如何向堕落与灭亡大路走去，一切人生活习惯，又如何在巨大压力下失去了它原来的型范！

小船到达我水行的终点浦市地方时，约在下午四点钟左右。这是一个经过昔日的繁荣而衰败了的码头。三十年前是这个地方繁荣达到顶点的时代。十五年前地方业已大大衰落，那时节沿河长街的油坊，尚常有三两千新油篓晒在太阳下。沿河七个用青石作成的码头，有一半皆停泊了结实高大四橹五舱运油船。此处船只多从下游运来淮盐、布匹、花纱，以及川黔所需的洋广杂货。川黔边境由旱路来的朱砂、水银、苎麻、五倍子，莫不在此交货转载。木材浮江而下时，常常半个河面皆是那种木筏。本地市面则出炮仗，出印花布，出肥人，出肥猪。河面既异常宽平，码头又干净整齐，虽从那些大商号上，寺庙上，皆可见出这个商埠在日趋于衰颓，然而一个旅行者来到此地时，一切规模总仍然可得一极其动人的印象！街市尽头河下游为一长潭，河上游为一小滩，每当黄昏薄暮，落日沉入大地，天上暮云为落日余晖所烘炙，剩余一片深紫时，大帮货船从上而下，摇船人泊船近岸，在充满了薄雾的河面，浮荡的催橹歌声，又正是一种如何壮丽稀有的歌声！

如今小船到了这个地方后，看看沿河各码头，皆已破烂不堪，小船泊定的一个码头，一共有十二只船，除了有一只船载运了方柱形毛铁，一只船载辰溪烟煤，正在那里发签起货外，其他船只似乎已停泊了多日，无货可载。有七只船还在小桅上或竹篙上，悬了一个用竹缆编成的圆圈，作为“此船出卖”的标志。

小船上掌梢水手同拦头水手皆上岸去了，只留下小水手守船，我想乘天气还不曾断黑，到长街上去看看这一切衰败了的地方，是不是商店中还能有个肥胖子。一到街口却碰着了那两个水手，正同个骨瘦如柴的长人在一个商店门前相骂。问问旁人是什么事情，方知道这长子原来是个屠户，争吵的原因只是对于所买的货物分量轻重有所争持。看到他们那么大声吵骂，我就不再走过去了。

下船时，我一个人坐在那小小船只里让黄昏来临，心中只想着一件古怪事情：

“浦市地方屠户也那么瘦了，是谁的责任？希望到这个地面上，还有一群精悍结实的青年，来驾驭钢铁征服自然，这责任应当归谁？”

箱子岩

十四年以前，我有机会独坐一只小篷船，沿辰河上行，停船在箱子岩脚下。一列青黛崭削的石壁，夹江高矗，被夕阳烘炙成为一个五彩屏障。石壁半腰中，有古代巢居者的遗迹，石罅间悬撑起无数横梁，暗红色大木柜尚依然好好的搁在木梁上。岩壁断折缺口处，看得见人家茅棚同水码头，上岸喝酒下船过渡人皆得从这缺口通过。那一天正是五月十五，河中人过大端阳节。箱子岩洞窟中最美丽的三只龙船，皆被乡下人拖出浮在水面上。船只狭而长，船舷描绘有朱红线条，全船坐满了青年桡手，头腰各缠红布，鼓声起处，船便如一枝没羽箭，在平静无波的长潭中来去如飞。河身大约一里路宽，两岸皆有人看船，大声呐喊助兴。且有好事者，从后山爬到悬岩顶上去，把百子鞭炮从高岩上抛下，尽鞭炮在半空中爆裂，嘭嘭嘭嘭的鞭炮声与水面船中锣鼓声相应和，引起人对于历史发生了一点幻想，一点感慨。

当时我心想：多古怪的一切！两千年前那个楚国逐臣屈原，若本身不被放逐，疯疯癫癫来到这种充满了奇异光彩的地方，目击身经这些惊心动魄的景物，两千年来的读书人，或许就没有福分读《九歌》那类文章，中国文学史也就不会如现在的样子了。在这一段长长岁月中，世界上多少民族皆堕落了，衰老了，灭亡了。即如号称东亚大国的一片土地，也已经有过多少次被沙漠中的蛮族，骑了膘壮的马匹，手持强弓硬弩，长枪大戟，到处践踏蹂躏！（辛亥革命前夕，在这苗蛮杂处的一个边镇上，向土民最后一次大规模施行杀戮的统治者，就是一个北方清朝的宗室！）然而这地方的一切，虽在历史中也照样发生不断的杀戮，争夺，以及一到改朝换代时，派人民担负种种不幸命运，死的因此死去，活的被逼迫留发，剪发，在生活上受新朝代种种限制与支配。然而细细一想，这些人根本上又似乎与历史毫无关系。从他们应付生存的方法与排泄感情的娱乐上看来，竟好像古今相同，不分彼此。这时节我所眼见的光景，或许就与两千年前屈原所见的完全一样。

那次我的小船停泊在箱子岩石壁下，附近还有十来只小渔船，大致打鱼人也有弄龙船竞渡的，所以渔船上妇女小孩们，精神皆十分兴奋，各站在尾梢上锐声呼喊。其中有几个小孩子，我只担心他们太快乐了些，会把住家的小船跳沉。

日头落尽云影无光时，两岸渐渐消失在温柔暮色里，两岸看船人呼喝声越来越少，河面被一片紫雾笼罩，除了从锣鼓声中尚能辨别那些龙船方向，此外已别无所见。然而岩壁缺口处却人声嘈杂，且闻有小孩子哭声，有妇女们尖锐叫唤声，综合给人一种悠然不尽的感觉。天气已经夜了，吃饭是正经事。我原先尚以为再等一会儿，那龙船一定就会傍近岩边来休息，被人拖进石窟里，在快乐呼喊中结束这个节日了。谁知过了许久，那种锣鼓声尚在河面飘着，表示一班人还不愿意离开小船，回转家中。待到我把晚饭吃过后，爬出舱外一望，呀，天上好一轮圆月。月光下石壁同河面，一切皆镀了银，已完全变换了一种调子。岩壁缺口处水码头边，正有人用废竹缆或油柴燃着火燎，火光下只见许多穿白衣人的影子移动。问问船上水手，方知道那些人正把酒食搬移上船，预备分派给龙船上人。原来这些青年人白日里划了一整天船，看船的皆散尽了，划船的还不尽兴，并且谁也不愿意扫兴示弱，先行上岸，因此三只长船还得在月光下玩个上半夜。

提起这件事，使我重新感到人类文字语言的贫俭。那一派声音，那一种情调，真不是用文字语言可以形容的事情。向一个身在城市住下，以读读《楚辞》就神往意移的人，来描绘那月下竞舟的一切，更近于徒然的努力。我可以说的，只是自从我把这次水上所领略的印象保留到心上后，一切书本上的动人记载，皆看得平平常常，不至于发生惊讶了。这正像我另外一时，看过人类许多花样的杀戮，对于其余书上叙述到这件事，同样不能再给我如何感动。

十四年后我又有了机会乘坐小船沿辰河上行，应当经过箱子岩。我想温习温习那地方给我的印象，就要管船的不问迟早，把小船在箱子岩停泊。这一天是十二月七号，快要过年的光景，没有太阳的酿雪天，气候异常寒冷。停船时还只下午三点钟左右，岩壁上藤萝草木叶子多已萎落，显得那一带岩壁十分瘦削。悬岩高处红木柜，只剩下三四具，其余早不知到哪儿去了。小船最先泊在岩壁下洞窟边，冬天水落得太多，洞口已离水面两丈以上，我从石壁裂罅爬上洞口，到搁龙船处看了一下，旧船已不知坏了还是被水冲去了，只见有四只新船搁在石梁上，船头还贴有鸡血同鸡毛，一望就明白是今年方下水的。出得洞口时，见岩下左边泊定五只渔船，有几个老渔婆缩颈敛手在船头寒风中修补渔网。上船后觉得这样子太冷落了，可不是个办法，就又要船上水手为我把小船撑到岩壁断折处有人家地方去，就便上岸，看看乡下人过年以前是什么光景。

四点钟左右，黄昏已腐蚀了山峦与树石轮廓，占领了屋角隅，我独自坐在一家小饭铺柴火边烤火。我默默的望着那个火光煜煜的树根，在我脚边很快乐的燃着，爆炸出轻微的声音。铺子里人来来往往，有些说两句话又走了，有些就来镶在我身边长凳上，坐下吸他的旱烟。有些来烘脚，把穿着湿草鞋的脚去热灰里乱搅。看看每一个人的脸子，我都发生一种奇异。这里是一群会寻快乐的乡下人，有捕鱼的，打猎的，有船上水手与编制竹缆工人。若我的估计不错，那个坐在我身旁，伸出两只手向火，中指节有个放光顶针的，一定还是一位乡村成衣人。这些人每到大端阳时节，皆得下河去玩一整天的龙船。平常日子却在这个地方，按照一种分定，很简单的把日子过下去。每日看过往船只摇橹扬帆来去，看落日同水鸟。虽然也有人事上的得失，到恩怨纠纷成一团时，就陆续发生庆贺或仇杀。然而从整个说来，这些人生活却仿佛同“自然”已相融合，很从容的各在那里尽其性命之理，与其他无生命物质一样，惟在日月升降寒暑交替中放射，分解。而且在这种过程中，人是如何渺小的东西，这些人比起世界上任何哲人，也似乎还更知道的多一些。

听他们谈了许久，我心中有点忧郁起来了。这些不辜负自然的人，与自然妥协，对历史毫无担负，活在这无人知道的地方。另外尚有一批人，与自然毫不妥协，想出种种方法来支配自然，违反自然的习惯，同样也那么尽寒暑交替，看日月升降。然而后者却在改变历史，创造历史。一分新的日月，行将消灭旧的一切。我们用什么方法，就可以使这些人心中感觉一种"惶恐"，且放弃过去对自然和平的态度，重新来一股劲儿，用划龙船的精神活下去？这些人在娱乐上的狂热，就证明这种狂热使他们还配在世界上占据一片土地，活得更愉快更长久一些。不过有什么方法，可以改造这些人狂热到一件新的竞争方面去？

一个跛脚青年人，手中提了一个老虎牌桅灯，灯罩光光的，洒着摇着从外面走进屋子。许多人皆同声叫唤起来："什长，你发财回来了！好个灯！"

那跛了年纪虽很轻，脸上却刻划了一种油气与骄气，在乡下人中仿佛身分特高一层。把灯搁在木桌上，坐近火边来，拉开两腿摊出两只手烘火，满不高兴的说："碰鬼，运气坏，什么都完了。"

"船上老八说你发了财，瞒我们！"

"发了财，哼。瞒你们？本钱去七角，桃源行市一块零，有什么捞头，我问你。”

这个人接着且连骂带唱的说起桃源后江的情形，使得一般人皆活泼兴奋起来，话说得正有兴味时，一个人来找他，说猪蹄膀已炖好，酒已热好，他搓搓手，说声有偏各位，提起那个新桅灯就走了。

原来这个青年汉子，是个打鱼人的独生子，三年前被省城里募兵委员招去，训练了三个月，就开到江西边境去同共产党打仗。打了半年仗，一班弟兄中只剩下他一个人好好的活着，奉令调回后防招新军补充时，他因此升了班长。第二次又训练三个月，再开到前线去打仗。于是碎了一只腿，抬回军医院诊治，照规矩这只腿用锯子锯去。一群同志皆以为从辰州地方出来的人，“辰州符”比截割高明得多了，就把他从医院中抢出，在外边用老办法找人敷水药治疗。说也古怪，那只腿居然不必截割全好了。战争是个什么东西他已明白了。取得了本营证明，领得了些伤兵抚恤费后，于是回到家乡来，用什长名义受同乡恭维，又用伤兵名义作点生意。这生意也就正是有人可以赚钱，有人可以犯法，政府也设局收税，也制定法律禁止，那种从各方面说来皆似乎极有出息的生意。我想弄明白那什长的年龄，从那个当地唯一成衣人口中，方知道这什长今年还只二十一岁。那成衣人尚说：

“这小子看事有眼睛，做事有魄力，蹶了一只脚，还会发财走好运。若两只腿弄坏，那就更好了。”

有个水手插口说：“这是什么话。”

“什么画，壁上挂。穷人打光棍，两只腿全打坏了，他就不会赚了钱，再到桃源县后江玩花姑娘！”

成衣人末后一句话把大家都弄笑了。

回船时，我一个人坐在灌满冷气的小小船舱中，计算那什长年龄，二十一岁减十四，得到个数目是七。我记起十四年前那个夜里一切光景，那落日返照，那狭长而描绘朱红线条的船只，那锣鼓与呼喊……尤其是临近几只小渔船上欢乐跳掷的小孩子，其中一定就有一个今晚我所见到的跛脚什长。唉，历史。生硬性痈疽的人，照旧式治疗方法，可用一点点毒药敷上，尽它溃烂，到溃烂净尽时，再用药物使新的肌肉生长，人也就恢复健康了。这跛脚什长，我对他的印象虽异常恶劣，想起他就是个可以溃烂这乡村居民灵魂的人物，不由人不……

二十年前澧州地方一个部队的马夫，姓贺名龙，一菜刀切下了一个兵士的头颅，二十年后就得惊动三省集中十万军队来解决这马夫。谁个人会注意这小小节目，谁个人想象得到人类历史是用什么写成的！

五个军官与一个煤矿工人

辰河弄船人有两句口号，旅行者无人不十分熟习。那口号是：“走尽天下路，难过辰溪渡。”事实上辰溪渡也并不怎样难过，不过弄船人所见不广，用纵横长约千里路一条辰河与七个支流小河作准，因此说出那么两句天真话罢了。地险人蛮却为一件事实。但那个地方，任何时节实在是一个使人神往倾心的美丽地方。

辰溪县的位置，恰在两条河流的交汇处，小小石头城临水倚山，建立在河口滩脚崖壁上。河水深到三丈尚清可见底，河面长年来往着湘黔边境各种形体美丽的船只。山头为石灰岩，无论晴雨，皆可见到烧石灰人窑上飘飏的青烟与白烟。房屋多黑瓦白墙，接瓦连椽紧密如精巧图案。对河与小山城成犄角，上游为一个三角形小阜，阜上有修船造船的干坞与宽坪。位在下游一点，则为一个三角形黑色石岨，濒河拔峰，山脚一面接受了沅水激流的冲刷，一面被麻阳河长流的淘洗，岩石皆玲珑透空。山半有个壮丽辉煌的庙宇，庙宇外岩石间且有成千大小不一的浮雕石佛。太平无事的日子，每逢佳节良辰，当地驻防长官、县知事、小乡绅及商会主席，便乘小船过渡到那个庙宇里饮酒赋诗。在那个悬岩半空的庙里，可以眺望上行船的白帆，听下行船摇橹人唱歌。街市尽头下游便是一个长潭，名斤丝潭。两岸皆五色石壁，矗立如屏障一般。长潭中日夜皆有五十只以上打鱼船，载满了黑色沉默的鱼鹰，浮在河面取鱼。小船挹流而渡，艰难处与美丽处实在可以平分。

地方又出煤炭，为湘西著名产煤区，似乎无处无煤，故山前山后随处可见到用土法开掘的煤井。沿河两岸皆常有运煤船停泊，码头间无时不有若干黑脸黑手脚汉子，把大块烟煤运送到船上，向船舱中抛去。若过一个取煤斜井边去，就可见到无数同样黑脸黑手脚人物，全身光裸，腰前围上一片破布，头上戴了一盏小灯，向那个俨若地狱的黑井爬进爬出。矿坑随时皆可以坍陷或为水灌入，坍了，淹了，这些到地狱讨生活的人自然也就完事了。

矿区同小山城各驻扎了相当军队，七年前，有一天晚上，一名哨兵扛了枪支，正从一个废弃了的煤井前面经过，忽然从黑暗里跃出了一个煤矿工人，一菜刀把那个哨兵头颅劈成两片。这煤矿工人很敏捷的把枪支同子弹取下后，便就近埋藏在煤渣里，哨兵尸身被拖到那个浸了半井黑水的煤井边，冬的一声抛下去了。这个哨兵失了踪，军营里当初还以为人开了小差，照例下令各处通缉。直等到两个半月以后，尸身为人在无意中发现时，那个狡猾强干的煤矿工人，在辰溪与芷江两县交界处的土匪队伍中称小头脑，干打家劫舍捉肥羊的生涯已多日了。

三年后这煤矿工人带领了约两千穷人，又在一种很敏捷的手段下，占领了那个辰溪的小山城。防军受了相当损失，把其余部队皆集中在对河产煤区，准备反攻。一切船只不是逃往下游便是被防军方面扣留，河面一无所有，异常安静。上下行商船皆各停顿到上下三十里码头上，最美观的木筏也不能在河面见着了。煤矿全停顿了，烧石灰人也逃走了。白日里静悄悄的，只间或还可听到一两声哨兵放枪声音。每日黄昏里及天明前后，两方面皆担心敌人渡河袭击，便各在河边燃了大大的火堆，且把机关枪剥剥剥剥的放了又放。当机关枪如拍簸箕那么反复作响时，一些逃亡在山坳里的平民，以及被约束在一个空油坊里的煤矿工人，便各在沉默里，从枪声方面估计两方的得失。多数人虽明白这战争不出一月必可结束，落草为寇的仍然入山，驻防的仍然收复了原有防地。但这战事一延长，两方面的牺牲，谁也就不能估计得到了。

每次机关枪的响声下，照例皆有防军渡江奇袭的船只过河。照例是五个八个一伙伏在船舱里，把水湿棉絮同砂包垒积到船头与船旁，乘黄昏天晓薄雾平铺江面时挹流偷渡。船只在沉默里行将到达岸边时，在强烈的手电筒搜索中被发现了，于是响了机关枪。船只仍然在沉默中向岸边划去。再过一会，訇的一声，从船上掷出的手榴弹已抛到岸边哨兵防御工事上。接着两方面皆起了机关枪声音，手榴弹也继续爆炸着，再过一阵，枪声已停止，很显然的，渡河的在猛烈炮火下，地势不利失败了。这些人或连同船只沉到水中去了，或已拢岸却仍然在悬崖下牺牲了，或被炮火所逼，船中人死亡将尽，剩余一个两个受了伤，尽船只向下游漂去，在五里外的长潭中，方划拢自己防地那一个岸边。

半月以内防军在渡头上下三里前后牺牲了大约有三连实力，与三十七只大小船只。到后却有五个教导团的年轻学兵，在大雨中带了五枝自动步枪，一堆手榴弹，三枝连槽，用竹筏渡河，拢岸时，首先占领了土匪沿河一个重要码头，其余竹筏皆陆续渡河，从占领处上了岸。在一场凶猛巷战中，那矿工统率的穷人队伍不能支持，在街头街尾各处放了火，便带了残余部众，绑着县长同几个绅士，向西乡逃跑了。

三个月内，防军在继续追剿中，解决了那个队伍全部的实力，肉票也皆被夺回了。但那个矿工出身土匪首领的漏网，却成为地方当局忧虑不安的事情。到后来虽悬赏探听明白了他的踪迹，却无方法可以诱出逮捕。

五个青年教导团学兵，那时节业已毕业，升了各连的见习，尚未归连。就请求上司允许他们冒一次险，且向上司说明这冒险的计划。

七天以后，辰溪沅州两县边境名为窑上的地方，一个制砖人小饭铺里，就有五个人吃饭。五人皆作商人装束，其中有四个各扛了小扁担，只一人挑了一担有盖箩筐。这制砖人年纪已开六十岁，早为防军侦探明白是那个矿工的通信人。年青人把饭吃过后，几人便互相商量到一件事情。所说的话自然就是故意想让那老头子从一旁听去的话。这时节几个人正装扮成为一群从黔省来投靠那矿工的零伙，箩筐里白米下放的是一枝轻机关枪同若干发子弹。箩筐中真是那玩意儿！几人一面说一面埋怨这次来到这里的冒昧处。一片谎话把那个老奸巨猾的心说动了后，那老的搭讪着问了些闲话，相信几人真是来卖身投靠的同志了，就说他会卜课。他为卜了一课，那卦上说，若找人，等等向西方走去，一定可以遇到一个他们所要见的人。等待几人离开了饭铺向西走去时，制砖人早已把这个消息递给了另一方面。两方面皆十分得意，以为对面的一个上了套。

因此几个人不久就同一个“管事”在街口会了面，稍稍一谈，把箩筐盖甩去一看，机关枪赫然在箩筐里。管事的再不能有何种疑虑了。就邀约五个人入山去见“龙头”，吃血酒发誓，此后便祸福与共，一同作梁山上人物。几个年青人却说“光棍心多，请莫见怪”，以为最好倒是约龙头来窑上吃血酒发誓，再共同入山。管事的走去后，几个人就依然住在窑上制砖人家里等候消息。

第二天，那个狡猾结实矿工，带领四个散伙弟兄来到了窑上，很亲热的一谈，见得十分投契，点了香烛，杀了鸡，把鸡血开始与烧酒调和，各人正预备喝下时，在非常敏捷行为中，五个年青人各从身边取出了手枪同小宝（解首刀）动起手来，几个从山中来的豹子，皆在措手不及情形中被放翻了。那矿工最先手臂和大腿各中了一枪，躺在地下血泊里了，等到其他几个人倒下时，那矿工就冷冷的向那五个年青人笑着说：

“弟兄，弟兄，你们手脚真麻利！慢一会儿，就应归你们躺到这里了。我早就看穿了你们的鬼计，明白你们是从那儿来的卖客，好胆量！”

几个年青人不说什么，在沉默里把那些被放翻在地下的人，首级一一割下。轮到矿工时，那矿工仍然十分沉静的说：

“弟兄，弟兄，不要尽做蠢事，留一个活的，你们好回去报功！”

五个年青人心想，真应当留一个活的，好去报功！就不说什么，把他捆绑起来。

一会儿，五个年青人便押了受伤的矿工，且勒迫那个制砖头的老头子挑了四个人头，沉默的一列回辰溪了。走到去辰溪不远的白羊河时，几人上了一只小船。

船到了辰溪上游约三里路，那个受伤的矿工又开了口：

“弟兄，弟兄，一切是命。你们运气好，手面子快，好牌被你们抓上手了。那河边煤井旁，我还埋了四枝连槽，爽性助和你们，你们谁同我去拿来吧。”

那煤矿原来去山脚不远，来回有二十分钟就可以了事。五个年青人对于这提议皆毫不疑惑。矿工既已身受重伤，无法逃遁，四枝连槽引起了几个年青人的幻想，派谁守船都不成，于是五个人就又押了那个受伤矿工与制砖老头子，一同上了岸。走近一个废坑边，那矿工却说，枪支就埋在坑前左边一堆煤滓里。正当几个人争着去翻动煤滓寻取枪支时，矿工一瘸一拐的走近了那个业已废弃多年的矿井边，声音朗朗的从容的说道：

"弟兄，弟兄，对不起，你们送了我那么多远路，有劳有偏了！"

话一说完，猛然向那深井里跃去。几个人赶忙抢到井边时，只听到冬的一声，那矿工便完事了。

五个年青人呆了许久，骂了许久，也笑了许久，皆觉得被骗了一次。那废井深约七十公尺，有一半已灌了水。七年前那个哨兵，就是被矿工从这个井口抛下去的。

在另外一个篇章里，我不是曾经说到过我抵辰州时，第一天就见着五个少年军官吗？当他们与我共同围坐在一个火炉边，向我说到他们的冒险，与那矿工临死前那分镇静时，我简直呆了。我问他们，为什么当时不派个人拉着那矿工的绳子。

"拉他的绳头吗，你真说得好，若当真拉住他，谁拉他谁不就同时被他带下井去了吗？"说这个话的年轻朋友，原来就正是当时被派定看守矿工的一个，为了忙于发现埋藏的手枪，幸而不至于被拉下井的。

老伴

我平日想到泸溪县时，回忆中就浸透了摇船人催橹歌声，且为印象中一点儿小雨，仿佛把心也弄湿了。这地方在我生活史中占了一个位置，提起来真使我又痛苦又快乐。

泸溪县城界于辰州与浦市两地中间，上距浦市六十里，下达辰州也恰好六十里。四面是山，河水在山峡中流去。县城位置在洞河与沅水汇流处，小河泊船贴近城边，大河泊船去城约三分之一里。（洞河通称小河，沅水通称大河。）洞河来源远在苗乡，河口长年停泊了五十只左右小小黑色洞河船。弄船者有短小精悍的花帕苗，头包花帕，腰围裙子。有白面秀气的所里人，说话时温文尔雅，一张口又善于唱歌。洞河既水急山高，河身转折极多，上行船到此已不适宜于借风使帆。凡入洞河的船只，到了此地，便把风帆约成一束，作上个特别记号，寄存于城中店铺里去，等待载货下行时，再来取用。由辰州开行的沅水商船，六十里为一大站，停靠泸溪为必然的事。浦市下行船若预定当天赶不到辰州，也多在此过夜。然而上下两个大码头把生意全已抢去，每天虽有若干船只到此停泊，小城中商业却清淡异常。沿大河一方面，一个稍稍像样的青石码头也没有。船只停靠皆得在泥滩头与泥堤下，落了小雨，不知要滑倒多少人！

十七年前的七月里，我带了“投笔从戎”的味儿，在一个“龙头大哥”而兼保安司令的领导下，随同八百乡亲，乘了抓封得到的三十来只大小船舶，浮江而下，来到了这个地方。靠岸停泊时正当傍晚，紫绛山头为落日镀上一层金色，乳色薄雾在河面流动。船只拢岸时摇船人皆促橹长歌，那歌声揉合了庄严与瑰丽，在当前景象中，真是一曲不可形容的音乐。

第二天，大队船只全向下游开拔去了，抛下了三只小船不曾移动。两只小船装的是旧棉军服，另一只小船，却装了十三名补充兵，全船中人年龄最大的一个十九岁，极小的一个十三岁。

十三个人在船上实在太挤了点。船既不开动，天气又正热，挤在船上也会中暑发瘟。因此许多人白日尽光身泡在长河清流中，到了夜里，便爬上泥堤去睡觉。一群小子身上皆空无所有，只从城边船户人家讨来一大束稻草，各自扎了一个草枕，在泥堤上仰面躺了五个夜晚。

这件事对于我个人不是一个坏经验。躺在尚有些微余热的泥土上，身贴大地，仰面向天，看尾部闪放宝蓝色光辉的萤火虫匆匆促促飞过头顶。沿河是细碎人语声，蒲扇拍打声，与烟杆儿剥剥的敲着船舷声。半夜后天空有流星曳了长长的光明下坠，滩声长流，如对历史有所埋怨。这一种夜景，实在为我终身不能忘掉的夜景！

到后落雨了，各人竟上了小船。白日太长，无法排遣，各自赤了双脚，冒着小雨，从烂泥里走进县城街上去。大街头江西人经营的布铺，铺柜中坐了白发皤然老妇人，庄严沉默如一尊古佛。大老板无事可作，只腆着肚皮，叉着两手，把脚拉开成为八字，站在门限边对街上檐溜出神。窄巷里石板砌成的行人道上，小孩子扛了大而朴质的雨伞，响着寂寞的钉鞋声。待到回船时，各人身上业已湿透，就各自把衣服从身上脱下，站在船头相互帮忙拧去雨水。天夜了，便满船是呛人的油气与柴烟。

在十三个伙伴中我有两个极要好的朋友：其中一个是我的同宗兄弟，年纪顶大，与那个在常德府开旅馆头戴水獭皮帽子的朋友，原本同在一个衙门里服务当差，终日栽花养鱼，忽然对职务厌烦起来，把管他的头目打了一顿，自己也被打了一顿，因此就与我们作了同伴。其次是那个年纪顶轻的，名子就叫“傩右”。一个成衣人的独生子，为人伶俐勇敢，希有少见。家中虽盼望他能承继先人之业，他却梦想作个上尉副官，头戴金边帽子，斜斜佩上红色值星带，以为十分写意。因此同家中吵闹了一次，负气出了门。这小孩子年纪虽小，心可不小！同我们到县城街上转了三次，就看中了一个绒线铺的女孩子，问我借钱向那女孩子买了三次白棉线草鞋带子。他虽买了不少带子，那时节其实连一双多余的草鞋就没有，把带子买得同我们回转船上时，他且说：“将来若作了副官，当天赌咒，一定要回来讨那女孩子做媳妇。”那女孩子名叫“翠翠”，我写《边城》故事时，弄渡船的外孙女，明慧温柔的品性，就从那绒线铺小女孩脱胎而来。我们各人对于这女孩子，印象似乎都极好，不过当时却只有他一个人，特别勇敢天真些，好意思把那一点胡涂希望说出口来。

日子过去了三年，我那十三个同伴，有三个人由驻防地的辰州请假回家去，走到泸溪县境驿路上，出了意外的事情，各被土匪砍了二十余刀，流一滩血倒在大路旁死掉了。死去的三人中，有一个就是我那同宗兄弟。我因此得到了暂时还家的机会。

那时节军队正预备从鄂西开过四川去就食，部队中好些年轻人皆被遣送回籍。那司令官意思就在让各人的父母负点儿责：以为一切是命的，不妨打发小孩子再归营报到；担心小孩子生死的，自然就不必再来了。

我于是与那个伙伴并其他一些年轻人，一同挤在一只小船中，还了家乡。小船上行到泸溪县停泊时，虽已黑夜，两人还进城去拍打那人家的店门，从那个“翠翠”手中买了一次白带子。

到家不久，这小子大约不忘却作副官的好处，借故说假期已满，同成衣人爸爸又大吵了一架，偷了些钱，独自走下辰州了。我因家中无事可作，不辞危险也坐船下了辰州。我到得辰州时，方知道本军部队四千人，业已于四天前全部开拔过四川，所有伙伴也完全走尽了。我们已不能过四川，成为留守部人员了。留守部只剩下一个军需官，一个老年副官长，一个跛脚副官，以及两班老弱兵士。傩右被派作勤务兵，我的职务为司书生，两人皆在留守部继续供职。两人既受那个副官长管辖，老军官见我们终日坐在衙门里梧桐树下唱山歌，以为我们应找点事做做，就派遣两人到城外荷塘里去为他钓蛤蟆。两人一面钓蛤蟆一面谈天，我方知道他下行时居然又到那绒线铺买了一次带子。我们把蛤蟆从水荡中钓来，用麻线捆着那东西小脚，成串提转衙门时，老军官把一半薰了下酒，剩下一半还托同乡捎回家中去给太太吃。我们这种工作一直延长到秋天，方换了另外一种。

过了一年，有一天，川边来了个电报：部队集中驻扎在一个小县城里，正预备拉夫派捐回湘，忽然当地切齿发狂的平民，发生了民变，各自拿了菜刀、镰刀、撇麻刀，来同军队作战。四千军队在措手不及情形中，一早上放翻了三千左右。部中除司令官同一个副官侥幸脱逃外，其余所有高级官佐职员全被民兵砍倒了。（事后闻平民死去约七千，半年内小城中随处还可发现白骨。）这通电报在我命运上有了个转机，过不久，我就领了遣散费，离开辰州，走到出产香草香花的芷江县，每天拿了紫色木戳，过各处屠桌边验猪羊税去了。所有八个伙伴皆已在川边死去，至于那个同买带子同钓蛤蟆朋友呢，消息当然从此也就断绝了。

整整过去十七年后，我的小船又在落日黄昏中，到了这个地方停靠下来。冬天水落了些，河水去堤岸已显得很远，裸露出一大片干枯泥滩。长堤上有枯苇刷刷作响，阴背地方还可看到些白色残雪。

石头城恰当日落一方，雉堞与城楼皆为夕阳落处的黄天，衬出明明朗朗的轮廓。每一个山头仍然镀上了金，满河是橹歌浮动（就是那使我灵魂轻举永远赞美不尽的歌声！），我站在船头，思索到一件旧事，追忆及几个旧人。黄昏来临，开始占领了这个空间。远近船只全只剩下一些模糊轮廓，长堤上有一堆一堆人影子移动，邻近船上炒菜落锅声音与小孩哭声杂然并陈。忽然间，城门边响了一声小锣，铛……

一双发光乌黑的眼珠，一条直直的鼻子，一张小口，从那一槌小锣响声中重现出来。我忘了这分长长岁月在人事上所生的变化，恰同小说书本上角色一样，怀了不可形容的童心，上了堤岸进了城。城中接瓦连椽的小小房子，以及住在这小房子里的人民，我似乎与他们皆十分相熟。时间虽已过了十七年，我还能认识城中的道路，辨别城中的气味。

我居然没有错误，不久就走到了那绒线铺门前了。恰好有个船上人来买棉线，当他推门进去时，我紧跟着进了那个铺子。有这样希奇的事情吗？我见到的不正是那个“翠翠”吗？我真惊讶得说不出话来。十七年前那小女孩就成天站在铺柜里一堵棉纱边，两手反复交换动作挽她的棉线，目前我所见到的，还是那么一个样子。难道我如浮士德[1]一样，当真回到了那个“过去”了吗？我认识那眼睛，鼻子，和薄薄小嘴。我毫不含糊，敢肯定现在的这一个就是当年的那一个。

“要什么呀？”就是那声音，也似乎与我极其熟习。

我指定悬在钩上一束白色东西：“我要那个！”

如今真轮到我这老军务来购买系草鞋的白棉纱带子了！当那女孩子站在一个小凳子上，去为我取钩上货物时，铺柜里火盆中有沸水声音，某一处有人吸烟声音。女孩子辫发上缠得是一绺白绒线，我心想：“死了爸爸还是死了妈妈？”火盆边茶水沸了起来，一堆棉纱后面有个男子哑声说话：

“小翠，小翠，水开了，你怎么的？”女孩子虽已即刻跳下凳子，把水罐挪开，那男子却仍然走出来了。

真没有再使我惊讶的事了，在黄晕晕的灯光下，我原来又见到了那成衣人的独生了！这人简直可说是一个老人，很显然的，时间同鸦片烟已毁了他。但不管时间同鸦片烟在这男子脸上刻下了什么记号，我还是一眼就认定这人便是那一

1．浮士德，歌德著诗剧《浮士德》的主人公。

再来到这铺子里购买带子的傩右。从他那点神气看来，却决猜不出面前的主顾，正是同他钓蛤蟆的老伴。这人虽作不成副官，另一胡涂希望可被他达到了。我憬然觉悟他与这一家人的关系，且明白那个似乎永远年青的女孩子是谁的儿女了。我被“时间”意识猛烈的掴了一巴掌，摩摩我的面颊，一句话不说，静静的站在那儿看两父女度量带子，验看点数我给他的钱。完事时我想多停顿一会，又买了点白糖，他们虽不卖白糖，老伴却出门为我向别一铺子把糖买来。他们那分安于现状的神气，使我觉得若用我身分惊动了他，就真是我的罪过。

我拿了那个小小包儿出城时，天已断黑，在泥堤上乱走。天上有一粒极大星子，闪耀着柔和悦目的光明。我瞅定这一粒星子，目不旁瞬。

“这星光从空间到地球据说就得三千年，阅历多些，它那么镇静有它的道理。我能那么镇静吗？……”

我心中似乎极其骚动，我想我的骚动是不合理的。我的脚正踏到十七年前所躺卧的泥堤上，一颗心跳跃着，勉强按捺也不能约束自己。可是，过去的，有谁能拦住不让它过去，又有谁能制止不许它再来？时间使我的心在各种变动人事上感受了点分量不同的压力，我得沉默，得忍受。再过十七年，安知道我不再到这小城中来?

为了这再来的春天，我有点忧郁，有点寂寞。黑暗河面起了快乐的橹歌。河中心一只商船正想靠码头停泊，歌声在黑暗中流动，从歌声里我俨然彻悟了什么。我明白“我不应当翻阅历史，温习历史”。在历史前面，谁人能够不感惆怅?

但我这次回来为的是什么?自己询问自己，我笑了。我还愿意再活十七年，重来看看我能看到的一切。

虎雏再遇记

四年前我在上海时，曾经做过一次荒唐的打算，想把一个年龄只十四岁，生长在边陬僻壤，小豹子一般的乡下人，用最文明的方法试来造就他。虽事在当日，就经那小子的上司预言，以为我一切设计将等于白费。我却仍然不可动摇的按照计划作去。我把那小子放在身边，勒迫他读书，改造他的身体改造他的心，希望他在我教育下将来成个伟人。谁知不到一个月，就出了意外事情，那理想中的伟人生事打坏了一个人，从此便失踪了。一切水得归到海里，小豹子也只宜于深山大泽方能发展他的生命。我明白闹出了乱子以后，他必有他的生路。对于这个人此后的消息，老实说，数年来我就不大再关心了。但每当我想及自己所作那件傻事时，总不免为自己的傻处发笑。

这次湘行到达辰州地方后，我第一个见到的就是那只小豹子。除了手脚身个子长大了一些，眉眼还是那么有精神，有野性。见他时，我真是又惊又喜。当他把我从一间放满了兰草与茉莉的花房里引过，走进我哥哥住的一间大房里去，安置我在火盆边大椅木椅上坐下时，我一开口就说：

“××，××，你还活在这儿，我以为你在上海早被人打死了！”

他有点害羞似的微笑了，一面倒茶一面却轻轻的说：

“打不死，日晒雨淋吃小米包谷长大的人，不轻易打死啊！”

我说：“我早知道你打不死，而且你还打死了人。我一切知道。（说到这里时，我装成一切清清楚楚的神气。）你逃了，我明白你是什么诡计。你为的是不愿意跟在我身边好好读书，只想落草为王，故意生事逃走。可是你害得我们多难受！那教你算学的长胡子先生，自从你失踪后，他在上海各处托人打听你，奔跑了三天，为你差点儿不累倒！”

“那山羊胡子先生找我吗？”

“什么，‘山羊胡子先生’！”这字眼儿真用得不雅相，不斯文。被他那么一说，我预备要说的话也接不下去了。

可是我看看他那双大手以及右手腕上那个夹金表，就明白我如今正是同一个大兵说话，并不是同四年前那个“虎雏”说话了。我错了。得纠正自己，于是我模仿粗暴笑了一下，且学作军官们气魄向他说：

“我问你，你为什么打死了人，怎么又逃了回来？不许瞒我一个字，全为我好好说出来！”

他仍然很害羞似的微笑着，告给我那件事情的一切经过。旧事重提，显然在他这种人并不什么习惯，因此不多久，他就把话改到目前一切来了。他告我上一个月在铜仁[1]方面的战事，本军死了多少人。且告我乡下种种情形，家中种种情形。谈了大约一点钟，我那哥哥穿了他新作的宝蓝缎面银狐长袍，夹了一大卷京沪报纸，口中嘘嘘吹着奇异调门，从军官朋友家里谈论政治回来了，我们的谈话方始中断。

到我生长那个石头城苗乡里去，我的路程尚应当有四个日子，两天坐原来那只小船，两天还得坐了小而简陋的山轿，走一段长长的山路。在船上虽一切陌生，我还可以用点钱使划船人同我亲热起来。而且各个码头吊脚楼的风味，永远又使我感觉十分新鲜。至于这样严冬腊月，坐两整天的轿

1．铜仁，地名，属贵州省，与湘西比邻。

子，路上过关越卡，且得经过几处出过杀人流血案子的地方，第一个晚上，又必需在一个最坏的站头上歇脚，若没个熟人，可真有点儿麻烦了。吃晚饭时，我向我那个哥哥提议，借这个副爷送我一趟。因此第二天上路时，这小豹子就同我一起上了路。临行时哥哥别的不说，只嘱咐他“不许同人打架”。看那样子，就可知道“打架”还是这个年轻人唯一的行业。

在船上我得了同他对面谈话的方便，方知道他原来八岁里就用石头从高处砸坏了一个比他大过五岁的敌人，上海那件事发生时，在他面前倒下的，算算已是第三个了。近四年来因为跟随我那上校弟弟驻防溆浦，派归特务队服务，于是在正当决斗情形中，倒在他面前的敌人数目比从前又增加了一倍。他年纪到如今只十八岁，就亲手放翻了六个敌人，而且照他说来，敌人全超过了他一大把年龄。好一个漂亮战士！这小子大致因为还有点怕我，所以在我面前还装得怪斯文，一句野话不说，一点蛮气不露，单从那样子看来，我就不很相信他能同什么人动手，而且一动手必占上风。

船上他一切在行，篙桨皆能使用，做事时伶便敏捷，似乎比那个小水手还得力。船搁了浅，弄船人无法可想，各跳入急水中去扛船时，他也就把上下衣服脱得光光的，跳到水中去帮忙。(我得提一句，这是十二月！)

照风气，一个体面军官的随从，应有下列几样东西：一个奇异牌的手电灯，一枚金手表，一枝匣子炮。且同上司一样，身上军服必异常整齐。手电灯用来照路，内地真少不了它。金手表则当军官发问“护兵，什么时候了？”就举起手腕一看来回答。至于匣子炮，用处自然更多了。我那弟弟原是一个射击选手，每天出野外去，随时皆有目标拍的来那么一下。有时自己不动手，必命令勤务兵试试看。(他们每次出门至少得耗去半夹子弹。)但这小豹子既跟在我身边，带枪上路除了惹祸可以说毫无用处。我既不必防人刺杀，同时也无意打人一枪，故临行时我不让他佩枪，且要他把军服换上一套爱国呢中山服。解除了武装，看样子，他已完全不像个军人，只近于一个好弄喜事的中学生了。

我不曾经提到过，我这次回来，原是翻阅一本用人事组成的历史吗？当他跳下水去扛船时，我记起四年前他在上海与我同住的情形。当时我曾假想他过四年后能入大学一年级。现在呢，这个人却正同船上水手一样，为了帮水手忙扛船不动，又湿淋淋的攀着船舷爬上了船，捏定篙子向急水中乱打，且笑嘻嘻的大声喊嚷。我在船舱里静静的望着他，我心想：幸好我那荒唐打算有了岔儿，既不曾把他的身体用学校固定，也不曾把他的性灵用书本固定。这人一定要这样发展才像个人！他目前一切，比起住在城里大学校的大学生，开运动会时在场子中呐喊吆喝两声，饭后打打球，开学日集合好事同学通力合作折磨折磨新学生，派头可来得大多了。

等到船已挪动水手皆上了船时，我喊他：

“××，××，唉唉，你不冷吗？快穿起你的衣来！”

他一面舞动手中那枝篙子，一面却说：

“冷呀，我们在辰州前些日子还邀人泅过大河！”

到应吃午饭时，水手无空闲，船上烧水煮饭的事皆完全由他作。

把饭吃过后，想起临行时哥哥嘱咐他的话，要他详详细细的来告给我那一点把对手放翻时的“经验”，以及事前事后的“感想”。“故事”上半天已说过了，我要明白的只是那些故事对于他本人的“意义”。我在他那种叙述上，我敢说我当真学了一门稀奇的功课。

他的坦白，他的口才，皆帮助我认识一个人一颗心在特殊环境下所有的式样。他虽一再犯罪却不应受何种惩罚。他并不比他的敌人如何强悍，不过只是能忍耐，知等待机会，且稍稍敏捷准确一点儿罢了。当他被一个人欺侮时，他并不即刻发动，他显得很老实，沉默，且常常和气的微笑。“大爷，你老哥要这样还有什么话说吗？谁敢碰你老哥？请老哥海涵一点……”可是，一会儿，“小宝”飕的抽出来，或是一板凳一柴块打去，这“老哥”在措手不及情形中，哽了一声便被他弄翻了。完事后必需跑的自然就一跑，不管是税卡，是营上，或是修械厂，到一个新地方，住在棚里闲着，有什么就吃什么，不吃也饿得起，一见别人做事，就赶快帮忙去做，用勤快溜刷引起头目的注意。直到补了名子，因此把生活又放在一个新的境遇新的门路上当作赌注押去。这个人打去打来总不离开军队，一点生存勇气的来源却亏得他家祖父是个为国殉职的游击。“将门之子”的意识，使他到任何境遇里皆能支撑能忍受。他知道游击同团长名分差不多，他希望作团长。他记得一句格言“万丈高楼从地起”，他因此永远能用起码名分在军队里混。

对于这个人的性格我不希奇，因为这种性格从三厅屯垦军子弟中随处可以发现。我只希奇他的命运。

小船到辰河著名的“箱子岩”上游一点，河面起了风，小船拉起一面风帆，在长潭中溜去。我正同他谈及那老游击在台湾与日本人作战殉职的遗事，且劝他此后忍耐一点，应把生命押在将来对外战争上，不宜于仅为小小事情轻生决斗。想要他明白私斗一则不算脚色，二则妨碍事业。见他把头低下去，长长的放了一口气，我以为所说的话有了点儿影响，心中觉得十分快乐。

经过一个江村时，有个跑差军人身穿军服斜背单刀正从一只方头渡船上过渡，一见我们的小船，装载极轻，走得很快，就喊我们停船，想搭便船上行。船上水手知道包船人的身分，就告给那军人，说不方便，不能停船。

赶差军人可不成，非要我们停船不可。说了些恐吓话，水手还是不理会。我正想告给水手要他收帆停船，渡那个军人搭坐搭坐，谁知那军人性急火大，等不得停船，已大声辱骂起来了。小豹子原蹲在船舱里，这时方爬出去打招呼：

“弟兄，弟兄，对不起，请不要骂！我们船小，也得赶路，后面有船来，你搭后面那一只船吧。”

那一边看看船上是一个中学生样子人物，就说：

“什么对不起，赶快停停！掌舵的，你不停船我×你的娘，到码头时我要用刀杀你这狗杂种！”

那个掌梢人正因为风紧帆饱，一面把帆绳拉着，一面就轻轻的回骂：“你杀我个鸡公，我怕你！”

小豹子却依然向那军人很和气的说：“弟兄，弟兄，你不要骂人！全是出门人，不要骂人！”

“我要骂人怎么样？我骂你，我就骂你，……你到码头等我！”

我担心这口舌，便喊叫他：“××！”

小豹子被那军人折辱了，似乎记起我的劝告，一句话不说，摇摇头，默然钻进了船舱里。只自言自语的说：“开口就骂人，不停船就用刀吓人，真丢我们军人的丑。”

那时节跑差军人已从渡船上了岸，还沿河追着我们的小船大骂。

我说：“××，你同他说明白一下好些，他有公事我们有私事，同是队伍里的人，请他莫骂我们莫追我们。”

“不讲道理让他去，不管他。他疑心这小船上有女人，以为我们怕他！”

小船挂帆走风，到底比岸上人快一些，一会儿，转过山岨时，那个军人就落后了。

小船停到××时，水手全上岸买菜去了，小豹子也上岸买菜去了，各人去了许久方回来。把晚饭吃过后，三个水手又说得上岸有点事，想离开船，小豹子说：

“你们怕那个横蛮兵士找来，怕什么？不要走，一切有我！这是大码头，有部队驻扎到这里，凡事得讲个道理！”

几个船上人虽分辩着，仍然一同匆匆上岸去了。

到了半夜水手们还不回来睡觉，我有点儿担心，小豹子只是笑。我说：

“几个人会被那横蛮军人打了，××，你上去找找看！”

他好像很有把握笑着说：“让他们去，莫理他们。他们上烟馆同大脚妇人吃荤烟去了，不会挨打。”

“我担心你同那兵士打架，惹了祸真麻烦我。”

他不说什么，只把手电灯照他手上的金表，大约因为表停了，轻轻的骂了两句野话。待到三个水手回转船上时，已半夜过了。

第二天一早，天还未大明，船还不开头，小豹子就在被中咕喽咕喽笑。我问他笑些什么，他说：

“我夜里做梦，居然被那横蛮军人打了一顿。”

我说：“梦由心造，明明白白是你昨天日里想打他，所以做梦就挨打。”

那小豹子睡眼迷蒙的说：“不是日里想打他，只是昨天煞黑时当真打了那家伙一顿！”

“当真吗？你不听我话，又闹乱子打架了吗？”

“哪里哪里，我不说同谁打什么架！”

“你自己承认的，我面前可说谎不得！你说谎我不要你跟我。”

他知道他露了口风，把话说走，就不再作声了，咕咕笑将起来。原来昨天上岸买菜时，他就在一个客店里找着了那军人，把那军人嘴巴打歪，并且差一点儿把那军人膀子也弄断了。我方明白他昨天上岸买菜去了许久的理由。

一个爱惜鼻子的朋友

民国十三年，湘西统治者陈渠珍，在保靖地方办了个湘西十三县联合中学校，经费由各县分摊，学生由各县选送。那学校位置在城外一个小小山丘上，清澈透明的酉水，在西边绕山脚流去，滩声入耳，使人神气壮旺。对河有一带长岭，名野猪坡，高约五里六里，局势雄强。（翻岭一条官路可通永顺。）岭上土地丛林与洞穴，为烧山种田人同野兽大蛇所割据。一到晚上，虎豹就傍近种山田的人家来吃小猪，从小猪锐声叫喊里，可知道虎豹跑去的方向。（这大虫有时昂的一吼，山谷响应许久。）种田人也常常拿了刀矛火器，以及种种家伙，往树林山洞中去寻觅，用绳网捕捉大蛇，用毒烟薰取野兽。岭上最多的是野猪，喜欢偷吃山田中的包谷和白薯，为山中人真正的仇敌。正因为这个无限制的损害农作物的仇敌，岭上人打锣击鼓猎野猪的事，也就成为一种常有的仪式，一种常有的游戏了。学校前面有个大操场，后边同左侧皆为荒坟同林莽，白日里野猪成群结队在林莽中游行，或各自蹲坐在坟头上眺望野景，见人不惊不惧。天阴月黑的夜里，这畜生就把鼻子贴着地面长嗥，招集同伴，掘挖新坟，争夺死尸咀嚼。与学校小山丘遥遥相对，相去不到半里路另一山丘，是当地驻军的修械厂，机轮轧轧声音终日不息，试枪处每天皆发出机关枪迫击炮响声。新校舍的建筑，因为由军人监工，所有课堂宿舍的形式与布置，皆同营房差不多。学生所过的日子，也就有些同军营相近。学校中当差的用两班徒手兵士，校门守卫的用一排武装兵士，管厨房宿舍的皆由部中军佐调用。在这种环境中陶冶的青年学生，将来的命运，不能够如一般中学生那么平安平凡，一看也就显然明白了。

当时那些青年中学生，除了星期日例假，可以到小街上买点东西，或爬山下水玩玩，此外皆不许无故外出。不读书时他们就在大操场里踢球，这游戏新鲜而且活泼，倒很适宜于一群野性学生。过不久，这游戏且成为一种有传染性的风气，使军部里一些青年官佐也受影响了。学生虽不能出门，青年官佐却随时可以来校中赛球。大家又不需要什么规则，只是把一个皮球各处乱踢，因此参加的人也毫无限制。我那时节在营上并无固定职务，正寄食于一个表兄弟处，白日里常随同号兵过河边去吹号，晚上就蜷伏在军装处一堆旧棉军服上睡觉。有一次被人邀去学校踢球，跟着那些青年学生吼吼嚷嚷满场子奔跑，他们上课去了，我还一个人那么玩下去。学校初办四周还无围墙，只用有刺铁丝网拦住。什么人把球踢出了界外时，得请野地里看牛牧羊人把球抛过来，不然就得从校门绕路去拾球。自从我一作了这个学校踢球的清客后，爬铁丝网拾球的事便派归给我。我很高兴当着他们面前来作这件事，事虽并不怎么困难，不过那些学生却怕处罚不敢如此放肆，我的行为于是成为英雄行为了。我因此认识了许多朋友。

朋友中有三个同乡，一个姓杨，本城大地主的独生子。一个姓韩，我的旧上司的儿子（就是辰州府总爷巷第一支队司令部留守部那个派我每天钓蛤蟆下酒的老军官！）。一个姓印，眼睛有点近视，他的父亲曾作过军部参谋长，因此在学校他俨然是个自由人。前两个人都很用心读书，姓印的可算得是个球迷。任何人邀他踢球，他必高兴奉陪，球离他不管多远，他总得赶去踢那么一脚。每到星期天，军营中有人往沿河下游四里的教练营大操场同学兵玩球时，这个人也必参加热闹。大操场里极多牛粪，有一次同人争球，见牛粪也拼命一脚踢去，弄得另一个人全身一塌胡涂。这朋友眼睛不能辨别面前的皮球同牛粪，心地可雪亮透明。体力身材皆不如人，倒有个很好的脑子。玩虽玩得厉害，应月考时各种功课皆有极好成绩。性情诙谐而快乐，并且富于应变之才，因此全校一切正当活动少不了他，一切胡闹也少不了他。大家很亲昵的称叫他为印瞎子，承认他的聪明，同时也断定他会“短命”。

每到有人说他寿年不永时，他便指定自己的鼻子，“大爷，别损我。我有这个鼻子，活到八十八，也无灾无难!”

有一次几个人在一株大树下言志，讨论到各人将来的事业。姓杨的想办团防，因为作了团总就可以不受人敲诈，倒真是个小地主的好打算。姓韩的想作副官长，原因是他爸爸也作过副官长，所谓承先人之业是也。还有想管常平仓的，想作县公署第一科长的，想作苗守备官下苗乡去称王作霸的，以及想作徐良黄天霸，身穿夜行衣，反手接飞镖，以便打富济贫的。

有人询问那个近视眼，想知道他将来准备作什么。

他伸手出去对那个发言人打了个响榧子，“不要小看我印瞎子，我不像你们那么无出息。我要做个伟人！说大话不算数，我们等着看吧。看相的王半仙夸奖我这条鼻子是一条龙，赵匡胤黄袍加身，不儿戏！”他说了他的抱负后，转脸向我，用手指着他自己那条鼻子，有点众人不识英雄的神气，“大爷，你瞧，你说老实话，像我这样一条鼻子，送过当铺去不是也可以当个一千八百吗？”

我忙笑着说“值得值得”，但因为想起另外一件事，不由得不大笑起来了。

另一时他同我过渡，预备往野猪坡大岭上去看乡下人新捕获的大豹子，手中无钱，不能给撑渡船的钱。船快拢岸时他就那么说：“划船的，伍子胥落难的故事你明白不明白？”

撑渡船的就说：“我明白！”

“你明白很好，你认准我这条鼻子，将来有你的好处。”

那弄船的好像知道是什么事了，却也指着自己的鼻子说：“少爷，不带钱不要紧，你也认清我这条鼻子！”

“我认得，我认得，不会忘记。这是朱砂鼻子，按相书说主酒食，你一天能喝多少？我下次同你来喝个大醉吧。”

弄渡船的大约也很得意自己那条鼻子，听人提到它便很妩媚的微笑了。那鼻子，简直透红得像条刚从饭锅里捞出的香肠！

…………

至于我当时的志向呢，因为就过去经验说来，我只能各处流转接受个人应得的一分命运，既无事业可作，还能希望什么好生活？不过我很明白“时间”这个东西十分古怪。一切人一切事皆会在时间下被改变，当前的安排也许不大对，有了小小错处，我很愿意尽一分时间来把世界同世界上的人改造一下看看。我并不计划作苗官，又不能从鼻子眼睛上什么特点增加多少自信。我不看重鼻子，不相信命运，不承认目前形势，却尊敬时间。我不大在生活上的得失关心，却了然时间对这个世界同我个人的严重意义。我愿意好好的结结实实的来作一个人，可说不出将来我要作个什么样的人。因此一来，我当时也就算不得是个有志气的人。

民国十四年，川军熊克武率领大部军队从湘西过境，保靖地方发生了一场混战，各种主要建设皆受军事影响毁掉了，那个学校也被军人点上一把火烧尽了。学生各自散走后，有的成了小学教员，有的从了军，有几个还干脆作了土匪，占山落草称大王，把家中童养媳接上山去圆亲充押寨夫人。我那时已到北京，从家信中得来一点点关于他们的消息，皆认为这很自然很有趣。时间正在改造一切，尽强健的爬起，尽懦怯的灭亡，我在这一分岁月中，变动得比他们还更厉害，他们作的事我毫不出奇，毫不惊讶。

到了民国十六年，革命军北伐攻下武汉后，两湖方面党的势力无处不被浸入。小县小城皆有了党的组织，当地小学教员照例成为党的中坚分子。烧木偶，除迷信，领导小学生开会游行，对土豪劣绅刻薄商人主张严加惩罚，便是小县城党部重要工作。当地防军领袖同县知事处处皆受党的挟制，虽有实力却不敢随便说话。那个姓杨的同姓韩的朋友，适在本县作小学教员。两人在这个小小县城里，居然燃烧了自己的血液，在一种莫名其妙的情形中，成了党的台柱。一切事皆毫不顾忌，放手作去。工作的狂热，代为证明他们对本题认识得还如何天真。必然的变化来了，各处清党运动相继而起。军事领袖得到了惩罚活动分子的密令，把两个人从课室中请去开会，刚到会场就剥了他们的衣服，派一些兵士簇拥出城外砍了。

那个近视眼朋友，北伐军刚到湖南，就入党务学校受训练，到北伐军奠定武汉，长江下游军事也渐渐得手时，他已成为毛泽东的小助手，身上穿了一件破烂军服，每日跟随毛泽东各处乱跑，日子过得充满了疯狂的兴奋。他当真有意识在做“伟人”了。这朋友从卅×军政治部一个同乡处，知道我还困守在北京城，只是白日做梦，想用一枝笔奋斗下去，打出个天下，就写了个信给我：

大爷，你真是条好汉！可是做好汉也有许多地方许多事业等着你，为什么尽捏紧那枝笔？你还记不记得起老朋友那条鼻子？不要再在北京城写什么小说，世界上已没有人再想看你那种小说了。到武汉来找老朋友，看看老朋友怎么过日子吧？你放心，想唱戏，一来就有你戏唱。从前我用脚踢牛屎，现在一切不同了，我可以踢许多许多东西了。……

他一定料想不到这一封信就差点儿把我踢入北京城的牢狱里。收到这信后我被查公寓的宪警麻烦了四次，询问了许多蠢话，抖气把那封信烧了。我当时信也不回他一个。我心想："你不妨依旧相信你那条鼻子，我也不妨仍然迷信我这一双手，等等看，过两年再说吧。"不久宁汉左右分裂，清党事起，许多青年人就从此失踪，不知道往什么地方去了。这个朋友的消息自然再也得不到了。

…………

我听许多人说及北伐时代两湖青年的狂热。我对于政治并无兴味，然而对于这种民族的疯狂感情却怀着敬重与惊奇。这究竟是怎么回事？我愿意多知道一点点。这种狂热虽用人血洗过了，被时间漂过了，现在回去看看，大致已看不出什么痕迹了。然而我还以为也许从一些人的欢乐或恐怖印象里，多多少少可以发现一点新东西。回湖南时，因此抱了一种希望。

在长沙有五个青年学生来找我，在常德时我又见着七个青年学生，一谈话就知道这些人一面正被读经打拳政策所困辱，不知如何是好。一面且受几年来国内各种大报小报文坛消息所欺骗，都成了颓废不振萎琐庸俗的人物，一见我别的不说，就提出四十多个文坛消息要我代为证明真伪。都不打算到本身能为社会做什么，愿为社会做什么。对生存既毫无信仰，却对于一二作家那么发生兴味。且皆想做诗人，随随便便写两首诗，以为就是一条出路。从这些人推测将来这个地方的命运，我俨然洞烛着这地方从人的心灵到每一件小事的糜烂与腐蚀。这些青年皆患精神上的营养不足，皆成了绵羊，皆怕鬼信神。一句话，皆完了。……

过辰州时几个青年军官燃起了我另外一种希望。从他们的个别谈话中，我得到许多可贵的见识。他们没有信仰，更没有幻想，最缺少的还是那个精神方面的快乐。当前严重的事实紧紧束缚他们，军费不足，地方经济枯竭，环境尤其恶劣。他们明白自己在腐烂，分解，于我面前就毫不掩饰个人的苦闷。他们明白一切，却无力解决一切。然而他们的身体都很康健，那种本身覆灭的忧虑，会迫得他们去振作。他们虽无幻想，也许会在无路可走时接受一个幻想的指导。他们因为已明白习惯的统治方式要不得，机会若许可他们向前，这些人界于生存与灭亡之间，必知有所选择！不过这些人平时也看报看杂志，因此到时他们也会自杀，以为一切毫无希望，用颓废身心的狂嫖滥赌而自杀！……

我的旅行到了离终点还有一天路程的塔伏，住在一家桥头小客店里。洗了脚，天还未黑。店主人正告给我当地有多少人家，多少烟馆。忽然听得桥东人声嘈杂，小队人马过后，接着是一乘京式三顶拐轿子。一行人等停顿在另外一家客店门前。我知道这大约是什么委员，心中就希望这委员是个熟人，可以在这荒寒小地方谈谈。我正想派随从虎雏去问问委员是谁。料不到那个人一下轿，脸还不洗，就走来了。一个匣子炮护兵指定我说："您姓沈吗？局长来了！"我看到一个高个子瘦人，脸上精神饱满，戴了副玳瑁边近视眼镜，站在我面前，伸出两只瘦手来表示要握手的意思。我还不及开口，他就嚷着说：

"大爷，你不认识我，你一定不认识我，你看这个！"他指着鼻子哈哈大笑起来。

"你不是印瞎子？"

"大爷，印瞎子是我！"

我认识那条体面鼻子，原来真是他！我高兴极了。问起来我才明白他现在是乌宿地方的百货捐局长，这时节正押解捐款回城。不到这里以前，先已得到侦探报告，知道有个从北方回来姓沈的人在前面，他就断定是我。一见当真是我，他的高兴可想而知。

我们一直谈到吃晚饭，饭后他说我们可以谈一个晚上，派护兵把他宝贵的烟具拿来。装置烟具的提篮异常精致，真可以说是件贵重美术品。烟具陈列妥当后，因为我对于烟具的赞美，他就告我这些东西的来源，那两枝烟枪是贵州省主席李晓炎的，烟灯是川军将领汤子模的，烟匣是黔省军长王文华的，打火石是云南鸡足山……原来就是这些小东西，也各有历史或艺术价值，也是古董。至于提篮呢，还是贵州省一个烟帮首领特别定做送给局长的，试翻转篮底一看，原来还很精巧织得有几个字！问他为什么会玩这个，他就老老实实的说明，北伐以后他对于鼻子的信仰已失去。因为吸这个，方不至于被人认为是那个，胡乱捉去那个这个的。说时他把一只手比拟在他自己脖子上，做出个咔嚓一刀的姿势，且摇头否认这个解决方法。他说他不是阿Q，不欢喜那种"热闹"。

我们于是在那一套名贵烟具旁谈了一整晚话，当真好像读了另外一本《天方夜谭》，一夜之间使我增长了许多知识，这些知识可谓稀有少见。

此后把话讨论到他身上那件玄狐袍子的价钱时，他甩起长袍一角，用手抚摸着那美丽皮毛说：

“大爷，这值三百六十块袁头，好得很！人家说：‘瞎子，瞎子，你年纪还不到三十岁，穿这样厚狐皮会烧坏你那把骨头。’好吧，烧得坏就让他烧坏吧。我这性命横顺是捡来的，不穿不吃作什么。能多活三十年，这三十年也算是我多赚的。”

我把这次旅行观察所得同他谈及，问他是不是也感觉到一种风雨欲来的预兆。而且问他既然明白当前的一切，对于那个明日必需如何安排？他就说军队里混不是个办法，占山落草也不是出路。他想写小说，想戒了烟，把这套有历史性的宝贝烟具送给中央博物院，再跟我过上海混，同茅盾舒老舍抢一下命运。他说他对于脑子还有点把握。只是对于自己那只手，倒有点怀疑，因为六年来除了举起烟枪对准火口，小楷字也不写一张了。

天亮后，大家预备一同动身，我约他到城里时邀两个朋友过姓杨姓韩的坟上看看。他仿佛吃了一惊，赶忙退后一步，“大爷，你以为我戒了烟吗？家中老婆不许我戒烟。你真是……从京里来的人，简直是个京派。什么都不明白。入境问俗，你真是……”我明白他的意思。估计他到了城里，也不敢独自来找我。我住在故乡三天，这个很可爱的朋友，果然不再同我见面。

…………

二十九年一月二十一日校后二节。黄昏，天空淡白，山树如黛。微风摇尤加利树，如有所悟。

五月八日校正数处。脚甚肿痛，天闷热。

十月一日在昆明重校。时市区大轰炸，毁屋数百栋。

滕回生堂的今昔

我六岁左右时害了疳疾，一张脸黄姜姜的，一出门身背后就有人喊“猴子猴子”。回过头去搜寻时，人家就咧着白牙齿向我发笑。扑拢去打吧，人多得很；装作不曾听见吧，那与本地人的品德不相称。我很羞愧，很生气。家中外祖母听从庸妇、挑水人、卖炭人与隔邻轿行老妇人出主意，于是轮流要我吃热灰里焙过的“偷油婆”“使君子”，吞雷打枣子木的炭粉，黄纸符烧纸的灰渣，诸如此类。另外还逼我诱我吃了许多古怪东西。我虽然把这些很希奇的丹方试了又试，蛔虫成绞成团的排出，病还是不得好，人还是不能够发胖。照习惯说来，凡为一切药物治不好的病，便同“命运”有关。家中有人想起了我的命运。

关心我命运的父亲，特别请了一个卖卜算命人，来为我推算流年，想法禳解命根上的灾星。这算命人把我生辰支干排定后，就向我父亲建议：

“大人，把少爷拜给一个吃四方饭的人作干儿子，每天要他吃习皮草蒸鸡肝，有半年包你病好。病不好，把我回生堂牌子甩了丢到长河潭里去！”

父亲既是个军人，毫不迟疑的回答说：

“好，就照你说的办。不用找别人，今天日子好，你留在这里喝酒，我们打了干亲家吧。”

两个爽快单纯的人既同在一处，我的“命运”便被他们派定了。

一个人若不明白我那地方的风俗，对于我父亲的慷慨处觉得希奇。其实这算命的当时若说“大人，把少爷拜寄给城外碉堡旁大冬青树吧”，我父亲还是照办的。一株树或一片古怪石头，收容三五十个寄儿，原是件极平常事情。且有人拜寄牛栏的，井水的，人神同处日子竟过得十分调和，毫无龃龉。

我那寄父除了算命卖卜以外，原来还是个出名外科医生，是个拳棒家。尖嘴尖脸如猴子，一双黄眼睛炯炯放光，身材虽极矮小，实可谓心雄万夫。他把铺子开设在一城热闹中心的东门桥头上，字号名“滕回生堂”。那长桥两旁一共有二十四间铺子，其中四间正当桥垛墩，比较宽敞，他就占了有垛墩的一间。铺子中罗列有羚羊角、马蜂窠、猴头、虎骨、牛黄、狗宝，无一不备。最多的还是那些草药，成束成把的草根木皮，堆积如山，一屋中也就长年为草药蒸发的香味所笼罩。

铺子里间房子窗口临河，可以俯瞰河里来回的柴船、米船、甘蔗船。河身下游约半里，有了转折，因此迎面对窗便是一座高山，那山头春夏之际作绿色，秋天作黄色，冬天则为烟雾包裹时作蓝色，为雪遮盖时只一片眩目白色。屋角隅陈列了各种武器，有青龙偃月刀、齐眉棍、连枷、钉钯。此外还有一个似桶非桶似盆非盆的东西，原来这是我那寄父年轻时节习站功所用的宝贝。他学习拉弓，想把腿脚姿式弄好，每个晚上蜷伏到那木桶里去熬夜。想增加气力，每早从桶中爬出时还得吃一条黄鳝的鲜血。站了木桶两整年，吃了黄鳝数百条，临到应考时，却被一个习武的仇人揭发他身分不明，取消了考试资格。他因此抖气离开了家乡，来到武士荟萃的凤凰县卖卜行医。为人既爽直慷慨，且能喝酒划拳，极得人缘，生涯也就不恶。作了医生尚舍不得把那个木桶丢开，可想见他还不能对那宝贝忘情。

他家中有个太太，两个儿子。太太大约一年中有半年皆把手从大袖筒缩到衣里去，藏了一个小火笼在衣里烘烤，眯着眼坐在药材中，简直是一只大猫儿。两个儿子大的学习料理铺子，小的上学读书。两老夫妇住在屋顶，两个儿子住在屋下层桥墩上。地方虽不宽绰，那里也用木板夹好，有小窗小门，不透风，光线且异常良好。桥墩尖劈形处，石罅里有一架老葡萄树，得天独厚，每年皆可结许多球葡萄。另外还有一些小瓦盆，种了牛膝、三七、铁钉台、隔山消等等草药。尤其古怪的是一种名为“罂粟”的草花，还是从云南带来的，开着艳丽煜目的红花，花谢后枝头缀了绿色果子，果子里据说就有鸦片烟。

当时一城人谁也不见过这种东西，因此常常有人老远跑来参观。当地一个拔贡还做了两首七律诗，赞咏那个希奇少见的植物，把诗贴到回生堂武器陈列室板壁上。

桥墩离水面高约四丈，下游即为一潭，潭里多鲤鱼鳜鱼。两兄弟把长绳系个钓钩，挂上一片肉，夜里垂放到水中去，第二天拉起就常常可以得一尾大鱼。但我那寄父却不许他们如此钓鱼，以为那么取巧，不是一个男子汉所当为。虽然那么骂儿子，有时把钓来的鱼不问死活依然掷到河里去，有时也会把鱼煎好来款待客人。他常奖励两个儿子过教场去同兵将子寻衅打架，大儿子常常被人打得头破血流回来时，作父亲的一面为他敷那秘制药粉，一面就说：“不要紧，不要紧，三天就好了。你怎么不照我教你那个方法把那苗子放倒?”说时有点生气了，就在儿子额角上一弹，加上一点惩罚，看他那神气，就可明白站木桶考武秀才被屈，报仇雪耻的意识还存在。

我得了这样一个寄父，我的命运自然也就添了一个注脚，便是“吃药”了。我从他那儿大致尝了一百样以上的草药。假若我此后当真能够长生不老，一定便是那时吃药的结果。我倒应当感谢我那个命运，从一分吃药经验里，因此分别得出许多草药的味道、性质，以及它的形状。且引起了我此后对于辨别草木的兴味。其次是我吃了两年多鸡肝。这一堆药材同鸡肝，很显然的，对于此后我的体质同性情皆大有影响。

那桥上有洋广杂货店，有猪牛羊屠户案桌，有炮仗铺与成衣铺，有理发馆，有布号与盐号。我既有机会常常到回生堂去看病，也就可以同一切小铺子发生关系。我很满意那个桥头，那是一个社会的雏型，从那方面我明白了各种行业，认识了各样人物，凸了个大肚子胡须满腮的屠户，站在案桌边，扬起大斧擦的一砍，把肉剁下后随便一秤，就向人菜篮中掼去，那神气真够神气。平时以为这人一定极其凶横蛮霸，谁知他每天拿了猪脊髓过回生堂来喝酒时，竟是个异常和气的家伙！其余如剃头的，缝衣的，我同他们认识以后，看他们工作，听他们说些故事新闻，也无一不是很有意思。

我在那儿真学了不少东西，知道了不少事情。所学所知比从私塾里得来的书本知识皆有用得多。

那些铺子一到端午时节，就如我写《边城》故事那个情形，河下竞渡龙船，从桥洞下来回过身时，桥上人皆用叉子，挂了小百子鞭炮悬出吊脚楼，必必拍拍的响着。夏天河中涨了水，一看上游流下了一只空船，一匹畜牲，一段树木，这些小商人为了好义或好利的原因，必争着很勇敢的从窗口跃下，浮水去追赶那些东西。不管漂流多远，总得把那东西救出。关于救人的事我那寄父总不落人后。

他只想亲手打一只老虎，但得不到机会。他说他会点血，但从不见他点过谁的血。

民国二十二年旧历十二月十一，距我同那座大桥分别时将近十八年，我又回到了那个桥头了。这是我的故乡，我的学校，试想想，我当时心中怎样激动！离城二十里外我就见着了那条小河，傍着小河溯流而上，沿河绵亘数里的竹林，发蓝叠翠的山峰，白白阳光下造纸坊与制糖坊，水磨与水车，这些东西皆使我感动得真厉害！后来在一个石头碉堡下，我还看到一个穿号褂的团丁，送了个头裹孝布的青年妇人过身。那黑脸小嘴高鼻梁青年妇人，使我想起我写的《凤子》故事中角色。她没有开口唱歌，然而一看却知道这妇人的灵魂是用歌声喂养长大的。我已来到我故事中的空气里了，我有点儿痴。

见大桥时约在下午两点左右，正是市面顶热闹时节。我从一群苗人一群乡下人中拥挤上了大桥，各处搜寻后没有发现“滕回生堂”的牌号。回转家中我并不提起这件事。第二天一早，我得了出门的机会，就又跑到桥上去，排家注意，在桥头南端，被我发现了一家小铺子。铺子中堆满了各样杂货，货物中坐定了一个瘦小如猴干瘪瘪的中年人。从那双眯得极细的小眼睛，我记起了我那个干妈。这不是我那干哥哥是谁?

我冲近他摊子边时，那人就说：

“唉，你要什么?”

“我要问你一个人，一件事，你是不是松林?”

孩子哭起来了，顺眼望去，杂货堆里那个圆形大木桶，里面正睡了一对大小相等仿佛孪生的孩子。我万想不到圆木桶还有这种用处。我话也说不来了。

但到后我告给他我是谁，他把小眼睛愣着瞅了我许久，一切弄明白后，便慌张得只是搓手擂舌头，赶忙让我坐到一捆麻上去。

“是你！是你！……”

我说："大哥，正是我呀！我回来了！老的呢？"

"五年前早过了！"

"嫂嫂呢？"

"六月里过了！剩下两只小狗。"

"保林二哥呢？"

"他在辰州你不见到他？他作了局长，有出息，讨了个乖巧屋里人，乡下买得七十亩田，作员外！"

我各处一看，卦桌不见了，横招不见了，触目皆是草鞋。"你不算命了吗？"

"命在这个人手上，"他说时翘起一个大拇指，"这里人没有命可算！"

"你不卖药了吗？"

"城里有四个官药铺，三个洋药铺，苗人都进了城，卖草药人多得很，生意不好作！"

他虽说不卖药了，小屋子里其实还有许多成束成捆的草药。而且恰好这时就有个兵士来买"一点白"，把药找出给人后，他只捏着那两枚当一百的铜元，向我呆呆的笑。大约来买药的也不多了，我来此给他开了一个利市。

…………

他一面茫然的这样那样数着老话，一面还尽瞅着我。忽然发问：

“你从北京来南京来？”

“我在北京做事！”

“作什么事？在中央，在宣统皇帝手下？”

我就告他既不在中央，也不是宣统手下，他只作成相信不过的神气，点着头，且极力退避到屋角隅去，俨然为了安全非如此不成。他心中一定有一个新名词作祟，“你是共产党？”他想问却不敢开口，他怕事。他只轻轻的自言自语说：“城内杀了两个，一刀一个。”

有人来购买烟签，他便指点人到对面铺子去买。我问他这桥上铺子为什么皆改成了住家户。他就告我这桥上一共有十家烟馆，十家烟馆里还有三家可以买黄吗啡。此外又还有五家卖烟具的杂货铺。

一出铺子到城边时，我就碰着烟帮过身，护送兵皆背了本地制最新半自动步枪，人马成一长长队伍，共约三百二十余担黑货，全是从贵州省来的。

我原本预备第二天过河边为这长桥摄一个影，一看到桥墩，想起十七年前那钵罂粟花，且同时想起目前那十家烟馆三家烟具店，这桥头的今昔情形，把我照相的勇气同兴味全失去了。

湘西

题 记

我这本小书只能说是湘西沅水流域的杂记，书名用“沅水流域识小录”，似乎还切题一点。因为湘西包括的范围甚宽，接近鄂西的桑植、大庸、慈利、临澧各县应当在内，接近湘南的武冈、安化、绥宁、通道各县也可以在内。不过一般记载说起湘西时，常常不免以沅水流域各县作主体，就是如地图所指，西南公路沿沅水由常德到晃县一段路。本文在香港《大公报》发表时，即沿用这个名称，因此现在并未更改。

这是古代荆蛮由云梦洞庭湖泽地带被汉人逼迫退守的一隅。地有五溪，“五溪蛮”的名称即由此而来，传称马援征蛮，困死于壶头山。壶头山在沅水中部，因此沅水流域每一县城都有一伏波宫。春秋时被放逐的楚国诗人屈原，驾舟溯流而上，许多地方还约略可以推测得出。便是这个伟大诗人用作题材的山精洞灵，篇章中常借喻的臭草香花，也俨然随处可以发现。尤其是与《楚辞》不可分的酬神宗教仪式，据个人私意，如用凤凰县大傩酬神仪式作根据，加以研究比较，必尚有好些事可以由今会古。土司制度为中国边远各省统治制度之一种，五代时马希范与土司夷长立约的铜柱，现今还矗于酉水中部河岸边，地临近青鱼潭，属永顺县管辖。酉水流域几个县分，至今就还遗留下一些过去土司统治方式，可作专家参考。屯田练勇为清代两百年来治苗方策，且是产业共有共享一种雏形试验，民国以来，苗民常有问题，问题便与屯田制度的变革有关，与练勇事似二而一。所以一个行政长官，一个史学者，一个社会问题专家，对这地方的过去、当前、未来如有些关系，或不缺少兴味，更不能不对这地方多有些了解。

又如战争一起，我们南北较好的海口和几条重要铁路线，都陆续失去了，谈建国复兴，必然要从地面的经营和地下的发掘作起。湘西人常自以为极贫穷，不时且不免因此发生“自卑自弃”感觉，俨若凡事为天所限制，无可奈何。事实上，湘西的桐油、茶叶，都有很好的出产。地下的煤铁，虽不如外人所传说富厚，至于特殊金属，如锑、砒、银、钨、锰、汞、金，地下蕴藏都相当多。尤其是经最近调查，几个金矿的发现，藏金量之丰富，与矿床之佳好，为许多专家所想象不到。湘西虽号称偏僻，在千年前的《桃花源记》被形容为与世隔绝的区域，可是到如今，它的地位也完全不同了。西南公路由此通过，贯串了四川、贵州、云南、广西的交通。并且战争已经到了长江中部，有逐渐向内地转移可能。湘西的咽喉为常德，地当洞庭湖口，形势重要，在沿湖各县数第一。敌如有心冒险西犯，这咽喉之地势所必争，将来或许会以常德为据点，作攻川攻黔准备。我军战略若系将主力离开铁路线，诱敌入山地，则湘西沅水流域必成为一个大战场——一个战场，换一句话，也就是一片瓦砾场！“未来”湘西的重要，显而易见。然而这种“未来”是与“过去”“当前”不可分的。对于这个地方的“过去”和“当前”，我们是不是还应当多知道一点点？还值得多知道一点点？据个人意见，对于湘西各方面的知识实在都十分需要，任何部门的专家，或是一个较细心谨慎的新闻记者，用“湘西”作题材，写成他的著作，不问这作品性质是特殊的或一般的，我相信，都重要而有价值。因为一种比较客观的记载，纵简略而多缺点，依然无害于事，它多多少少可以帮助他人对于湘西的认识。至于我这册小书，在本书第一章上即说得明明白白：只能说是一点“土仪”，一个湘西人对于来到湘西或关心湘西的朋友们所作的一种芹献。我的目的只在减少旅行者不必有的忧虑，补充他一些不可免的好奇心，以及给他一点来到湘西为安全和快乐应当需要的常识，并希望这本小书的读者，在掩卷时，能对这边鄙之地给予少许值得给予的同情，就算是达到写作目的了。若这本小书还可对这些专家或其他同乡前辈成为一种“抛砖引玉”的工作，那更是我意外的荣幸。

我生长于凤凰县，十四岁后在沅水流域上下千里各个地方大约住过七年，我的青年人生教育恰如在这条水上毕的业。我对于湘西的认识，自然较偏于人事方面。活在这片土地上的老幼贵贱、生死哀乐种种状况，我因性之所近，注意较多。去乡约十五年，去年回到沅陵看看，新陈代谢，人事今昔情形不同已很多。然而另外又似乎有些情形还是一成不变。我心想：这些人被历史习惯所范围、所形成的一切若写它出来，当不是一种徒劳！因为在湘西我大约见过两百左右年青同乡，谈起国家大事、文坛掌故、海上繁华时，他们竟像比我还知道的很多。至于谈起桑梓情形，却茫然发呆。人人都知道说地方人不长进，老年多顽固堕落，青年多虚浮繁华，地方政治不良，苛捐杂税太多。可是都人云亦云，不知所谓。大家对于地方坏处缺少真正认识，对于地方好处更不会有何热烈爱好。即从青年知识分子一方面观察，不特知识理性难抬头，情感勇气也日见薄弱。所以当我拿笔写到这个地方种种时，本人的心情实在很激动，很痛苦。觉得故乡山川风物如此美好，一般人民如此勤俭耐劳，并富于热忱与艺术爱美心，地下所蕴聚又如此丰富，实寄无限希望于未来。因此这本书的最好读者，也许应当是生于斯、长于斯，将来与这个地方荣枯永远不可分的同乡。

湘西到今日，生产、建设、教育、文化，在比较之下，事事都显得落后，一般议论常认为是“地瘠民贫”，这实在是一句错误的老话。老一辈可以藉着解嘲，年轻人决不宜用此卸责。二十岁以下的年轻人必需认识清楚：这是湘西人负气与自弃的结果！负气与自弃本来是两件事，前者出于山民的强悍本性，后者出于缺少知识养成的习惯；两种弱点合而为一，于是产生一种极顽固的拒他性，不仅仅对一切进步的理想加以拒绝，便是一切进步的事实，也不大放在眼里。譬如就湘西地方商业而论，规模较大的出口货如桐油、木材、烟草、茶叶，进口货如棉纱、煤油、烟卷、食盐、五金，就无不操纵在江西帮、汉口帮商人手里，湘西人是从不过问的。湘西人向外谋出路时，人自为战，与社会环境奋斗的精神，很得到国人尊敬。至于集团的表现，遵循社会组织，从事各种近代化企业竞争，就不大如人。因此在政治上虽产生过熊希龄、宋教仁，多独张一帜，各不相附。军人中出过傅良佐、田应诏、蔡钜猷，对于湖南却无所建树。读书人中近二十年来更出了不少国内知名专门学者，然而沅水流域二十县，到如今却并一个像样的中学还没有！各县虽多财主富翁，这些人的财富，除被动的派捐绑票，自动的嫖赌逍遥，竟似乎别无更有意义的用途。这种长于此而拙于彼，也精明能干，也胡涂到家的情形，无一不是负气与自弃结果。负气与自弃影响到政治方面，则容易有“马上得天下，马上治之”观念，少弹性，少膨胀性，少黏附团结性，少随时代应有的变通性。影响到普遍社会方面，则一切容易趋于保守，对任何改革都无热情，难兴奋，凡事惟以拖拖混混为原则，以不相信不合作保持负气，表现自弃。这自然不成的！负气与自弃使湘西地方被称为苗蛮匪区，湘西人被称为苗蛮土匪，这是湘西人的羞辱，每个人都有涤除这羞辱的义务！天时地利待湘西人并不薄，湘西人所宜努力的，是肯虚心认识人事上的弱点，并有勇气改善这些弱点。第一是自尊心的培养，特别值得注意。因即以游侠者精神而论，若缺少自尊心，便不会成为一个大脚色。何况年青人将来对地方对历史的责任，远比个人得失荣辱为重要。

日月交替，因之产生历史。民族兴衰，事在人为。屈宋文章，曾左勋业，遗芳余烈，去今犹未甚远。我这本小书所写到的各方面现象，和各种问题，虽极琐细平凡，在一个有心人看来，说不定还有一点意义，值得深思！

引 子

战事一延长，不知不觉间增加了许多人地理知识。另外一时，我们对于地图上许多许多地名，都空空泛泛，并无多少意义，也不能有所关心。现在可不同了。一年来有些地方，或因为敌我两军用炮火血肉争夺，或因为个人需从那里过身，都必然重新加以注意。例如丰台、台儿庄、富阳、嘉善、南京或长沙，这里或那里，我们好像全部十分熟习。地方和军事有关，和交通有关，它的形势、物产，多多少少且总给我们一些概念。所以当前一个北方人，一个长江下游人，一个广东人（假定他是读书的），从不到过湖南，如今拟由长沙，经湘西，过贵州，入云南，人到长沙前后，自然从一般记载和传说，对湘西有如下几种片段印象或想象：

（一）湘西是个苗区，同时又是个匪区。妇人多会放蛊，男子特别欢喜杀人。

（二）公路极坏，地极险，人极蛮，因此旅行者通过，实在冒两重危险，若想住下，那简直是探险了。

（三）地方险有险的好处，车过武陵，就是《桃花源记》上所说的渔人本家。武陵上面是桃源县，就是“桃花源”，说不定还有避秦的遗民，可以招待客人。经过辰州，那地方出辰州符，出辰砂。且有人会赶尸。若眼福好，必有机会见到一群死尸在公路上行走，汽车近身时，还知道避让路旁，完全同活人一样！

（四）地方文化水准极低，土地极贫瘠，人民蛮悍而又十分愚蠢。

这种打算似乎十分可笑，可是有许多人就那么心怀不安与好奇经过湘西。经过后一定还有人相信传说，不大相信眼睛。这从许多过路人和新闻记者的游记或通信就可看出。这种游记和通信刊载出来时，又给另外一些陌生人新的幻觉与错觉，因此湘西就在这种情形中成为一个特殊区域，充满原始神秘的恐怖，交织野蛮与优美，换言之，地方，人与物，由外面人眼光中看来俱不可解。造成这种印象的，最先自然是过去游宦的外来人，一瞥而过，作成的荒唐记载，其次便是到过湘西来作官作吏，因贪污搜括不遂，或因贪污搜括吃过地方人的苦头这种人的传说。因为大家都不明白湘西，所以谈文化史的陈序经先生，在一篇讨论研究西南文化的文章里，说及湖南苗民时，就说“八十年前湖南还常有苗患，然而湖南苗民在今日已不容易找出来”（见《新动向》二期）。陈先生是随同西南联合大学在长沙住过好几个月的，既不知道湘西还有几县地方，苗民占全县人口比例到三分之二以上，更不注意湘主席何键的去职，荣升内政部长，就是苗民“反何”作成的。一个专家对于湘西尚如此隔膜，别的人可想而知了。

本文的写作，和一般游记通讯稍微不同。作者是本地人，可谈的问题极多，譬如矿产、农村、教育、军事，一切大问题，然而这些问题，这时节不是谈它的时节。现在仅就一个旅行者沿湘黔公路所见，下车时容易触目，住下时容易发生关系，谈天时容易引起辩论，这一类琐细小事，分别写点出来，作为关心湘西各种问题或对湘西还有兴味的过路人一分“土仪”。如能对于旅行者减少一点不必有的忧虑，补充一点不可免的好奇心，此外更能给他一点常识——对于旅行者到湘西来安全和快乐应当需要的常识，或一点同情，对这个边鄙之地值得给予的同情，就可说是已经达到拿笔的目的了。

一个外省人想由公路乘车入滇，总得在长沙候车，多多少少等些日子。长沙人的说话，以善于扩大印象描绘见长，对于湘西的印象，不外把经验或传闻复述一次。杀人放火，执枪弄刀，知识简陋，地方神秘，如此或如彼，叙说的一定有声有色。看看公路局的记名簿，轮到某某买票上车了，于是这个客人担着一分忧虑，怀藏一点好奇心，由长沙上车，一离城区就得过渡，待渡时，对长沙留下的印象，在饮食方面必然是大盘、大碗、大调羹和大筷子。私人住宅门墙上园庐名称字样大，商店铺子门面招牌也异常大，东东西西都大——正好像一切东西都放大了，凡事不能例外，所以购买什物时，作生意人的脾气也特别大（尤其是洋货铺对于探头探脑想买点什么的乡下人，邮局的办事员对于普通人，……），为一点点小事大吵大骂，到处可见。也许天时阴雨太多了一点，发扬的民族性与古怪的天气相冲突，结果便表现于这些触目可见的问题上。长沙出名的是湘绣，湘绣中合乎实用的是被面，每件定价六十四元到一百二十元，事实上给他十五元，交易就办好了。虚价之大也是别地方少有的。在人事方面，却各凭机会各碰运气，或满意，或失望。最容易放在心上的，必然是前主席一筹防空捐，六百万元不费力即可收齐，说明湖南并不十分穷。现主席拟用五万年青学生改造地方政治，证明湖南学生相当多。地方气候虽如汉朝贾谊所说，卑湿多雨，人物如屈原所咏，臭草与香花杂植，无论如何总会给人一种活泼兴旺印象。市面活泼也许是装璜的，政治铺排也许是有意为之的，然而地方决不是死气沉沉的。时代若流行标语口号，他的标语口号会比别的地方大得多，响亮得多，前进得多。（北伐后马日事变前可以作例。）时代若略略向回头路走，中国老迷信有露面机会，那么，和尚、道士、同善社、佛学会，无不生意兴隆，号召广大。（清党后全省军人忽然佛化，可以作例。）过路人只要肯留心一看，就可到处看出夸张，这点夸张纵与地方真实进步无关，与市面繁荣可大有关系。长沙是个并未完全工业化的半老都城，然而某几种手工业，如刺绣、鞭炮、雨伞、夏布，不特可供给本省需要，还可向外埠夺取市场。矿产与桐油木材，更增加本省的财富与购买力。所以外来丝织品、毛织品及奢侈品，也可在省会上得到广大的出路。民气既发扬，政治上负责的只要肯办事，会办事，什么事都办得通。目前它在动，在变，在发展，人和物无不如此。

汽车过河后，长沙地方和旅行者离远了。爆竹声，吵骂声，交通器具嘈杂声，慢慢的在耳根边消失了。汽车上了些山，转了些弯，窗外光景换了新样子。且还继续时时在变幻。平田角一栋房子，小山头三株树，干净洒脱处，一个学中国画的旅客当可会心于新安派的画上去。旅行者会觉得车是向湘西走去，向那个野蛮而神秘，有奇花异草与野人神话的地方走去，添上一分奇异的感觉，杂糅愉快与惊奇。且一定以为这里将如此如此，那里必如此如此。可是这种担心显然是白费的，因为益阳和宁乡，给过路人的印象都不是旅行者所预料得到的。公路坦平而宽阔，有些地方可并行四辆卡车，经雨后路面依然很好，路旁树木都整齐如剪。两旁田亩如一块块毯子，形色爽人心目。小山头全种得是马尾松和茶树栎树，著名的松菌、茶油和白炭，就出于这些树木。如上路适当三月里，还到处可见赤如火焰的杜鹃花，在斜风细雨里听杜鹃鸟在山谷里啼唤！有人家处多丛竹绕屋，竹干带斑的，起云的，紫黑的，中节忽然胀大的，北方人当作宝贝的各种竹科植物，原来这地方乡下小孩子正拿它来赶猪赶鸭子。小孩子眼睛光明，聪明活泼，驯善柔和处，会引起旅行者的疑心：这些小东西长大时就会杀人放蛊？或者不免有点失望，因为一切人和物都与理想中的湘西的野蛮光景不大相称。或者又觉得十分满意，因为一切和江浙平原相差不多，表现的是富足、安适，无往不宜。

可是慢慢的看吧。对湘西下断语太早了一点不相宜。我们应当把武陵以上称为湘西，它的个性特性方能见出。由长沙到武陵，还得坐车大半天！也许车辆应当在那个地方休息，让我们在车站旁小旅馆放下行李，过河先看看武陵，一个词章上最熟习的名称。

常德的船

常德就是武陵，陶潜的《搜神后记》上《桃花源记》说的渔人老家，应当摆在这个地方。德山在对河下游，离城市二十余里，可说是当地唯一的山。汽车也许停德山站，也许停县城对河另一站。汽车不必过河，车上人却不妨过河，看看这个城市的一切。地理书上告给人说这里是湘西一个大码头，是交换出口货与入口货的地方。桐油、木料、牛皮、猪肠子和猪鬃毛，烟草和水银，五倍子和鸦片烟，由川东、黔东、湘西各地用各色各样的船只装载到来，这些东西是全得由这里转口，再运往长沙武汉的。子盐、花纱、布匹、洋货、煤油、药品、面粉、白糖，以及各种轻工业日用消耗品和必需品，又由下江轮驳运到，也得从这里改装，再用那些大小不一的船只，分别运往沅水各支流上游大小码头去卸货的。市上多的是各种庄号。各种庄号上的坐庄人，便在这种情形下成天如一个磨盘，一种机械，为职务来回忙。邮政局的包裹处，这种人进出最多。长途电话的营业处，这种坐庄人是最大主顾。酒席馆和妓女的生意，靠这种坐庄人来维持。

除了这种繁荣市面的商人，此外便是一些寄生于湖田的小地主，作过知县的小绅士，各县来的男女中学生，以及外省来的参加这个市面繁荣的掌柜、伙计、乌龟、王八。全市人口过十万，街道延长近十里，一个过路人到了这个城市中时，便会明白这个湘西的咽喉，真如所传闻，地方并不小。可是却想不到这咽喉除吐纳货物和原料以外，还有些什么东西。作这种吐纳工作，责任大，工作忙，性质杂，又是些什么人。假若一旦没有了他们，这城市会不会忽然成为河边一个废墟？这种人照例触目可见，水上城里无一不可以碰头，却又最容易为旅行者所疏忽。我想说的是真正在控制这个咽喉，支配沅水流域的几万船户。

这个码头真正值得注意令人惊奇处，实在也无过于船户和他所操纵的水上工具了。要认识湘西，不能不对他们先有一种认识。要欣赏湘西地方民族特殊性，船户是最有价值材料之一种。

一个旅行者理想中的武陵，渔船应当极多。到了这里一看，才知道水面各处是船只，可是却很不容易发现一只渔船。长河两岸浮泊的大小船只，外行人一眼看去，只觉得大同小异。事实上形制复杂不一，各有个性，代表了各个地方的个性。让我们从这方面来多知道一点点，对于我们也许有些便利处。

船只最触目的三桅大方头船，这是个外来客，由长江越湖来的，运盐是它主要的职务，它大多数只到此为止，不会向沅水上游走去。普通人叫它做“盐船”，名实相符。船家叫它做“大鳅鱼头”，《金陀粹编》上载岳飞在洞庭湖水擒杨幺故事，这名字就见于记载了，名字虽俗，来源却很古。这种船只大多数是用乌油漆过，所以颜色多是黑的。这种船按季候行驶，因为要大水大风方能行动。杜甫诗上描绘的“洋洋万斛船，影若扬白虹”，也许指的就是这种水上东西。

比这种盐船略小，有两桅或单桅，船身异常秀气，头尾忽然收敛，令人入目起尖锐印象，全身是黑的，名叫“乌江子”。它的特长是不怕风浪，运粮食越湖。它是洞庭湖上的竞走选手。形体结构上的特点是桅高、帆大、深舱、锐头。盖舱篷比船身小，因为船舷外还有护舱板。弄船人同船只本身一样，一看很干净，秀气斯文。行船既靠风，上下行都使帆，所以帆多整齐，船上用的水手不多，仅有的水手会拉篷、摇橹、撑篙，不会荡桨——这种船上便不常用桨。放空船时妇女还可代劳掌舵。这种船间或也沿河上溯，数目极少，船身材料薄，似不宜于冒险。这种船在沅水流域也算是外来客。

在沅水流域行驶，表现得富丽堂皇、气象不凡，可称为巨无霸的船只，应当数“洪江油船”。这种船多方头高尾，颜色鲜明，间或且有一点金漆装饰。尾梢有舵楼，可以安置家眷。大船下行可载三四千桶桐油，上行可载两千件棉花，或一票食盐。用橹手二十六人到四十人，用纤手三十人到六七十人。必待春水发后方上下行驶，路线系往返常德和洪江。每年水大至多上下三五回，其余大多时节都在休息中，成排结队停泊河面，俨然是河上的主人。船主照例是麻阳人，且照例姓滕，善交际，礼数清楚。常与大商号中人拜把子，攀亲家。行船时站在船后檀木舵把边，庄严中带点从容不迫神气，口中含了个竹马鞭短烟管，一面看水，一面吸烟。遇有身分的客人搭船，喝了一杯酒后，便向客人一五一十叙述这只油船的历史，载过多少有势力的军人、阔老，或名驰沅水流域的妓女。换言之，就是这只船与当地“历史”发生多少关系！这种船只上的一切东西，无一不巨大坚实。船主的装束在船上时看不出什么特别处，上岸时却穿长袍

（下脚过膝三四寸），罩青羽绫马褂，戴呢帽或小缎帽，佩小牛皮抱肚，用粗大银练系定，内中塞满了银元。穿生牛皮靴子，走路时踏得很重。个子高高的，瘦瘦的。有一双大手，手上满是黄毛和青筋。会喝酒，打牌，且豪爽大方，吃花酒应酬时，大把银元钞票从抱肚掏出，毫不吝啬。水手多强壮勇敢，眉目精悍，善唱歌、泅水、打架、骂野话。下水时如一尾鱼，上岸接近妇人时像一只小公猪。白天弄船，晚上玩牌，同样做得极有兴致。船上人虽多，却各有所事，从不紊乱。舱面永远整洁如新。拔锚开头时，必擂鼓敲锣，在船头烧纸烧香，煮白肉祭神，燃放千子头鞭炮，表示人神和乐，共同帮忙，一路福星。在开船仪式与行船歌声中，使人想起两千年前《楚辞》发生的原因，现在还好好的保留下来，今古如一。

比洪江油船小些，形式仿佛也较笨拙些（一般船只用木板作成，这种船竟像用木柱作成），平头大尾，一望而知船身十分坚实，有斗拳师的神气，名叫“白河船”。白河即酉水的别名。这种船只即行驶于沅水由常德到沅陵一段，酉水由沅陵到保靖一段。酉水滩流极险，船只必经得起磕撞。船只必载重方能压浪，因此尾部如臀，大而圆。下行时在船头缚大木桡两把，木桡的用处是船只下滩，转头时比舵切于实际。照水上人俗谚说“三桨不如一篙，三橹不如一桡”。桡读作招。酉水浅而急，不常用橹，篙桨用处多，因此篙多特别长大，桨较粗硕，肥而短。船篷用棕子叶编成，不涂油。船主多永顺保靖人，姓向姓王姓彭占多数。酉水河床窄，滩流多，为应付自然，弄船人所需要的勇敢能耐也较多。行船时常用相互诅骂代替共同唱歌，为的是受自然限制较多，脾气比较坏一点。酉水是传说中古代藏书洞穴所在地，多的是高大宏敞，充满神秘的洞穴。由沅陵起到酉阳止，沿酉水流域的每个县分总有几个洞穴。可是如沅陵的大酉洞，保靖的狮子洞，酉阳的龙洞，这些洞穴纵有书籍也早已腐烂了。到如今这条河流最多的书应当是宝庆纸客贩卖的石印本历书，每一条船上照例都有一本皇历。船家禁忌多，历书是他们行动的宝贝。河水既容易出事情，个人想减轻责任，因此凡事都俨然有天作主，由天处理，照书行事，比较心安，也少纠纷。酉水流域每个县分的船只，在形式上又各不相同，不过这些小船不出白河，在常德能看到的白河油船，形体差不多全是一样。

沅水中部的辰溪县，出白石灰和黑煤，运载这两种东西的本地船叫做“辰溪船”，又名“广舶子”。它的特点和上述两种船只比较起来，显得材料脆薄而缺少个性。船身多是浅黑色，形状如土布机上的梭子，款式都不怎么高明。下行多满载这些不值钱的货物，上行因无回头货便时常放空。船身脏，所运货物又少时间性，满载下驶，危险性多，搭客不欢迎，因之弄船人对于清洁时间就不甚关心。这种船上的席篷照例是不大完整的，布帆是破破碎碎的，给人印象如一个破落户。弄船人因闲而懒，精神多显得萎靡不振。

洞河（即泸溪）发源于乾城苗乡大小龙洞，和凤凰苗乡乌巢河。两条小河在乾城县的所里市相汇。向东流，到泸溪县，方和沅水同流。在这条河里的船就叫“洞河船”。河源由苗乡梨林地方两个洞穴中流出，河床是乱石底子，所以水质特别清，水性特别猛。船身必需从撞磕中挣扎，河身既小，船身也较轻巧。船舷低而平，船头窄窄的。在这种船上水手中，我们可以发现苗人。不过见着他时我们不会对他有何惊奇，他也不会对我们有何惊奇。这种人一切和别的水上人都差不多，所不同处，不过是他那点老实、忠厚、纯朴、戆直性情——原人的性情，因为住在山中，比城市人保存得多点罢了。乾城人极聪明文雅，小手小脚小身材，唱山歌时嗓子非常好听，到码头边时可特别沉默安静。船只太小了，不常有机会到这大码头边靠船。这种船停泊在河面时似乎很羞怯，正如水手们上街时一样羞怯。

乾城用所里作本县吐纳货物的水码头。地方虽不大，小小石头城却很整齐干净，且出了几个近三十年来历史上有名姓的人物。段祺瑞时代的陆军总长傅良佐将军，是生长在这个小县城里的。东北军宿将，国内当前军人中称战术权威的杨安铭将军，也是这地方人。

在河上显得极活动，极有生气，而且数量极多的，是普通的中型“麻阳船”。这种船头尾高举，秀拔而灵便。这种船只的出处是麻阳河（即辰溪）。每只船上都可见到妇人、孩子、童养媳，弄船人一面担负商人委托的事务，一面还担负上帝派定的工作，两方面都异常称职。沅水流域的转运事业，大多数由这地方人支配，人口繁荣的结果，且因此在常德城外多了一条麻阳街。“一切成功都必需争斗”，这原则也可用作麻阳街的说明。据传说，这条街是个姓滕的水手双拳打出来的。我们若有兴趣特意到那条街上走走，可知道开小铺子的、做理发店生意的、卖船上家伙的、经营皮肉生涯的，全是麻阳人，我们就会明白，原来参加这种争斗，每人都有一分。麻阳人的精力绝伦处，或者与地方出产有点关系。麻阳出各种橘子，糯米亦极好，作甜酒特别相宜。人口加多，船只也越来越多，因此沅水水面的世界，一大半是麻阳人的。大凡船只停靠处，都有叫乡亲的麻阳人。乡亲所得的便利极多，平常外乡人，坐船时于是都叫麻阳人作“乡亲”。乡亲的特点是面目精悍而性情快乐，作水手的都能吃，能做，能喝，能打架。船主上岸时必装扮成为一个小乡绅，如驾洪江油船的大老板一样穿袍穿褂，着生牛皮盘云长统钉靴，戴有皮封耳的毡帽或博士帽，手指套上分量沉重的金戒指，皮抱肚里装上许多大洋钱，短烟管上悬个老虎爪子，一端还镶包一片镂花银皮。见人就请教仙乡何处，贵府贵姓。本人大多数姓滕，名字“代富”“宜贵”。对三十年来的本省政治，比起任何地方船主都熟习，都关心。欢喜讲礼教、臧否人物，且善于称引经典格言和当地俗谚，作为谈天时章本。恭维客人时必从恭维上增多一点收入，被客人恭维时便称客人为“知己”，笑嘻嘻的请客人喝酒。妇女在船上不特对于行船毫无妨碍，且常常是一个好帮手。妇女多壮实能干，大脚大手，善于生男育女。

麻阳人中另外还有一双值得称赞的手，在湘西近百年实无匹敌，在国内也是一个少见的艺术家，是塑像师张秋潭那双手。

在常德水码头船只极小，飘浮水面如一片叶子，数量之多如淡干鱼，是专载客人用的“桃源划子”。木商与烟贩，上下办货的庄客，过路的公务员，放假的男女学生，同是这种小船的主顾。船身既轻小，上下行的速度较之其他船只快过一倍，下滩时可从边上小急流走，决不会出事。在平潭中且可日夜赶程，不会受关卡留难。因此在有公路以前，这种小小船只实为沅水流域交通利器。弄船人工作不需如何紧张，开销又少，收入却较多。装载客人且多阔老，同时桃源县人的性格又特别随和（沅水一到桃源后就变成一片平潭，再无恶滩急流，自然影响到水上人性情很大），所以弄船人脾气就马虎得多。很多是瘾君子，白天弄船，晚上便靠灯。有些家中人说不定还留在县里，经营一种不必要本钱的职业，分工合作，都不闲散。且能作客人向导，带访桃源洞的客人到所要到的新奇地方去。

在沅水流域上下行驶，停泊到常德码头应当称为“客人”的船只，共有好几种，有从芷江上游黔东玉屏来的，有从麻阳河上游黔东铜仁来的，有从白河上游川东龙潭来的。玉屏船多就洪江转口，下行不多。龙潭船多从沅陵换货，下行不多。“铜仁船”装油碱下行的，有些庄号在常德，所以常直放常德。船只最引人注意处是颜色黄明照眼，式样轻巧，如竞赛用船。船头船尾细狭而向上翘举，舱底平浅，材料脆薄，给人视觉上感到灵便与愉快，在形式上可谓秀雅绝伦。弄船人语言清婉，装束素朴，有些水手还穿齐膝的长衣，裹白头巾，风度整洁和船身极相称。船小而载重，故下行时船舷必缚茅束挡水。这种船停泊河中，仿佛极其谦虚，一种作客应有的谦虚。然而比同样大小的船只都整齐，一种作客不能不注意的整齐。

此外常德河面还有一种船只，数量极多，有的时常移动，有的又长久停泊。这些船的形式一律是方头、方尾、无桅、无舵。用木板作舱壁，开小小窗子，木板作顶。有些当作船主的金屋，有些又作逋逃者的窟穴。船上有招纳水手客人的本地土娼，有卖烟和糖食、小吃、猪蹄子、粉面的生意人。此外算命卖卜的，圆光关亡的，无不可以从这种船上发现。船家做寿成亲，也多就方便借这种水上公馆举行。因此，一遇黄道吉日，总是些张灯结彩，响器声，弦索声，大小炮仗声，划拳歌呼声，点缀水面热闹。

常德县城本身也就类乎一只旱船，女作家丁玲，法律家戴修瓒，国学家余嘉锡，是这只旱船上长大的。较上游的河堤比城中高得多，涨水时水就到了城边，决堤时城四围便是水了。常德沿河的长街，街市上大小各种商铺，不下数千家，都与水手有直接关系。杂货店铺专卖船上用件及零用物，可说是它们全为水手而预备的。至如油盐、花纱、牛皮、烟草等等庄号，也可说水手是为它们而有的。此外如茶馆、酒馆和那经营最素朴职业的户口，水手没有它不成，它没水手更不成。

常德城内一条长街，铺子门面都很高大（与长沙铺子大同小异近于夸张），木料不值钱，与当地建筑大有关系。地方滨湖，河堤另一面多平田泽地，产鱼虾、莲藕，因此鱼栈莲子栈延长了长街数里。多清真教门，因此牛肉特别肥鲜。

常德沿沅水上行九十里，才到桃源县，再上行二十五里，方到桃源洞。千年前武陵渔人如何沿溪走到桃花源，这路线尚无好事的考古家说起。现在想到桃源访古的风雅人，大多数只好坐公共汽车去，到过了桃源，兴趣也许在彼而不在此，留下印象较深刻的东西，不是那个传说的洞穴，倒是另外一些传说所不载的较新洞穴。在桃源县想看到老幼黄发垂髫，怡然自乐的光景，并不容易。不过或者因为历史的传统，地方人倒很和气，保存一点古风。也知道欢迎客人，杀鸡作黍，留客住宿。虽然多少得花点钱，数目并不多。可是一个旅行者应当知道，这些人赠送游客的礼物，有时不知不觉太重了点，最好倒是别大意，莫好奇，更不要因为记起宋玉所赋的高唐神女，刘晨阮肇天台所遇的仙女，想从经验中去证实故事。换言之，不妨学个“老江湖”，少生事！当地纵多神女仙女，可并不是为外来读书人游客预备的，沅水流域的木竹簰商人是唯一受欢迎者。好些极大的木竹簰，到桃源后不久就无影无踪不见了，照俚话所说，是“进了桃源的洞穴”的。

政治家宋教仁，老革命党覃振，同是桃源县人。桃源县有个省立第二女子师范学校，五四运动谈男女解放平等，最先要求男女同校，且实现它，就是这个学校的女学生。

沅陵的人

由常德到沅陵，一个旅行者在车上的感触，可以想象得到，第一是公路上并无苗人，第二是公路上很少听说发现土匪。

公路在山上与山谷中盘旋转折虽多，路面却修理得异常良好，不问晴雨都无妨车行。公路上的行车安全的设计，可看出负责者的最大努力。旅行的很容易忘了车行的危险，乐于赞叹自然风物的美秀。在自然景致中见出宋院画的神采奕奕处，是太平铺过河时入目的光景。溪流萦回，水清而浅，在大石细沙间漱流。群峰竞秀，积翠凝蓝，在细雨中或阳光下看来，颜色真无可形容。山脚下一带树林，一些俨如有意为之布局恰到好处的小小房子，绕河洲树林边一湾溪水，一道长桥，一片烟。香草山花，随手可以掇拾。《楚辞》中的山鬼、云中君，仿佛如在眼前。上官庄的长山头时，一个山接一个山，转折频繁处，神经质的妇女与懦弱无能的男子，会不免觉得头目晕眩。一个常态的男子，便必然对于自然的雄伟表示赞叹，对于数年前裹粮负水来在这高山峻岭修路的壮丁，更表示敬仰和感谢。这是一群没灭无闻沉默不语真正的战士！每一寸路都是他们流汗作成的。他们有的从百里以外小乡村赶来，沉沉默默的在派定地方担土，打石头，三五十人躬着腰肩共同拉着个大石滚子碾压路面，淋雨，挨饿，忍受各式各样虐待，完成了分派到头上的工作。把路修好了，眼看许多许多的各色各样希奇古怪的物件吼着叫着走过了，这些可爱的乡下人，知道事情业已办完，笑笑的，各自又回转到那个想象不到的小乡村里过口了去了。中国几年来一点点建设基础，就是这种无名英雄作成的。他们什么都不知道，可是所完成的工作却十分伟大。

单从这条公路的坚实和危险工程看来，就可知道湘西的民众，是可以为国家完成任何伟大理想的。只要领导有人，交付他们更困难的工做，也可望办得很好。

看看沿路山坡桐茶树木那么多，桐茶山整理那么完美，我们且会明白这个地方的人民，即或无人领导，关于求生技术，各凭经验在不断努力中，也可望把地面征服，使生产增加。

只要在上的不过分苛索他们，鱼肉他们，这种勤俭耐劳的人民，就不至于铤而走险发生问题。可是若到任何一个停车处，试同附近乡民谈谈，我们就知道那个“过去”是种什么情形了。任何捐税，乡下人都有一分，保甲在糟蹋乡下人这方面的努力，成绩真极可观！然而促成他们努力的动机，却是照习惯把所得缴一半，留一半。然而负责的注意到这个问题时，就说“这是保甲的罪过”，从不认为是当政的耻辱。负责者既不知如何负责，因此使地方进步永远成为一种空洞的理想。

然而这一切都不妨说已经成为过去了。

车到了官庄交车处，一列等候过山的车辆，静静的停在那路旁空阔处，说明这公路行车秩序上的不苟。虽在军事状态中，军用车依然受公路规程辖制，不能占先通过，此来彼往，秩序井然。这条公路的修造与管理统由一个姓周的工程师负责。

车到了沅陵，引起我们注意处，是车站边挑的，抬的，负荷的，推挽的，全是女子。凡其他地方男子所能做的劳役，在这地方统由女子来作。公民劳动服务也还是这种女人。公路车站的修成，就有不少女子参加。工作既敏捷，又能干。女权运动者在中国二十年来的运动，到如今在社会上露面时，还是得用“夫人”名义来号召，并不以为可羞。而且大家都集中在大都市，过着一种腐败生活。比较起这种女劳动者把流汗和吃饭打成一片的情形，不由得我们不对这种人充满尊敬与同情。

这种人并不因为终日劳作就忘记自己是个妇女，女子爱美的天性依然还好好保存。胸口前的扣花装饰，裤脚边的扣花装饰，是劳动得闲在茶油灯光下做成的。（围裙扣花工作之精和设计之巧，外路人一见无有不交口称赞。）这种妇女日常工作虽不轻松，衣衫却整齐清洁。有的年纪已过了四十岁，还与同伴竞争兜揽生意。两角钱就为客人把行李背到河边渡船上，跟随过渡，到达彼岸，再为背到落脚处。外来人到河码头渡船边时，不免十分惊讶，好一片水！好一座小小山城！尤其是那一排渡船，船上的水手，一眼看去，几乎又全是女子。过了河，进得城门，向长街走走，就可见到卖菜的，卖米的，开铺子的，做银匠的，无一不是女子。再没有另一个地方女子对于参加各种事业，各种生活，做得那么普遍，那么自然了。看到这种情形时，真不免令人发生疑问：一切事几几乎都由女子来办，如《镜花缘》一书上的女儿国现象了。本地方的男子，是出去打仗，还是在家纳福看孩子？

不过一个旅行者自觉已经来到辰州时，兴味或不在这些平常问题上。辰州地方是以辰州符驰名的，辰州符的传说奇迹中又以赶尸著闻。公路在沅水南岸，过北岸城里去，自然盼望有机会弄明白一下这种老玩意儿。

可是旅行者这点好奇心会受打击，多数当地人对于辰州符都莫名其妙，且毫无兴趣，也不怎么相信。或许无意中会碰着一个“大”人物，体魄大，声音大，气派也好像很大。他不是姓张，就是姓李（他应当姓李！），会告你辰州符的灵迹，就是用刀把一只鸡颈脖扎断，把它重新接上，噀一口符水，向地下抛去，这只鸡即刻就会跑去，撒一把米到地上，这只鸡还居然赶回来吃米！你问他：“这事曾亲眼见过吗？”他一定说：“当真是眼见的事。”或许慢慢的想一想，你便也会觉得同样是在什么地方亲眼见过这件事了。原来五十年前的什么书上，就这么说过的。这个大人物是当地著名会说大话的。世界上事什么都好像知道得清清楚楚，只不大知道自己说话是假的还是真的？是书上有的，还是自己造作的？多数本地人对于“辰州符”是个什么东西，照例都不大明白的。

对于赶尸传说呢？说来实在动人。凡受了点新教育，血里骨里还浸透原人迷信的新绅士，想满足自己的荒唐幻想，到这个地方来时，总有机会温习一下这种传说。绅士、学生、旅馆中人，俨然因为生在当地，便负了一种不可避免的义务，又如为一种天赋幽默同情心所激发，总要把它的神奇处重述一番。或说朋友亲戚曾亲眼见过这种事情，或说曾有谁被赶回来。其实他依然和客人一样，并不明白，也不相信，客人不提起，他是从不注意这个问题的。客人想“研究”它（我们想得出有许多人是乐于研究它的），最好还是看《奇门遁甲》，这部书或者对他有一点帮助，本地人可不会给他多少帮助。本地人虽乐于答复这一类傻不可言的问题，却不能说明这事情的真实性。就中有个“有道之士”，姓阙，当地人通称之为阙五老，年纪将近六丨岁，谈天吋精神犹如一个小孩子。据说十五岁时就远走云贵，跟名师学习过这门法术。作法时口诀并不希奇，不过是念文天祥的《正气歌》罢了。死人能走动便受这种歌词的影响。辰州符主要的工具是一碗水；这个有道之士家中神主前便陈列了那么一碗水，据说已经有了三十五年，碗里水减少时就加添一点。一切病痛统由这一碗水解决。一个死尸的行动，也得用水迎面的噀。这水且能由昏浊与沸腾表示预兆，有人需要帮忙或家事吉凶的预兆。登门造访者若是一个读书人，一个教授，他把这一碗水的妙用形容得将更惊心动魄。使他舌底翻莲的原因，或者是他自己十分寂寞，或者是对于客人具有天赋同情，所以常常把书上没有的也说到了。客人要老老实实发问："五老，那你看过这种事了？"他必装作很认真神气说："当然的。我还亲自赶过！那是我一个亲戚，在云南做官，死在任上，赶回湖南，每天为死者换新草鞋一双。到得湖南时，死人脚趾头全走脱了。只是功夫不练就不灵，早丢下了。"至于为什么把它丢下，可不说明。客人目的在表演，主人用意在故神其说，末后自然不免使客人失望。不过知道了这玩意儿是读《正气歌》作口诀，同儒家居然有关系时，也不无所得。关于赶尸的传说，这位有道之士可谓集其大成，所以值得找方便去拜访一次，他的住处在上西关，一问即可知道。可是一个读书人也许从那有道之士服尔泰风格的微笑，服尔泰风格的言谈，会看出另外一种无声音的调笑，"你外来的书呆子，世界上事你知道许多，可是书本不说，另外还有许多就不知道了。用《正气歌》赶走了死尸，你充满好奇的关心，你这个活人，是被什么邪气歌赶到我这里来？"那时他也许正坐在他的杂货铺里面（他是隐于医与商的），忽然用手指着街上一个长头发的男子说："看，疯子！"那真是个疯子，沅陵地方唯一的疯子。可是他的语气也许指的是你拜访者。你自己试想想看，为了一种流行多年的荒唐传说，充满了好奇心来拜访一个透熟人生的人，问他死了的人用什么方法赶上路，你用意说不定还想拜老师，学来好去外国赚钱出名，至少也弄得哲学博士回国，在他饱经世故的眼中，你和疯子的行径有多少不同！

这个人的言谈，倒真是一种杰作，三十年来当地的历史，在他记忆中保存得完完全全，说来时庄谐杂陈，实在值得一听。尤其是对于当地人事所下批评，尖锐透入，令人不由得不想起法国那个服尔泰。

至于辰砂的出处，出产地离辰州地还远得很，远在凤凰县的苗乡猴子坪。

凡到过沅陵的人，在好奇心失望后，依然可从自然风物的秀美上得到补偿。由沅陵南岸看北岸山城，房屋接瓦连椽，较高处露出雉堞，沿山围绕；丛树点缀其间，风光入眼，实不俗气。由北岸向南望，则河边小山间，竹园、树木、庙宇、民居，仿佛各个都位置在最适当处。山后较远处群峰罗列，如屏如障，烟云变幻，颜色积翠堆蓝。早晚相对，令人想象其中必有帝子天神，驾螭乘蜺，驰骤其间。绕城长河，每年三四月春水发后，洪江油船颜色鲜明，在摇橹歌呼中连翩下驶。长方形大木筏，数十精壮汉子，各据筏上一角，举桡激水，乘流而下。就中最令人感动处，是小船半渡，游目四瞩，俨然四围是山，山外重山，一切如画。水深流速，弄船女子，腰腿劲健，胆大心平，危立船头，视若无事。同一渡船，大多数都是妇人，划船的是妇女，过渡的也妇女较多，有些卖柴卖炭的，来回跑五六十里路，上城卖一担柴，换两斤盐，或带回一点红绿纸张同竹篾作成的简陋船只，小小香烛。问她时，就会笑笑的回答："拿回家去做土地会。"你或许不明白土地会的意义，事实上就是酬谢《楚辞》中提到的那种云中君——山鬼。这些女子一看都那么和善，那么朴素，年纪四十以下的，无一不在胸前土蓝布或葱绿布围裙上绣上一片花，且差不多每个人都是别出心裁，把它处置得十分美观，不拘写实或抽象的花朵，总那么妥帖而雅相。在轻烟细雨里，一个外来人眼见到这种情形，必不免在赞美中轻轻叹息，天时常常是那么把山和水和人都笼罩在一种似雨似雾使人微感凄凉的情调里，然而却无处不可以见出"生命"在这个地方有光辉的那一面。

外来客自然会有个疑问发生：这地方一切事业女人都有分，而且像只有"两截穿衣"的女子有分，男子到哪里去了呢？

在长街上我们固然时常可以见到一对少年夫妻，女的眉毛俊秀，鼻准完美，穿浅蓝布衣，用手指粗银链系扣花围裙，背小竹笼。男的身长而瘦，英武爽朗，肩上扛了各种野兽皮向商人兜卖。令人一见十分感动。可是这种男子是特殊的。

男子大部分都当兵去了。因兵役法的缺憾，和执行兵役法的中间层保甲制度人选不完善，逃避兵役的也多，这些壮丁抛下他的耕牛，向山中走，就去当匪。匪多的原因，外来官吏苛索实为主因。乡下人照例都愿意好好活下去，官吏的老式方法居多是不让他们那么好好活下去。乡下人照例一入兵营就成为一个好战士，可是办兵役的却觉得如果人人都乐于应兵役，就毫无利益可图。土匪多时，当局另外派大部队伍来“维持治安”，守在几个城区，别的不再过问。土匪得了相当武器后，在报复情绪下就是对公务员特别不客气，凡搜括过多的外来人，一落到他们手里时，必然是先将所有的得到，再来取那个“命”。许多人对于湘西民或匪都留下一个特别蛮悍嗜杀的印象，就由这种教训而来。许多人说湘西有匪，许多人在湘西虽遇匪，却从不曾遭遇过一次抢劫，就是这个原因。

一个旅行者若想起公路就是这种蛮悍不驯的山民或土匪，在烈日和风雪中努力作成的，乘了新式公共汽车由这条公路经过，既感觉公路工程的伟大结实。到得沅陵时，更随处可见妇人如何认真称职，用劳力讨生活，而对于自然所给的印象，又如此秀美，不免感慨系之。这地方神秘处原来在此而不在彼。人民如此可用，景物如此美好，三十年来牧民者来来去去，新陈代谢，不知多少，除认为“蛮悍”外，竟别无发现。外来为官作宦的，回籍时至多也只有把当地久已消灭无余的各种画符捉鬼荒唐不经的传说，在茶余酒后向陌生者一谈。地方真正好处不会欣赏，坏处不能明白。这岂不是湘西的另外一种神秘？

沅陵算是个湘西受外来影响较久较大的地方，城区教会的势力，造成一批吃教饭的人物，蛮悍性情因之消失无余，代替而来的或许是一点青年会办事人的习气。沅陵又是沅水几个支流货物转口处，商人势力较大，以利为归的习惯，也自然很影响到一些人的打算行为。沅陵位置在沅水流域中部，就地形言，自为内战时代必争之地，因此麻阳县的水手，一部分登陆以后，便成为当地有势力的小贩，凤凰县屯垦子弟兵官佐，留下住家的，便成为当地有产业的客居者。慷慨好义，负气任侠，楚人中这类古典的热诚，若从当地人寻觅无着时，还可从这两个地方的男子中发现。一个外来人，在那山城中石板作成的一道长街上，会为一个矮小，瘦弱，眼睛又不明，听觉又不聪，走路时匆匆忙忙，说话时结结巴巴，那么一个平常人引起好奇心。说不定他那时正在大街头为人排难解纷，说不定他的行为正需要旁人排难解纷！他那样子就古怪，神气也古怪。一切像个乡下人，像个官能为嗜好与毒物所毁坏，心灵又十分平凡的人。可是应当找机会去同他熟一点，谈谈天。应当想办法更熟一点，跟他向家里走。（他的家在一个山上。那房子是沅陵住房地位最好，花木最多的。）如此一来，结果你会接触一点很新奇的东西，一种混合古典热诚与近代理性在一个特殊环境特殊生活里培养成的心灵。你自然会“同情”他，可是最好倒是“赞美”他。他需要的不是同情，因为他成天在同情他人，为他人设想帮忙尽义务，来不及接收他人的同情。他需要人“赞美”，因为他那种古典的作人的态度，值得赞美。同时他的性情充满了一种天真的爱好，他需要信托，为的是他值得信托。他的视觉同听觉都毁坏了，心和脑可极健全。凤凰屯垦兵子弟中出壮士，体力胆气两方面都不弱于人。这个矮小瘦弱的人物，虽出身世代武人的家庭中，因无力量征服他人，失去了作军人的资格。可是那点有遗传性的军人气概，却征服了他自己，统制自己，改造自己，成为沅陵县一个顶可爱的人。他的名字叫做“大老爷”，或“大大”，一个古怪到家的称呼。商人，妓女，屠户，教会中的牧师和医生，都这样称呼他。到沅陵去的人，应当认识认识这位大老爷。

沅陵县沿河下游四里路远近，河中心有个洲岛，周围高山四合，名“合掌洲”，名目与情景相称。洲上有座庙宇，名“和尚洲”，也还说得去。但本地的传说，却以为是“和涨洲”，因为水涨河面宽，淹不着，为的是洲随河水起落！合掌洲有个白塔，由顶到根雷劈了一小片，本地人以为奇，并不足奇。河北岸村名黄草尾，人家多在橘柚林里，橘子树白华朱实，宜有小腰白齿出于其间。一个种菜园的周家，生了四个女儿，最小的一个四妹，人都呼为夭妹，年纪十七岁，许了个成衣店学徒，尚未圆亲。成衣店学徒积蓄了整年工钱，打了一副金耳环给夭妹，女孩子就戴了这副金耳环，每天挑菜进东门城卖菜，因为性格好繁华，人长得风流波俏，一个东门大街的人都知道卖菜的周家夭妹。

因此县里的机关中办事员，保安司令部的小军佐，和商店中小开，下黄草尾玩耍的就多起来了。但不成，肥水不落外人田，有了主子。可是“人怕出名猪怕壮”，夭夭的名声传出去了，水上划船人全都知道周家夭夭。去年（二十六年）冬天一个夜里，忽然来了四百武装喽啰攻打沅陵县城，在城边响了一夜枪，到天明以前，无从进城，这一伙人依然退走了。这些人本来目的也许就只是在城外打一夜枪。其中一个带队的称团长，却带了兄弟伙到夭妹家里去拍门。进屋后别的不要，只把这女孩子带走。

女孩子虽又惊又怕，还是从容的说：“你抢我，把我箱子也抢去，我才有衣服换！”

带到山里去时那团长问：“夭夭，你要死，要活？”

女孩子想了想，轻声的说：“要死，你不会让我死。”

团长笑了：“那你意思是要活了！要活就嫁我，跟我走。我把你当官太太，为你杀猪杀羊请客，我不负你。”

女孩子看看团长，人物实在英俊标致，比成衣店学徒强多了，就说：“人到什么地方都是吃饭。我跟你走。”

于是当天就杀了两个猪，十二只羊，一百对鸡鸭，大吃大喝大热闹，团长和夭妹结婚。女孩子问她的衣箱在什么地方，待把衣箱取来打开一看，原来全是预备陪嫁的！英雄美人，可谓美满姻缘。过三天后，那团长就派人送信给黄草尾种菜的周老夫妇，称岳父岳母，报告夭妹安好，不用挂念。信还是用红帖子写的，词句华而典，师爷的手笔。还同时送来一批礼物！老夫妇无话可说，只苦了成衣店那个学徒，坐在东门大街一家铺子里，一面裁布条子做纽绊，一面垂泪。

这也可说是沅陵县人物之一型。

至于住城中的几个年高有德的老绅士，那倒正像湘西许多县城里的正经绅士一样，在当地是很闻名的，庙宇里照例有这种名人写的屏条，名胜地方照例有他们题的诗词。儿女多受过良好教育，在外做事。家中种植花木，蓄养金鱼和雀鸟，门庭规矩也很好。与地方关系，却多如显克微支在他《炭画》那本书里所说的贵族，凡事取“不干涉主义”。因为名气大，许多不相干的捐款，不相干的公事，不相干的麻烦，不会上门。乐得在家纳福，不求闻达，所以也不用有什么表现。对于生活劳苦认真，既不如车站边负重妇女，生命活跃，也不如卖菜的周家夭妹，然而日子还是过得很好，这就够了。

由沅水下行百十里到沅陵属边境地名柳林岔——就是湘西出产金子，风景又极美丽的柳林岔。那地方过去一时也有个人，很有意思。这个人据说母亲貌美而守寡，住在柳林岔镇上。对河高山上有个庙，庙中住下一个青年和尚，诚心苦修。寡妇因爱慕和尚，每天必借烧香为名去看看和尚，二十年如一日。和尚诚心修苦，不作理会，也同样二十年如一日。儿子长大后，慢慢的知道了这件事。儿子知道后，不敢规劝母亲，也不能责怪和尚，唯恐母亲年老眼花，一不小心，就会堕入深水中淹死。又见庙宇在一个圆形峰顶，攀援实在不容易。因此特意雇定一百石工，在临河悬岩上开辟一条小路，仅可容足，更找一百铁工，制就一条粗而长的铁链索，固定在上面，作为援手工具。又在两山间造一拱石头桥，上山顶庙里时就可省一大半路。这些工作进行时自己还参加，直到完成。各事完成以后，这男子就出远门走了，一去再也不回来了。

这座庙，这个桥，濒河的黛色悬崖上这条人工凿就的古怪道路，路旁的粗大铁链，都好好的保存在那里，可以为过路人见到。凡上行船的纤手，还必需从这条路把船拉上滩。船上人都知道这个故事。故事虽还有另一种说法，以为一切都是寡妇所修的，为的是这寡妇……总之，这是一个平常人为满足他的某种愿心而完成的伟大工程。这个人早已死了，却活在所有水上人的记忆里。传说和当地景色极和谐，美丽而微带忧郁。

沅水由沅陵下行三十里后即滩水连接，白溶、九溪、横石、青浪……就中以青浪滩最长，石头最多，水流最猛。顺流而下时，四十里水路不过二十分钟可完事，上行船有时得一整天。

青浪滩滩脚有个大庙，名伏波宫，敬奉的是汉老将马援。行船人到此必在庙里烧纸献牲。庙宇无特点，不出奇。庙中屋角树梢栖息的红嘴红脚小小乌鸦，成千累万，遇下行船必飞往接船送船，船上人把饭食糕饼向空中抛去，这些小黑鸟就在空中接着，把它吃了。上行船可照例不光顾。虽上下船只极多，这小东西知道向什么船可发利市，什么船不打抽丰。船夫传说这是马援的神兵，为迎接船只的神兵，照老规矩，凡伤害的必赔一大小相等银乌鸦，因此从不会有人敢伤害它。

几件事都是人的事情。与人生活不可分，却又杂糅神性和魔性。湘西的传说与神话，无不古艳动人。同这样差不多的还很多。湘西的神秘，和民族性的特殊大有关系。历史上楚人的幻想情绪，必然孕育在这种环境中，方能滋长成为动人的诗歌。想保存它，同样需要这种环境。

白河流域几个码头

白河便是历史上知名的酉水。白河到沅陵与沅水汇流后，便略显浑浊，有出山泉水的意思。若溯流而上，则三丈五丈的深潭清澈见底。深潭中为白日所映照，河底小小白石子，有花纹的玛瑙石子，全看得明明白白。水中游鱼来去，皆如浮在空气里。两岸多高山，山中多可以造纸的细竹，长年作深翠颜色，逼人眼目。近水人家多在桃杏花里，春天时只需注意，凡有桃花处必可沽酒。夏天则晒晾在日光下耀目的紫花布衣裤，可以作为人家所在的旗帜。秋冬来时，房屋在悬崖上的，滨水的，无不朗然入目，黄泥的墙，乌黑的瓦，位置却永远那么妥贴，且与四围环境极其调和，使人得到的印象非常愉快。（引自《边城》）

由沅陵沿白河上行三十里名“乌宿”，地方风景清奇秀美，古木丛竹，濒水极多。传说中的大酉洞即在附近。洞中高大宏敞，气象万千。但比起凤凰苗乡中的齐梁洞，内中平坦能容避难的人一万以上，就可知道大酉洞其所以著名，或系邻近开化较早的沅陵所致。白河中山水木石最美丽清奇的码头，应数王村，属永顺县管辖，且为永顺县货物出口地方。夹河高山，壁立拔峰。竹木青翠，岩石黛黑。水深而清，鱼大如人。河岸两旁黛色庞大石头上，在晴朗冬天里，尚有野莺画眉鸟，从山谷中竹篁里飞出来，休息在石头上晒太阳，悠然自得唪唱悦耳的曲子，直到有船近身时，方从从容容一齐向林中飞去。水边还有许多不知名水鸟，身小轻捷，活泼快乐，或颈脖极红，如缚上一条彩色带子，或尾如扇子，花纹奇丽，鸣声都异常清脆。白日无事，平潭静寂，但见小渔船船舷船顶站满了沉默黑色鱼鹰，缓缓向上游划去。傍山作屋，重重叠叠，如堆蒸糕，入目景象清而壮。一派清芬的影响，本县老诗人向伯翔的诗，因之也见得异常清壮。

白河多滩，凤滩、茨滩、绕鸡笼、三门、驼碑五个滩最著名。弄船人有两个口号：“凤滩茨滩不为凶，上面还有绕鸡笼。”上行船到两大滩时，有时得用两条竹纤，在两岸拉挽，船在河中小小溶口破浪逆流上行。绕鸡笼因多曲折石坎，下行船较麻烦，一不小心撞触河床中的大石，即成碎片，船上人必藉船板浮沉到下游三五里方能得救。三门附近山道名白鸡关，石壁插云，树身大如桌面，茅草高至二丈五尺以上。山中出虎豹，大白天可听到虎吼。

由三门水行七十里，到保靖县（过白鸡关陆行只有四十余里）。保靖是酉水流域过去土司之一所在地。酉水流域多洞穴，保靖濒河两个洞为最美丽知名。一在河南，离县城三里左右，名石楼洞。临长河，据悬崖，对河一山山上老松数列，错落布置，十分自然。景物清疏，有渐江和尚画意。但洞穴内多人工铺排，并无可观。一在河北大山下面，和县城相对，名狮子洞。洞被庙宇掩着，庙宇又被老树大竹古藤掩着。洞口并不十分高大，进到里面去后，用火燎高照，既不见边，也不见顶，才看出这洞穴何等宏敞阔大，令人吃惊。四面石壁白润如玉，地下铺满白色细砂。洞中还另有一小小天然道路，可上升到一个石屋里去。道路踏脚处带朱砂红斑，颜色极鲜艳。石屋中有石床石桌，似为昔日方士修炼住处。蝙蝠展翅约一尺长大，不知从何处求食。洞中既宽阔，又黑暗，必用五三个火燎烛照，由庙中人引导，视火燎燃到三分之二后，即寻路外出，不然恐迷路不易走出。火燎用枯竹枝作成，由守庙道士出卖给游洞者，点燃时枯竹枝在洞中爆炸，声音如枪响，如大雷公鞭炮响。洞中夏天有一小小泉水，水味甘美。水中还有小小鱼虾，到冬天时仅一空穴，鱼虾亦不知去处。

近城大山名杀鸡坡，一眼看去，山并不如何高大，但山下人有人上山时杀一鸡，等待人到山顶，山下人的鸡在锅中已熟了。因此名叫杀鸡坡。对河亦有一大山，名野猪坡，出野猪。坡上土地丛林和洞穴，为烧山种田人同野兽大蛇所割据。一到晚上，虎豹就傍近种田开山人家来吃小猪，从被咬去的小猪锐声叫喊里可以知道虎豹走去的方向。这大虫有时在大白天也昂头一吼，山谷响应许久。

种田人因此常常拿了刀矛火器，种种家伙，往树林山洞中去寻觅，用绳网捕捉大蛇，用毒烟设陷阱猎捕野兽。岭上最多的还是集群结伙蹂躏农产物成癖的野猪，喜欢偷吃山田中包谷白薯，为山民真正仇敌。正因为这个损害庄稼的仇敌太多，岭上人打锣击鼓猎野猪的事，也就成为一种常有的仪式，常有的娱乐了。

本地出好梨，皮色淡赭，味道香而甜，名“洋冬梨”，皮较厚韧，因此极易保藏。产材质坚密的黄杨木，乡下人常常用绳索系身，悬空下垂到溪谷绝壁间，把黄杨木从高崖上砍下，每段锯成两尺长短，背负入城找求售主，同卖柴一样。碗口大的木料，在本地人眼中看来，十分平常。这种良好木材，照当地人习惯，多用来作筷子和天九牌。需要多，供给少，所以一部分就用柚子木充数。出大头菜，比龙山的略差。湘西大头菜应当数接近鄂西的边县龙山最好，颜色金黄，味道甜而香。出好茶叶，和邻近山城那个古丈县的茶叶比较，味道略淡。然而清醇之中，别有一种芬馥之气。陈家茶园在湘西实得风气之先，出品佳美，可惜数量不多，无从外运。

永绥县离保靖四十五里。保靖县苗人居住较少。永绥县却大部分是苗人。逢场时交易十分热闹，猪、牛、羊、油、盐、铁器和农具，以至于一段木头，一根竹子，一个石臼，一撮火绒，无不可以买卖。大场坪中百物杂陈，五色缤纷，可谓奇观。石宏规是本县苗民中优秀分子之一，对苗民教育极热心，对苗民问题极熟习。一个大学毕业生，作了几次县长。

三个县分清中叶还由土司统治，土司既由世袭，永顺的姓向，保靖的姓彭，永绥的姓宋，到如今这三姓还为当地巨族。土司的统治已成过去，统治方法也不可考究了，除了许多大土堆通称土司坟，但留下一个传说尚能刺激人心，就是作土司的，除同宗外，对于此外任何人新婚都保有“初夜权”，新妇应当送到土司府留下三天，代为除邪气，方能发还。也许就是这种原因，三姓方成为本地巨族。土司坟多，与《三国演义》曹操七十二个疑冢不无关系，与初夜权执行也有关系。

白河上游商业较大，水码头名“里耶”。川盐入湘，在这个地方上税。边地若干处桐油，都在这个码头集中。

站在里耶河边高处，可望川湘鄂三省接壤的八面山，山如一个桶形，周围数百里，四面陡削悬绝，只一条小路可以上下。上面一坦平阳，且有很好泉水，出产好米和杂粮，住了约一百户人家。若将两条山路塞断即与一切隔绝，俨然别有天地。过去二十年常为落草大王盘据，不易攻打。惟上面无盐，所以不易久守。

白河上游分支数处，其一到龙山。龙山出好大头菜。山水清寒，鱼味旨美，六月不腐。水源出鄂西。其一河源在川东，湖南境到茶峒为止。因为这是湖南境最后一个水码头，小虽小，还有意思。这地方事实上虽与人十分陌生，可是说起来又好像十分熟习。这是从一个小说上摘引下来的。白河流域像这样的地方，似乎不止一处。

凭水倚山筑城，近山的一面，城墙如一条长蛇，缘山爬去。临水一面则在城外河边留出余地设码头，湾泊小小篷船，船下行时运桐油，青盐，染色用的倍子。上行则运棉花，棉纱，以及布匹杂货同海味。贯串各个码头有一条河街，人家房子多一半着陆，一半在水，因为余地有限，那些房子莫不设吊脚楼。河中涨了春水，到水进街后，河街上人家，便各用长长的梯子，一端搭在屋檐口，一端搭在城墙上，人人皆骂着嚷着，带了包袱、铺盖、米缸，从梯子上爬进城里去，水退时方又从城门口出城。水落特别猛一些，沿河吊脚楼，必有一处两处为水冲去，大家只在城头上呆望，受损失的也同样呆望，对于所受损失仿佛无话可说，与在自然安排下眼见其他无可挽救的不幸来时相似。涨水时在城上还可望着骤然展宽的河面，流水浩浩荡荡，随同山水从上流浮沉而来的有房子、牛、羊、大树。于是在水势较缓处税关趸船前面，便常常有人驾了小舢板，一见河心浮沉而来的是一匹牲畜，一段小木，或一只空船，船上有一个妇人或小孩哭喊的声音，便急急的把船桨去。在下游一些迎着那个目的物，把它用长绳系定，再向岸边桨去。这些勇敢的人，也爱利，也好义，同一般当地人相似。不拘救人救物，却同样在一种愉快冒险行为中做得十分敏捷勇敢。

城外河街也有商人落脚的客店，坐镇不动的理发馆。此外饭店、杂货铺、油行、盐栈、花衣庄，莫不各有地位，装点了这条河街。还有卖船上檀木活车、竹缆与锅罐铺子，介绍水手职业吃码头饭的人家。小饭店门前，常有煎得焦黄的鲤鱼豆腐，身上装饰了红辣椒丝，卧在浅口钵头里，钵旁大竹筒中插着大把红筷子，不拘谁个愿意花点钱，这人就可以傍了门前长案坐下来，抽出一双筷子到手上，那边一个眉毛扯得极细脸上擦了白粉的妇人，就走来问："要甜酒？要烧酒？"男子火焰高一点的，谐趣的，对内掌柜有点意思的，必装成生气似的说："吃甜酒？又不是小孩，还问人吃甜酒！"那么，酽冽的烧酒，从大瓮里用木滤子舀出，倒进土碗里，即刻就来到身边案桌上了。

大都市随了商务发达而产生的某种寄食者，因为商人同水手的需要，这小小边城河街，也居然有那么一群人，聚集在一些有吊脚楼的人家。这种妇人穿了假洋绸的衣服，印花布的裤子，把眉毛扯成一条细线，大大的发髻上敷了香味极浓俗的油类，白日里无事，就坐在门口做鞋子，在鞋尖上用红绿丝线挑绣双凤，或靠在临河窗口看水手起货，听水手爬桅子唱歌。到了晚间，却轮流接待商人同水手，切切实实尽一个妓女应尽的义务。

由于边地的风俗淳朴，便是作妓女，也永远那么浑厚，遇不相熟的主顾，做生意时得先交钱，再关门撒野。人既相熟后，钱便在可有可无之间了。妓女多靠商人维持生活，但恩情所结，却多在水手方面。感情好的，互相咬着嘴唇咬着颈脖发了誓，约好了“分手后各人不许胡闹”。四十天或五十天，在船上浮着的那一个，同在岸上蹲着的这一个，便同样呆着打发这一堆日子，尽把自己的心紧紧的缚定远远的一个人。尤其是妇人，痴到无可形容，男子过了约定时间不回来，做梦时，就常常梦船拢了岸，那一个人摇摇荡荡的从船跳板到了岸上，直向身边跑来。或日中有了疑心，则梦里必见男子在桅上向另一方面唱歌，却不理会自己。性格弱一点儿的，接着就在梦里投河吞鸦片烟，强一点的便手执菜刀，直向那水手奔去。他们生活虽那么同一般社会疏远，但是眼泪与欢乐，在一种爱憎得失间，揉进了这些人生活里时，也便同另外一片土地另外一些人相似，全个身心为那点爱憎所浸透，见寒作热，忘了一切。（引自《边城》）

三十年一月七日在昆明野外校改。

泸溪·浦市·箱子岩

由沅陵沿沅水上行，一百四十里到湘西产煤炭著名地方辰溪县。应当经过泸溪县，计程六十里，为当日由沅陵出发上行船一个站头，且同时是洞河（泸溪）和沅水合流处。再上六十里，名叫浦市，属泸溪县管辖，一个全盛时代业已过去四十年的水码头。再上二十里到辰溪县。即辰溪入沅水处。由沅陵到辰溪的公路，多在山中盘旋，不经泸溪，不经浦市。

在许多游记上，多载及沅水流域的中段，沿河断崖绝壁古穴居人住处的遗迹，赭红木屋或仓库，说来异常动人。倘若旅行者以为这东西值得一看，就应当坐小船去。这个断崖同沅水流域许多滨河悬崖一样，都是石灰岩作成的。这个特别著名的悬崖，是在泸溪浦市之间，名叫箱子岩。那种赭色木柜一般方形木器，现今还有三五具好好搁在崭削岩石半空石缝石罅间。这是真的原人住居遗迹，还是古代蛮人寄存骨殖的木柜，不得而知。对于它产生存在的意义，应当还有些较古的记载或传说，年代久，便遗失了。

下面称引的一点文字，是从我数年前一本游记上摘下的：

【泸溪】泸溪县城四面是山，河水在山峡中流去。县城位置在洞河与沅水汇流处，小河泊船贴近城边，大河泊船去城约三分之一里。（洞河通称小河，沅水通称大河。）洞河来源远在苗乡，河口长年停泊五十只左右小小黑色洞河船，弄船者有短小精悍的花帕苗，头包花帕，腰围裙子。有白面秀气的所里人，说话时温文尔雅，一张口又善于唱歌。洞河既水急山高，河身转折极多，上行船到此，已不适宜于借风使帆，凡入洞河的船只，到了此地，便把风帆约成一束，作上个特别记号，寄存于城中店铺里去，等待载货下行时，再来取用。由辰州开行的沅水商船，六十里为一大站，停靠泸溪为必然的事。浦市下行船若预定当天赶不到辰州，也多在此过夜。然而上下两个大码头把生意全已抢去，每天虽有若干船只到此停泊，小城中商业却清淡异常。沿大河一方面，一个青石码头也没有，船只停靠皆得在泥滩头与泥堤下。

到落雨天，冒着小雨，从烂泥里走进县城街上去。大街头江西人经营的布铺，铺柜中坐了白发皤然老妇人，庄严沉默如一尊古佛。大老板无事可作，只腆着肚皮，叉着两手，把脚拉开成为八字，站在门限边对街上檐溜出神。窄巷里石板砌成的行人道上，小孩子扛了大而朴质的雨伞，响着很寂寞的钉鞋声。若天气晴明，石头城恰当日落一方，雉堞与城楼都为夕阳落处的黄天，衬出明明朗朗的轮廓。每一个山头都镀上一片金，满河是橹歌浮动。就是这么一个小城中，却出了一个写“日本不足惧”的龚德柏先生。

【浦市】这是一个经过昔日的繁荣而衰败了的码头。三十年前是这个地方繁荣的顶点，原因之一是每月下省请领凤凰厅镇筸道守备兵那十四万两饷银，船只多到此为止，再由旱路将银子运去。请饷官和押运兵在当时是个阔差事，有钱花，会花钱。那时节沿河长街的油坊，尚常有三两千新油篓晒在太阳下。沿河七个用青石作成的码头，有一半曾停泊了结实高大的四橹五舱运油船。此外船只多从下游运来淮盐、布匹、花纱，以及川黔所需的洋广杂货。川黔边境由旱路来的朱砂、水银、苎麻、五倍子，莫不在此交货转载。木材浮江而下时，常常半个河面都是那种木筏。本地市面则出炮仗，出肥人，出肥猪。河面既异常宽平，码头又干净整齐。街市尽头为一长潭，河上游为一小滩，每当黄昏薄暮，落日沉入大地，天上暮云为落日余晖所烘炙，剩余一片深紫时，大帮货船从上而下，摇船人泊船近岸，在充满了薄雾的河面，浮荡在黄昏景色中的催橹歌声，正是一种如何壮丽稀有的歌声！

如今一切都成过去了，沿河各码头，已破烂不堪。小船泊定的一个码头，一共有十二只船，除了有一只船载运了方柱形毛铁，一只船载辰溪烟煤，正在那里发签起货外，其他船只似乎已停泊了多日，无货可载。有几只船还在小桅上或竹篙上悬了一个用竹缆编成的圆圈，作为“此船出卖”的标志。

【箱子岩】那天正是五月十五，乡下人过大端阳节。箱子岩洞窟中最美丽的三只龙船，全被乡下人拖出浮在水面上。船只狭而长，船舷描绘有朱红线条，全船坐满了青年桡手，头腰各缠红布，鼓声起处，船便如一枝没羽箭，在平静无波的长潭中来去如飞。河身大约一里路宽，两岸皆有人看船，大声呐喊助兴。且有好事者从后山爬到悬岩顶上去，把百子鞭炮从高岩上抛下，尽鞭炮在半空中爆裂，嘭嘭嘭嘭的鞭炮声与水面船中锣鼓声相应和，引起人对于历史发生一种幻想，一点感慨。

两千年前那个楚国逐臣屈原，若本身不被放逐，疯疯癫癫来到这种充满了奇异光彩的地方，目击身经这些惊心动魄的景物，两千年来的读书人，或许就没有福分读《九歌》那类文章，中国文学史也就不会如现在的样子了。在这一段长长岁月中，世界上多少民族都已堕落了，衰老了，灭亡了。即如号称东亚大国的一片土地，也已经有过多少次被沙漠中的蛮族，骑了膘壮的马匹，手持强弓硬弩，长枪大戟，到处践踏蹂躏！然而这地方的一切，虽在历史中也照样发生不断的杀戮，争夺，以及一到改朝换代时，派人民担负种种不幸命运，死的因此死去，活的被逼迫留发，剪发，在生活上受种种限制与支配。然而细细一想，这些人根本上又似乎与历史毫无关系。从他们应付生存的方法与排泄感情的娱乐上看来，竟好像今古相同，不分彼此。

日头落尽云影无光时，两岸渐渐消失在温柔暮色里。两岸看船人呼喝声越来越少。河面被一片紫雾笼罩，除了从锣鼓声中尚能辨别那些龙船方向，此外已别无所见。然而岩壁缺口处却人声嘈杂，且闻有小孩子哭声，有妇女尖锐叫唤声，综合给人一种悠然不尽的感觉。……

过了许久，那种锣鼓声尚在河面飘着，表示一班人还不愿意离开小船，回转家中。待到把晚饭吃过，爬出舱外一看，呀，好一轮圆月！月光下石壁同河面，一切都镀了银，已完全变换了一种调子。岩壁缺口处水码头边，正有人用废竹缆或油柴燃着火燎，火光下只见许多穿白衣人的影子移动。那些人正把酒食搬移上船，预备分派给龙船上人。原来这些青年人划了一整天船，看船的已散尽了，划船的还不尽兴，三只船还得在月光下玩个上半夜。

提起这件事，使人重新感到人类文字语言的贫俭，那一派声音，那一种情调，真不是用文字语言可以形容的。

这些人每到大端阳时节，都得下河玩一整天的龙船，平常日子却各个按照一种分定，很简单的把日子过下去。每日看过往船只摇橹扬帆来去，看落日同水鸟。虽然也有人事上的得失，到恩怨纠纷成一团时，就陆续发生庆贺或仇杀。然而从整个说来，这些人生活却仿佛同“自然”已相融合，很从容的各在那里尽其性命之理，与其他无生命物质一样，惟在日月升降寒暑交替中放射，分解。而且在这种过程中，人是如何渺小的东西，这些人比起世界上任何哲人，也似乎还更知道的多一点。

这些不辜负自然的人，与自然妥协，对历史毫无担负，活在这无人知道的地方。另外尚有一批人，与自然毫不妥协，想出种种方法来支配自然，违反自然的习惯，同样也那么尽寒暑交替，看日月升降。然而后者却在改变历史，创造历史。一分新的日月，行将消灭旧的一切。我们要用什么方法，就可以使这些人心中感觉一种“惶恐”，且放弃对自然和平的态度，重新来一股劲儿，用划龙船的精神活下去？这些人在娱乐上的狂热，就证明这种狂热使他们还配在世界上占据一片土地，活得更愉快更长久一些。但有谁来改造这些人的狂热到一件新的竞争方面去？（引自《湘行散记》）

这希望于浦市人本身是毫无结论的。

浦市镇的肥人和肥猪，既因时代变迁，已经差不多“失传”，问当地人也不大明白了。保持它的名称，使沅水流域的人民还知道有个“浦市”地方，全靠鞭炮和戏子。沅水流域的人遇事喜用鞭炮，婚丧事用它，开船上梁用它，迎送客人亲戚用它，卖猪买牛也用它。几乎无事不需要它。作鞭炮需要硝磺和纸张，浦市出好硝，又出竹纸。浦市的鞭炮很贱，很响，所以沅水流域鞭炮的供给，大多数就由浦市商店包办。浦市人欢喜戏，且懂戏。二八月农事起始或结束时，乡下人需要酬谢土地，同时也需要公众娱乐。因此常常有头行人出面敛钱集分子，邀大木傀儡戏班子唱歌。这种戏班子角色整齐，行头美好，以浦市地方的最著名。浦市镇河下游有三座塔，本地传说塔里有妖精住，传说实在太旧了，因为戏文中有水淹金山寺，然而正因为传说流行，所以这塔倒似乎很新。市镇对河有一个大庙，名江东寺。庙内古松树要五人连手方能抱住，老梅树有三丈高，开花时如一树绛雪，花落时藉地一寸厚。寺侧院竖立一座转轮藏，木头作的，高三四丈，上下用斗大铁轴相承。三五个人扶着有雕刻的木把手用力转动它时，声音如龙鸣，凄厉而绵长，十分动人。据记载是仿龙声制作的，半夜里转动它时，十里外还可听得清清楚楚。本地传说天下共有三个半转轮藏，浦市占其一。庙宇还是唐朝黑武士尉迟敬德建造的。就建筑款式看来，是明朝的东西，清代重修过。本地人既长于木傀儡戏，戏文中多黑花脸杀进红花脸杀出故事，尉迟敬德在戏文中既是一员骁将，因此附会到这个寺庙上去，也极自然。浦市码头既已衰败，三十年前红极一时的商家迁移的迁移，破产的破产，那座大庙一再驻兵，近年来花树已全毁，庙宇也破成一堆瓦砾了。就只唱戏的高手，还有三五人，在沅水流域当行出名。傀儡戏大多数唱的是高腔，用唢呐伴和，在田野中唱来，情调相当悲壮。每到菜花黄庄稼熟时节，这些人便带了戏箱各处走去，在田野中小小土地庙前举行时，远近十里的妇女老幼，多换上新衣，年青女子戴上粗重银器，有些还自己扛了板凳，携带饭匣，跑来看戏，一面看戏一面吃点东西。戏子中嗓子好，善于用手法使傀儡表情生动的，常得当地年青女子垂青。到冬十腊月，这些唱戏的又带上另外一分家业，赶到凤凰县城里去唱酬傩神的愿戏。这种酬神戏与普通情形完全不同，一切由苗巫作主体，各扮着乡下人，跟随苗籍巫师身后，在神前院落中演唱。或相互问答，或共同合唱，一种古典的方式。戏多夜中在火燎下举行，唱到天明方止。参加的多义务取乐性质，不必需金钱报酬，只大吃大喝几顿了事，这家法事完了又转到另外一家去。一切方式令人想起《仲夏夜之梦》的乡戏场面，木匠、泥水匠、屠户、成衣人，无不参加。戏多就本地风光取材，诙谐与讽刺，多健康而快乐，有希腊《拟曲》趣味。不用弦索，不用唢呐，惟用小锣小鼓，尾声必需大家合唱，观众也可合唱。尾声照例用“些”字，或“禾和些”字，借此可知《楚辞》中《招魂》末字的用处。戏唱到午夜后，天寒上冻，锣鼓凄清，小孩子多已就神坛前盹睡，神巫便令执事人重燃大蜡，添换供物，神巫也换穿朱红绣花缎袍，手拿铜剑锦拂，捶大鼓如雷鸣，吭声高唱，独舞娱神，兴奋观众。末后撤下供物酒食，大家吃喝。俟人人都恢复精神后，新戏重新上场。这些唱戏的到岁暮年末时，方带了所得猪羊肉（羊肉必取后腿，带上那个小小尾巴），大小米糍粑以及快乐和疲劳，各自回家过年。

在浦市镇头上向西望，可以看见远山上一个白塔，尖尖的向透蓝天空矗着。白塔属辰溪县的风水，位置在辰溪县下边一点。塔在河边山上，河下名“斤丝潭”，打鱼人传说要放一斤生丝方能到底。斤丝潭一面是一列悬崖，五色斑驳，如锦如绣。崖下常停泊百十只小渔船，每只船上照例蓄养五七只黑色鱼鹰。这水鸟无事可作时，常蹲在船舷船顶上扇翅膀，或沉默无声打瞌盹。盈千累百一齐在平潭中下水捕鱼时，堪称一种奇观，可见出人类与另一种生物合作，在自然中竞争生存的方式，虽处处必需争斗，却又处处见出谐和。

箱子岩也是一列五色斑驳的石壁，长约三四里，同属石灰岩性质。石壁临江一面崭削如割切。河水深而碧，出大鱼，因此渔船也多。岩下多洞穴，可收藏当地人五月节用的狭长龙船。岩壁缺口处有人家，如为造物者增加画意，似经心似不经心点缀上这些大小房子。最引人注意处还是那半空中石壁罅隙处悬空的赭色巨大木柜。上不黏天，下不及泉，传说中古代穴居者的遗迹。端阳竞渡时水面的壮观，平常人不容易得到这种眼福，就不易想象它的动人光景。遇晴明天气，白日西落，天上薄云由银红转成灰紫。停泊崖下的小渔船，烧湿柴煮饭，炊烟受湿，平贴水面，如平摊一块白幕。绿头水凫三只五只，排阵掠水飞去，消失在微茫烟波里。一切光景静美而略带忧郁。随意割切一段勾勒纸上，就可成一绝好宋人画本。满眼是诗，一种纯粹的诗。生命另一形式的表现，即人与自然契合，彼此不分的表现，在这里可以和感官接触。一个人若沉得住气，在这种情境里，会觉得自己即或不能将全人格融化，至少乐于暂时忘了一切浮世的营扰。现实并不使人沉醉，倒令人深思。越过时间，便俨然见到五千年前腰围兽皮手持石斧的壮士，如何经心设意，用红石粉涂染木材搭架到悬崖高空上情景，且想起两千年前的屈原，忠直而不见信，被放逐后驾一叶小舟飘流江上，无望无助的情景。更容易关心到这地方人将来的命运，虽生活与自然相契，若不想法改造，却将不免与自然同一命运，被另一种强悍有训练的外来者征服制驭，终于衰亡消灭。说起它时使人痛苦，因为明白人类在某种方式下生存，受时代陶冶，会发生一种无可奈何的痛苦。悲悯心与责任心必同时油然而生，转觉隐遁之可羞，振作之必要。目睹山川美秀如此，“爱”与“不忍”会使人不敢堕落，不能堕落。因此一个深心的旅行者，不妨放下坐车的便利，由沅陵乘小船沿沅水上行，用两天到达辰溪。所费的时间虽多一点，耳目所得也必然多一点。

三十年一月七日校，时在昆明

辰溪的煤

湘西有名的煤田在辰溪。一个旅行者若由公路坐车走，早上从沅陵动身，必在这个地方吃早饭。公路汽车须由此过河，再沿麻阳河南岸前进。旅行者一瞥的印象，在车站旁所能看到的仅仅是无数煤堆，以及远处煤堆间几个黑色烟筒。过河时看到的是码头上人分子杂，船夫多，矿工多，游闲人也多。半渡之际看到的是山川风物，秀气而不流于纤巧。水清且急，两丈下可见石子如樗蒱在水底滚动。过渡后必想到，地方虽不俗，人好像很呆，地下虽富足，一般人却极穷相。以为古怪，实不古怪。过路人虽关心当地荣枯和居民生活，但一瞥而过，对地方问题照例是无从明白的。

辰河弄船人有两句口号，旅行者无不熟习，那口号是："走尽天下路，难过辰溪渡。"事实上辰溪渡也并不怎样难过，不过弄船人所见不广，用纵横千里一条辰河与七个支流小河作准，说说罢了。

辰溪县的位置恰在两条河流的交汇处，小小石头城临水倚山，建立在河口滩脚崖壁上。河水清而急，深到三丈还透明见底。河面长年来往湘黔边境各种形体美丽的船只。山头是石灰岩，无论晴雨，都可见到烧石灰的窑上飘扬青烟和白烟。房屋多黑瓦白墙，接瓦连椽紧密如精巧图案。对河与小山城成犄角，上游为一个三角形小阜，小阜上有修船造船的宽坪。位置略下，为一个山岨，濒河拔峰，山脚一面接受了沅水激流的冲刷，一面被麻阳河长流淘洗，近水岩石多玲珑透空。山半有个壮丽辉煌的庙宇，庙宇外岩石间且有成千大小不一的石佛。在那个悬岩半空的庙里，可以眺望上行船的白帆，听下行船摇橹人唱歌。小船挹流而渡，艰难处与美丽处实在可以平分。

地方为产煤区，似乎无处无煤，故山前山后都可见到用土法开掘的煤洞煤井。沿河两岸常有百十只运煤船停泊，上下洪江与常德码头间无时不有若干黑脸黑手脚汉子，把大块黑煤运送到船上，向船舱中抛去。若到一个取煤的斜井边去，就可见到无数同样黑脸黑手脚人物，全身光裸，腰前围一片破布，头上戴一盏小灯，向那个俨若地狱的黑井爬进爬出。矿坑随时可以坍陷或被水灌入，坍了，淹了，这些到地狱讨生活的人，自然也就完事了。（引自《湘行散记》）

战事发生后，国内许多地方的煤田都丢送给日人了，除东三省热河的早已完事，绥远河北山东安徽的全得不着了。可是辰溪县的煤，直到二十七年二月里，在当地交货，两块钱一吨还无买主。运到一百四十里距离的沅陵去，两毛钱一百斤很少人用它。山上沿河两岸遍山是杂木杂草，乡下人无事可作，无生可谋，挑柴担草上城换油盐的太多，上好栎木炭到年底时也不过卖一分钱一斤，除作坊糟坊和较大庄号用得着煤，人人都因习惯便利用柴草和木炭。这种热力大质量纯的燃料，于是同过去一时当地的青年优秀分子一样，在湘西竟成为一种肮脏累赘毫无用处的废物，地方负责的虽知道这两样东西都极有用，可不知怎样来用它。到末了，年青人不是听其飘流四方，就是听他腐化堕落。廉价的燃料，只好用本地民船运往五百里外的常德，每吨一块半钱到二块六毛钱。同时却用二百五十块钱左右一吨的价值，运回美孚行的煤油，作为湘西各县城市点灯用油。

富原虽在本地，到处都是穷人，不特下井挖煤的十分穷困，每天只能靠一点点收入，一家人挤塞在一个破烂逼窄又湿又脏的小房子里住，无望无助的混下去。孩子一到十岁左右，就得来参加这种生活竞争。许多开矿的小主人，也因为无知识，捐项多，耗费大，运输不便利，煤又太不值钱，弄得毫无办法，停业破产。

这应当是谁的责任？瞻望河边的风景，以及那一群肮脏瘦弱的负煤人，两相对照，总令人不免想得很远很远。过去的，已成为过去了。来在这地面上，驾驭钢铁，征服自然，使人人精力不完全浪费到这种简陋可怜生活上，使多数人活得稍像活人一点，这责任应当归谁？是不是到明日就有一群结实精悍的青年，心怀雄心与大愿，来担当这个艰苦伟大的工作？是不是到明日，还不免一切依然如旧？答复这个问题，应在青年本身。

这是一个神圣矿工的家庭故事——

向大成，四十四岁，每天到后坡××公司第三号井里去工作，坐箩筐下降四十三丈，到工作处。每天作工十二点，收入一毛八分钱。妇人李氏，四十岁，到河码头去给船户补衣裳裤子，每天可得三两百钱。无事作或往相熟处，给人用碎磁放放血，用铜钱蘸清油刮刮痧。男女共生养了七个，死去五个，只剩下两个女儿，大的十六岁，十三岁时就被驻防军排长看中后，出了两块钱引诱破了身，父亲知道这事情时，就痛打女孩一顿，又为这两块钱，两夫妇大吵大闹一阵，妇人揪着自己髻发在泥地里滚哭。可是这事情自然同别的事一样，很快的就成为过去了。到十五岁这女孩子已知道从新生活上取乐，且得点小钱花，买甘蔗糍粑吃。于是常常让水手带到空船上去玩耍，不怕丑也不怕别的。可是母亲从熟人处听到她什么时候得了钱，在码头上花了，不拿回来，就用各种野话痛骂泄气。到十六岁父亲却出主张，把她押给一个“老怪物”，押二十六块钱。这女孩子于是换了崭新印花标布衣裳，把头梳得光油油的，脸上擦了脂粉，很高兴的来在河边一个小房子里接待当地军、警、商、政各界，照当地规矩，五毛钱关门一回。不久就学会了唱小曲子、军歌、党歌、爱国歌、摇船人催橹歌。母亲来时就偷偷的塞十个当一百铜子或一些角子票到母亲手中，不让老怪物看见。阅世多，经验多，应酬主顾自然十分周到。且身体给生活蹂躏也给营养，臀部长阔了，奶子也圆大了，生意更好了一点，已成为本地“观音”。船上人无不知道河码头的观音。有一次，县衙门一个传达，同船上人吃醋，便用个捶衣木杵把这个活观音痛殴一顿，末了，且把小妇人裤子也扒脱抛到河水中去。又气又苦，哭了半天，心里结了个大疙瘩，总想不开，抓起烟匣子向口里倒，咽了三钱烟膏，到第二天便死掉了。父母得到消息，来哭了一阵，拿了点“烧埋钱”走了。死了的人过不久也就装在白木匣子里抬走埋了。小女儿十一岁，每天到河滩上修船处去捡劈柴，带回家烧火煮饭，有一天造船匠故意扬起斧头来恐吓她，她不怕。造船匠于是更当着这孩子撒尿，想用另外一个方法来恐吓她。这女孩子受了辱，就坐在河边堆积的木料上，把一切耳朵中听来的丑话骂那个老造船匠。骂厌后方跑回家里去。回到家里，见母亲却在灶边大哭，原来老的在煤井里被煤块砸死了。……到半夜，那个母亲心想公司有十二块钱安埋费。孩子今年十二岁，再过四年，就可挣钱了。命虽苦，还有一点希望。……

这就是我们所称赞的劳工神圣，一个劳工家庭的真实故事。旅行者的好奇心，若需要证实它，在那里实在顶方便不过，正因为这种家庭是很普遍的，故事是随处可以掇拾的。

读书人的同情，专家的调查，对这种人有什么用？若不能在调查和同情以外有一个“办法”，这种人总永远用血和泪在同样情形中打发日子。地狱俨然就是为他们而设的。他们的生活，正说明“生命”在无知与穷困包围中必然的种种。读书人面对这种人生时，不配说“同情”，实应当“自愧”。正因为这些人生命的庄严，读书人是毫不明白的。

大家都知道辰溪县“有煤”，此外还有什么，就毫无所知了。在湘西各县裱画店，常有个署名髯翁米子和的口书字幅，用笔极浓重，引人注意。这个米先生就是辰溪县人。

沅水上游几个县分

由辰溪大河上行，便到洪江，洪江是湘西中心。出口货以木材、桐油、鸦片烟为交易中心。市区在两水汇流一个三角形地带，三面临水，通常有“小重庆”称呼。地方归会同县管辖。湖南人吃的“洪江柚子”，就是由会同、黔阳、溆浦各县属乡下集中到洪江来的。洪江商务增加了地方的财富，与市面繁荣，同时也增加了军人的争夺机会。民国三十年来贵州省的政治变局，都是洪江地方直接间接促成的。贵州军人王殿轮、王小珊、周西成、王家烈，全用洪江为发祥地。湖南军人周则范、蔡钜猷、陈汉章，全用洪江为根据地，负隅自固，周陈二人并且同样是在洪江被刺的。可是这些事对本地又似乎竟无多少关系。这些无知识的军人尽管新陈代谢，打来打去，除洪江商人照例吃点亏，与会同却并无关系。地方既不因此而衰败，也不因此而繁荣。溆浦地方在湘西文化水准特别高，读书人特别多，不靠洪江的商务，却靠一片田地，一片果园——蔗糖和橘子园的出产，此外便是几个热心地方教育的人。女子教育的基础，是个姓向女子作成的（即十年前在共产党中作妇女运动被杀的向××，五四时代写工运文章最有声色的蔡和森的夫人）。史学家向达，经济学家武堉干，出版家舒新城，同是溆浦人。洪江沿沅水上行到黔阳，县城里有一个阳明书院，留下王阳明的一点传说，此外这个地方竟似乎不能引起外人的注意，也引不起本地人的自信或自骄。地方在外面读书作事的人相当多，湘西人的个性强悍处，似乎也因之较少。黔阳毗连芷江，“澧兰沅芷”在历史上成一动人名辞。芷江的香草香花，的确不少。公路由辰溪往芷江，不经过溆浦黔阳，是由麻阳河沿河上行一阵，到后向西走，经芷江属的东乡两个市镇，方到芷江。

车由辰溪过渡，沿麻阳河南岸上行时，但见河身平远静穆，嘉树四合，绿竹成林，郁郁葱葱，别有一种境界。沿河多油坊、祠堂，房子多用砖砌成立体方形或长方形，与峻拔不群的枫杉相衬，另是一种格局，有江浙风景的清秀，同时兼北方风景的厚重。河身虽不大，然而屈折平衍，因之引水灌溉两岸，十分便利，土地极其膏腴。急流处本地人多缚大竹作圆形，安置在河边小水堰道间，引水灌高处田地，且联接枧筒长数十丈，将水远引。两岸树木多，因之美丽水鸟也特别多。弄船人除少数铜仁船水手，此外全部是麻阳人，在二百五十里内，这一条河中有多少滩，多少潭，有多少碾房，有多少出名石头，无不清清楚楚。水手们互相谈论争吵的事，也常不离这条河流所有的故事，和急流石头的情形。有一个地方名“失马湾”，四围是山，山下有大小村落无数，都隐在树丛中。河面宽而平，平潭中黄昏时静寂无声，惟见水鸟掠水飞去，消失在烟浦里。一切光景美丽而忧郁，见到时不免令人生“大好河山”之感。公路虽不经从失马湾过，失马湾地方有一个故事，却常常给人带走很远。

公路入芷江境后，较大站口名怀化镇。经过的旅客除了称羡草木田地美好，以及公路宽广平坦，此外将无何等奇异感想。可是事实上这个地方的过去，正是中国三十年来的缩影。地方民性强悍，好械斗。多相互仇杀，强梁好事者既容易生事，老实循良的为生存也就力图自卫。蔡锷护法军兴，云南部队既在这里和北洋军作战，结果遗下枪支不少。本地人有钱的买枪，称为团总，个人有枪，称为练丁。枪支一多，各有所恃，于是由仇怨变成劫掠。杂牌军来，收枪裹匪膨胀势力。军队打散后，于是或入山落草保存实力，或收编成军以图挟制。内战既多，新陈代谢之际，唯一可作的事就是相互杀戮。二十年间的混乱局面，闹得至少有一万良民被把头颅割下来示众（作者个人即眼见到有三千左右农民被割头示众），为本地人留下一笔结不了的血账。然而时间是个古怪东西，这件事到如今，当地人似乎已渐渐忘掉了。遗忘不掉且居然还能够引起旅客一点好奇心，对之注意的，是一座光头山顶上留下一列堡垒形的石头房子，不像庙宇也不像住户人家，与山下简陋小市镇对照时，尤其显得两不调和。一望而知这房子是有个动人故事的。这是一个由地主而成团绅，由团绅而作大王，由大王升充军长，由军长获得巨富，由巨富被人暗杀，一个姓陈的产业。这座房子同中国许多地方堂皇富丽的建筑相似，大部分可说是用人血作成的。这房子结束了当地人对于由土匪而大王作军官成巨富的浪漫情绪。如今业已成为一个古迹，只能供过路人凭吊了。车站旁的当地妇人多显得和平而纯良，用惊奇眼光望着外来车辆和客人。客人若问“那房子是谁的产业？谁在那里住？”一定会听到那些老妇人可怜的回答：“房子是我们这里陈军长的，军长名陈汉章，五年前在洪江被人杀了，房子空空的。”且可怜的微笑。也许这妇人正想起自己被杀死的丈夫，被打死的儿子，也许想起的却是那军长死后三百五十条金子，和几个美丽姨太太的下落。谁知道她想的是什么事。

怀化镇过去二十里有小村市，名“石门”，出产好梨，大而酥脆，甜如蜜汁，也和中国别的地方一样，虽有好出产，并不为人注意，专家也从不曾在他著作上提及，县农场和农校更不见栽培过这种果木。再过去二十五里名“榆树湾”，地方出好米、好柿饼。与怀化镇历史相同，小小一片地面几乎用血染赤，然而人性善忘，这些事已成为过去了。民性强直，二十年前乡下人上场决斗时，尚有手携着手，用分量同等的刀相砍的公平习惯，若凑巧碰着，很可以增长旅行者一分见识。一个商人的十八岁闺女死了，入土三天后，居然还有一个卖豆腐的青年男子，把这女子从土中刨出，背到山洞中去睡她三夜的热情，这种生命洋溢的性情，到近年来自然早消灭了，成为希有事物了。新来的便是无个性无特性的庸碌人生观，养成这种人生观就是使人去掉那点勇气而代替一点诈气的普通教育。一部分人自然还以为教育成功，因此为多数人所扶持。正因为如此一来，住城市中的地主阶级，方不至于田园荒芜，收租无着。按规矩，芷江的佃户对地主除缴纳正租外，还应当在每一石租谷中认交鸡肉一斤，数量多少照算，所以有千来石净收入的人家，到收租时照例可从各佃户处捉回百十只肥鸡。常日吃鸡，吃到年底，还有富余。单是这一点，东乡的民俗如何宜于改造，便很显然了。可是这些地主一定想象不到，东乡民俗一经改变，芷江的命运也就从此注定成为一个被支配者。

榆树湾离芷江还有九十里，公路上行，一部分即沿沅水西岸拉船人纤路扩大改造而成。公路一面傍山，一面临水。地势到此形成一小盆地，无高山重岭，汽车路因之较宽大，较平直。到芷江时，一个过路人一瞥所得印象必不怎么坏。城南有个明代的塔，名雁塔，形制拙而壮，约略与杭州坍圮的雷峰塔相似。城楼与城中心望楼，从万户人家屋瓦上浮，气象相当博大厚重，像一个府治。河流到了这里忽然展宽许多，约一里三分之二。一个十七墩的长桥，由南城外河边接连南岸，南岸名王家街，住户店铺也不少。三十年前通云贵的大驿道由此通过（传说中的赶尸必由之路），现在又成为公路站头。城内余地有限，将来发展自然还在南岸。表示这繁荣的起点，是小而简陋的木房子无限量的增加。

有个大佛寺，明朝人建筑的；殿中大佛头耳朵可容八个人盘旋，佛顶可摆四桌酒席。好风雅的当地绅士，重阳节便到佛头上登高，吃酒划拳，觉得十分有趣。本地绅士有一“维新派”，知去掉迷信不知道保存古迹，民国九年佛殿圮坍后，因此各界商议，决定打倒大佛。当时南区的警察所长是个大胖子，凤凰县人，人大心细，身圆姓方，性情恰恰如吉诃德先生的仆人，以为这是一件极有意义的工作，就亲自用锹头去掘佛头，并督率警士参加这种工作。事后向熟人说：“今天真作了一件平生顶痛快事情（不说顶蠢事情），打倒了一尊五百年的偶像。人说大佛是金肝银肠朱砂心，得到它岂不是可以大发一笔洋财？哪知道打倒了它，什么也得不到。肚子里一堆古里古怪的玩意儿，手写的经书，泥做的小佛，绸子上画花——鬼知道有什么用，五百年宝贝，一钱不值。脑子里装了六十担茶叶，一个茶叶库，一点味道都没有，谁都不要，只好堆在坪里，一把火烧掉。”把话说完时，伸出两只蒲扇手，“狗肏的，一把火烧完了，痛快。”总而言之，除了大殿，当时能放火烧的都被这位开明警察所长烧了。保存得上好的五百卷手抄本经卷，和五彩壁画的版子，若干漆器的佛像，全烧光了。大佛泥土堆积如一座小山。这座山的所在处，现在本地年青人已经不大知道了。当地毁去了那么一座偶像，其实却保存另外一个活偶像。城里东门大街福音堂里，住下一个基督教包牧师，在当时是受本城绅士特别爱护尊敬的。受尊敬的原因，为的是当时土匪不敢惊动洋人。有时城中绅士被当作肥羊吊去时，无从接头，这牧师便放下侍奉上帝神圣的职务，很勇敢慷慨深入匪区去代人说票。离县城三十里的西望山，早已成为匪区，有枪兵一排人还不敢通过，大六月天这位牧师去避暑，却毫不在意，既不引起众人对于这个牧师身分的怀疑，反而增加这个牧师在当地“所向无敌”的威信。这事说来已二十年，上帝大约已把那牧师收回天国，也近于一篇故事了。

二十年来本地绅士半数业已谢世，余下的都渐渐衰老了，子侄辈长大成人，当前问题恐不是毁佛学道，必是如何想法不让子侄辈向西北走。担心的并不是社会革命，倒是家庭革命。家庭一革命，作严父作慈母两不讨好。

芷江的绅士多是地主，正因为有钱，因此历来受两重压迫，土匪和外来驻防剿匪军。两者的苛索都不容易侍候，因此性情特别温和。近年来一切都不同了，最大的压迫，恐怕是自己家里的子女“自由”。子女在外受教育的多，对于本地是一种转机，对于少数人，看来却似乎是一种危机。

广西民政厅厅长邱昌渭先生，是这个地方人。

芷江大桑和蚕种都相当好，白蜡收成也极可观。又出产好米，西旺山下有一种特别玉腰米，作饭时长到五分。此外桃子和冬菌，在湖南应当首屈一指。可是当地农校林场却只能发现些不高不矮的洋槐树、黄金树。稻种改良、蚕桑推广、蜡虫研究和果木栽培，都不曾作，作来也无良好成绩可言。这就要后来者想办法了。后来者可作的事正多。

由芷江往晃县，给人的印象是沿公路山头渐低渐小，山上树木转密蒙。一个初到晃县的人，爱热闹必觉得太不热闹，爱孤僻又必觉得不够孤僻。就地形看来，小小的红色山头一个接连一个，一条河水弯弯曲曲的流去，山水相互环抱，气象格局小而美，读过历史的必以为传说中的古夜郎国，一定是在这里。对湘西人民生活状况有兴味的人，必立刻就可发现当地妇女远不如沅陵妇女之勤苦耐劳而富于艺术爱好。妇女比例数目少一点，重视一点，也就懒惰一点。男子呢，与产烟区域的贵州省太接近，并且是贵州烟转口的地方，许多人血里都似乎有了烟毒。一瞥印象是愚、穷、弱。三种气分表现在一般市民的身上，服饰上，房屋建筑上。

晃县的市场在龙溪口。公路通车以前，烟贩、油商、木商等客人，收买水银坐庄人，都在龙溪口作生意。地方被称为“小洪江”，由于繁荣的原因和洪江大同小异。地方离老县城约三里，有一段短短公路可通行，公路上且居然还有十多辆人力车点缀，一里两毛，还是求过于供。主顾最多的大约是本地土娼，因为奔跑两处，必需以车代步，不然真不免夜行多露，跋涉为劳。

烟土既为本地转口货大宗生意，烟帮客人是到处受欢迎的客人，护送烟帮出差军人为最好的差事，特税查缉员在中国公务员中最称尽职。本地多数人的生存意义或生存事实，都和烟膏烟土不可分。因之令人发生疑问，假若禁烟事对于禁吸禁运办法实行以后，这地方许多人家许多商务如何维持？也许有人真那么想到，结果却默然无言。

四月里一个某某部队过路，在河西车站边借了一个民居驻防，开拔后，屋主人去清察房屋，才发现有个兵士模样的男子，被反缚两手，胸脯上戳了三刀，抛在粪坑边死了。部队还是当天开拔的。谁作的事，不知道。被杀的是谁？传说是查缉处兵士。官方对于这事只好搁下，保留。过不久，大家一定就忘记这件不愉快事情了。

另外有个烟贩，由贵阳乘车到达，行李衣箱内藏了一万块钱法币，七千块钱烟土印花，落店后，半夜里忽然有人来"检查"。翻了一阵，发现了那个衣箱，打开一看，把那个钱拿跑了。这烟贩不声不响，第二天就包赁一辆汽车回转贵阳。好像一抢便已完事。县知事不知道是谁作的事，烟贩倒似乎知道，除老乡外别无他人，只是不说。君子报仇三年，冤有头，债有主，不用官家麻烦。

两件事都发生在车站近旁，所谓边境，从这两件事情上可知道一二。边境的悲剧或喜剧，常常与烟土有密切关系。

边境有边境古风，每夜查铺子共计警务人员四位，高举扁方纸糊灯笼，进门问问姓氏，即刻就走了。查铺子的怕“委员”，怕“中央”，怕“军人”，怕以及许多许多，灯笼高举各家走去为的是尽职。更主要的还是旅客必需将姓名注上循环簿，旅馆用完时好到警局去领，每本缴三毛法币。就市价估计，成本约一毛五分。

小公务员还保留一种特别权利，在小客栈中开一房间，叫两个条子打麻将取乐，消遣此有涯之生。这种公务员自然也有从外路来到此地，享受这种特别权利的。总之多数人都认为这是一种权利，一种娱乐，不觉得可羞，所以在任何地方都可见到。

本地入口货销行最好的是纸烟。许多普通应用药品，到这地方都不容易得到，至于纸烟，无不应有尽有。各种甜咸罐头也买得出。只是无一个书店，可知书籍在这地方并无多大用处。

经营最古职业的娘儿们多数身子小小的，瘦瘦的，露出睡眠不足营养不足的神气，着短衣大脚裤，并在腰边系一粉红绸巾，会唱小曲，也会唱党歌、军歌、抗战歌，因为得应酬当地军警政商各界，必需懂流行的歌曲。世人常说妓女生活很苦，大都会中妓女给人的印象的确很苦，每日与生活挣扎，受自然限制，为人事挫折，事事可以看出这小小边城妓女与其说是在挣扎生活，不如说是在混生活。生存是无目的的，无所谓的，正与若干小公务员小市民极其相同，同样是混日子，迷迷胡胡混下去，听机会分派哀乐得失，在小小生活范围内转。活时，活下去；死了，完事。“野心”在多数人生活中都不存在，“希望”也不会存在。航空奖券和百龄机发卖地方相去太远，对于这类人的刺激也无多大意义。若说这些妇女可悯，公务员和小市民同样可悯。这是传说中的古夜郎国，可是到如今来“自大”两字也似乎早已消灭了。

多数人一眼望去都很老实，这老实另一面即表现“愚”与“惰”。妇人已很少看到胸前有精美扣花围裙，男子雄纠纠担着山兽皮上街找主顾的也不多见，贵州人在这里势力特别大，由于烟土是贵州省运来的。

妇人小孩，都患瘰疬，营养不良是一般人普遍现象。

木材在这里不大值钱，然而处置木材的方式，亦因无知与懒惰，多不得其法，这事从当地各式建筑就可见出。

湖南境的沅水到此为止，自然景物到此越加美丽，人事无章次处也就到此越加显著。正如造物者为求均衡，有意抑彼扬此，恰到好处。本地见出受战事影响，直接使本地人受拘束，在改造，有变化的，是壮丁训练。每早上六点钟左右，汽车西站旁大坪里就有个老妇人筛锣示众，告大家应当起床，于是来了一个着军服的年青人，精神饱满，挟了三四个薄薄本子（唱歌的抄本），吹嘲哨集合，各处人家于是走出二十来个大小不等制服不齐的候补壮士，在坪里集合点名，训话后即上操，唱歌。大约训练工作还不久，因此唱歌得一句一句教。教者十分吃力，学者对于歌中意义也不很懂。而且许多歌都是城里人编的，实在不大好听，调子又古怪难记，对于乡下人真是一种“训练”。若把调子编成沅水流城弄船摇橹人打呼号的声音，一定好听得多，易学得多了。可是这个指导训练工作人员，在本地却是唯一见出有生气有朝气的青年。地方一切会在他们努力下慢慢改变过来的。青年之觉醒是必然的。

十五年前在沅水上游称一霸，由教学先生而变为土匪，由大王而变为军人，由司令而变为……外县人来到晃县，提出这个人的名字时，如今尚可以听到许多故事。这人名姚继虞，就是晃县人。十年前又有个北京农科大学毕业生，领导两万武装农民，入城示威，清党时死于芷江南城城门前。这人名唐伯赓，也是晃县人。

凤凰

这是从一个作品里摘录出关于凤凰的轮廓。

一个好事的人，若从百年前某种较旧一点的地图上寻找，一定可在黔北、川东、湘西一处极偏僻的角隅上，发现了一个名为“镇箪”的小点。那里同别的小点一样，事实上应有一个城市，在那城市中，安顿了数千户人口的。不过一切城市的存在，大部分皆在交通、物产、经济的情形下面，成为那个城市荣枯的因缘。这一个地方，却以另外意义无所依附而独立存在。将那个用粗糙而坚实巨大石头砌成的圆城作为中心，向四方展开，围绕了这边疆僻地的孤城，约有五百余苗寨，各有千总守备镇守其间。有数十屯仓，每年屯数万石粮食为公家所有。五百左右的碉堡，二百左右的营汛。碉堡各用大石作成，位置在山顶头，随了山岭脉络蜿蜒各处，营汛各位置在驿路上，布置得极有秩序。这些东西是在一百八十年前，按照一种精密的计划，各保持到相当距离，在周围数百里内，平均分配下来，解决了退守一隅常作蠢动的边苗叛变的。两世纪来满清的暴政，以及因这暴政而引起的反抗，血染赤了每一条官道同每一个碉堡。到如今，一切完事了。碉堡多数业已残毁了，营汛多数成为民房了，人民已大半同化了。落日黄昏时节，站到那个巍然独在万山环绕的孤城高处，眺望那些远近残毁碉堡，还可依稀想见当时角鼓火炬传警告急的光景。这地方到今日此时，因为另一军事重心，一切皆以一种迅速的姿势在改变，在进步，同时这种进步，也就正消灭到过去一切。……

地方统治者分数种，最上为天神，其次为官，又其次才为村长同执行巫术的神的侍奉者，人人洁身信神，守法爱官。每家俱有兵役，可按月各到营上领取一点银子，一分米粮，且可从官家领取二百年前被政府所没收的公田播种。

这地方本名镇筸城，后改凤凰厅，入民国后，改名凤凰县。清时辰沅永靖兵备道，镇筸镇，均驻节此地。

辛亥革命后，湘西镇守使，辰沅道，仍在此办公。除屯谷外国家每月约用银八万两经营此小小山城。地方居民不过五六千，驻防各处的正规兵士却有七千。由于环境不同，直到现在其地绿营兵役制度尚保存不废，为中国绿营军制唯一残留之物。（引自《凤子》）

苗子放蛊的传说，由这个地方出发。辰州符的实验者，以这个地方为集中地。三楚子弟的游侠气概，这个地方因屯丁子弟兵制度，所以保留得特别多。在宗教仪式上，这个地方有很多特别处，宗教情绪（好鬼信巫的情绪），因社会环境特殊，热烈专诚到不可想象。湘西之所以成为问题，这个地方人应当负较多责任。湘西的将来，不拘好或坏，这个地方人的关系都特别大。湘西的神秘，只有这一个区域不易了解，值得了解。

它的地域已深入苗区，文化比沅水流域任何一县都差得多，然而民国以来湖南的第一流政治家熊希龄先生，却出生在那个小小县城里。地方可说充满了迷信，然而那点迷信却被历史很巧妙的糅合在军人武德里，因此反而增加了军人的勇敢性与团结性。去年在嘉善守兴登堡国防线抗敌时，作战之沉着，牺牲之壮烈，就见出迷信实无碍于它的军人职务。

县城一个完全小学也办不好，可是许多青年却在部队中当过一阵兵后，辗转努力，得入正式大学，或陆军大学，成绩都很好。一些由行伍出身的军人，常识且异常丰富；个人的浪漫情绪与历史的宗教情绪结合为一，便成游侠者精神，领导得人，就可成为卫国守土的模范军人。这种游侠精神若用不得其当，自然也可以见出种种短处。或一与领导者离开，即不免在许多事上精力浪费。甚焉者即糜烂地方，尚不自知。总之，这个地方的人格与道德，应当归入另一型范。由于历史环境不同，它的发展也就不同。

凤凰军校阶级不独支配了凤凰，且支配了湘西沅水流域二十县。它的弱点与二十年来中国一般军人弱点相似，即知道管理群众，不大知道教育群众。知道管理群众，因此在统治下社会秩序尚无问题。不大知道教育群众，因此一切进步的理想都难实现。地方边僻，且易受人控制，如数年前领导者陈渠珍被何键压迫离职，外来贪污与本地土劣即打成一片，地方受剥削宰割，毫无办法。民性既刚直，团结性又强，领导者如能将这种优点成为一个教育原则，使湘西群众普遍化，人人各有一种自尊和自信心，认为湘西人可以把湘西弄好，这工作人人有分，是每人责任也是每人权利，能够这样，湘西之明日，就大不相同了。

典籍上关于云贵放蛊的记载，放蛊必与仇怨有关，仇怨又与男女事有关。换言之，就是新欢旧爱得失之际，蛊可以应用作争夺工具或报复工具。中蛊者非狂必死，惟系铃人可以解铃。这倒是蛊字古典的说明，与本意相去不远。看看贵州小乡镇上任何小摊子上都可以公开的买红砒，就可知道蛊并无如何神秘可言了。但蛊在湘西却有另外一种意义，与巫，与此外少女的落洞致死，三者同源而异流，都源于人神错综，一种情绪被压抑后变态的发展。因年龄、社会地位和其他分别，穷而年老的易成为蛊婆，三十岁左右的，易成为巫，十六岁到二十二三岁，美丽爱好而婚姻不遂的，易落洞致死。三者都以神为对象，产生一种变质女性神经病。年老而穷，怨愤郁结，取报复形式方能排泄情感，故蛊婆所作所为，即近于报复。三十岁左右，对神力极端敬信，民间传说如“七仙姐下凡”之类故事又多，结合宗教情绪与浪漫情绪而为一，因此总觉得神对她特别关心，发狂，呓语，天上地下，无往不至，必需作巫，执行人神传递愿望与意见工作，经众人承认其为神之子后，中和其情绪，狂病方不再发。年青貌美的女子，一面为戏文才子佳人故事所启发，一面由于美貌而有才情，婚姻不谐，当地武人出身中产者规矩又严，由压抑转而成为人神错综，以为被神所爱，因此死去。

善蛊的通称“草蛊婆”，蛊人称“放蛊”。放蛊的方法是用虫类放果物中，毒虫不外蚂蚁、蜈蚣、长蛇，就本地所有且常见的。中蛊的多小孩子，现象和通常害疳疾腹中生蛔虫差不多，腹胀人瘦，或梦见虫蛇，终于死去。病中若家人疑心是同街某妇人放的，就往去见见她，只作为随便闲话方式，客客气气的说：“伯娘，我孩子害了点小病，总治不好，你知道什么小丹方，告我一个吧。小孩子怪可怜！”那妇人知道人疑心到她了，必说：“那不要紧，吃点猪肝（或别的）就好了。”回家照方子一吃，果然就好了。病好的原因是“收蛊”。蛊婆的家中必异常干净，个人眼睛发红。蛊婆放蛊出于被蛊所逼迫，到相当时日必来一次。通常放一小孩子可以经过一年，放一树木（本地凡树木起瘪有蚁穴因而枯死的，多认为被放蛊死去）只抵两月，放自己孩子却可抵三年。蛊婆所在的街上，街邻照例对她都敬而远之的客气，她也就从不会对本街孩子过不去（甚至于不会对全城孩子过不去）。但某一时若迫不得已使同街孩子致死或城中孩子因受蛊死去，好事者激起公愤，必把这个妇人捉去，放在大六月天酷日下晒太阳，名为“晒草蛊”。或用别的更残忍方法惩治。这事官方从不过问。即或这妇人在私刑中死去，也不过问。受处分的妇人，有些极口呼冤，有些又似乎以为罪有应得，默然无语。然情绪相同，即这种妇人必相信自己真有致人于死的魔力。还有些居然招供出有多少魔力，施行过多少次，某时在某处蛊死谁，某地方某大树枯树自焚也是她做的。在招供中且俨然得到一种满足的快乐。这样一来，照习惯必在毒日下晒三天，有些妇人被晒过后病就好了，以为蛊被太阳晒过就离开了，成为一个常态的妇人。有些因此就死掉了，死后众人还以为替地方除了一害。其实呢，这种妇人与其说是罪人，不如说是疯婆子。她根本上就并无如此特别能力蛊人致命。这种妇人是一个悲剧的主角，因为她有点隐性的疯狂，致疯的原因又是穷苦而寂寞。

行巫者其所以行巫，加以分析，也有相似情形。中国其他地方巫术的执行者，同僧道相差不多，已成为一种游民懒妇谋生的职业。视个人的诈伪聪明程度，见出职业成功的多少。他的作为重在引人迷信，自己却清清楚楚。这种行巫，已完全失去了他本来性质，不会当真发疯发狂了。但凤凰情形不同。行巫术多非自愿的职业，近于“迫不得已”的差使。大多数本人平时为人必极老实忠厚，沉默寡言。常忽然发病，卧床不起，如有神附体，语音神气完全变过，或胡唱胡闹，天上地下，无所不谈。且哭笑无常，殴打自己，长日不吃、不喝、不睡觉。过三两天后，仿佛生命中有种东西，把它稳住了，因极度疲乏，要休息了，长长的睡上一天，人就清醒了。醒后对病中事竟毫无所知，别的人谈起她病中情形时，反觉十分羞愧。

可是这种狂病是有周期性的（也许还同经期有关系），约两三个月一次。每次总弄得本人十分疲乏，欲罢不能。按照习惯只有一个方法可以治疗，就是行巫。行巫不必学习，无从传授，只设一神坛，放一平斗，斗内装满谷子，插上一把剪刀。有的什么也不用，就可正式营业。执行巫术的方式，是在神前设一座位，行巫者坐定，用青丝绸巾覆盖脸上。重在关亡，托亡魂说话，用半哼半唱方式，谈别人家事长短，儿女疾病，远行人情形。谈到伤心处，谈者泗涕横溢，听者自然更嘘泣不止。执行巫术后，已成为众人承认的神之子，女人的潜意识，因中和作用，得到解除，因此就不会再发狂病。初初执行巫术时，且照例很灵，至少有些想不到的古怪情形，说来十分巧合。因为有事前狂态作宣传，本城人知道的多，行巫近于不得已，光顾的老妇人必甚多，生意甚好。行巫虽可发财，本人通常倒不以所得多少关心，受神指定为代理人，不作巫即受惩罚，设坛近于不得已。行巫既久，自然就渐渐变成职业，使术时多做作处，世人的好奇心同时又转移到新近设坛的别一妇人方面去，这巫婆若为人老实，便因此撤了坛，依然恢复她原有的生活，或作奶妈，或做小生意，或带孩子。为人世故，就成为三姑六婆之一，利用身分，串当地有身分人家的门子，陪老太太念经，或如《红楼梦》中与赵姨娘合作同谋之流妇女，行使点小法术，埋在地下，放在枕边，使“仇人”吃亏。或更作媒作中，弄一点酬劳脚步钱。小孩子多病，命大，就拜寄她作干儿子。小孩子夜惊，就为“收黑”，用个鸡蛋，咒过一番后，黄昏时拿到街上去，一路喊小孩名字，“八宝回来了吗?”另一个就答“八宝回来了”，一直喊到家。到家后抱着孩子手蘸唾沫抹抹孩子头部，事情就算办好了。行巫的本地人称为“仙娘”。她的职务是“人鬼之间的媒介”，她的群众是妇人和孩子，她的工作真正意义是她得到社会承认是神的代理人后，狂病即不再发。当地妇女为实生活所困苦，感情无所归宿，将希望与梦想寄在她的法术上，靠她得到安慰。这种人自然间或也会点小丹方，可以治小儿夜惊，膈食。用通常眼光看来，殊不可解，用现代心理学来分析，它的产生同它在社会上的意义，都有它必然的原因。一知半解的读书人，想破除迷信，要打倒它，否认这种“先知”，正说明另一种人的“无知”。

至于落洞，实在是一种人神错综的悲剧，比上述两种妇女病更多悲剧性。地方习惯是女子在性行为方面的极端压制，成为最高的道德。这种道德观念的形成，由于军人成为地方整个的统治者。军人因职务关系，必时常离开家庭外出，在外面取得对于妇女的经验，必使这种道德观增强，方能维持他的性的独占情绪与事实。因此本地认为最丑的事无过于女子不贞。男子听妇女有外遇，妇女若无家庭任何拘束，自愿解放，毫无关系的旁人亦可把女子捉来光身游街，表示与众共弃。下面故事是另外一个最好的例。

旅长刘某某，夫人是一个女子学校毕业生，平时感情极好。有同学某女士，因同学时要好，在通信中不免常有些女孩子的感情的话。信被这位军官见到后，便引起疑心。后因信中有句话语近于男子说的，“嫁了人你就把我忘了”，这位军官疑心转增。独自驻防某地，有一天忽然要马弁去接太太，并告马弁：“你把太太接来，到离这里十里，一枪给我把她打死，我要死的不要活的。我要看看她还有一点热气，不同她说话。你事办得好，一切有我；事办不好，不必回来见我。”马弁当然一切照办。当真把旅长太太接来防地，到要下手时，太太一看情形不对，问马弁是什么意思。马弁就告她这是旅长的意思。太太说：“我不能这样冤枉死去，你让我见他去说个明白！”马弁说：“旅长命令要这么办，不然我就得死。”末了两人都哭了。太太让马弁把枪口按在心子上一枪打死了。（打心子好让血往腔子里流！）轿夫快快的把这位太太抬到旅部去见旅长，旅长看看后，摸摸脸和手，看看气已绝了，不由自主淌了两滴英雄泪，要马弁看一副五百块钱的棺木，把死者装殓埋了。人一埋，事情也就完结了。

这悲剧多数人就只觉得死者可悯，因误会得到这样结果，可不觉得军官行为成为问题。倘若女的当真过去一时还有一个情人，那这种处置，在当地人看来，简直是英雄行为了。

女子在性行为所受的压制既如此严酷，一个结过婚的妇人，因家事儿女勤劳，终日织布，绩麻，作腌菜，家境好的还玩骨牌，尚可转移她的情绪不至于成为精神病。一个未出嫁的女子，尤其是一个爱美好洁，知书识字，富于情感的聪明女子，或因早熟，或因晚婚，这方面情绪上所受的压抑自然更大，容易转成病态。地方既在边区苗乡，苗族半原人的神怪观影响到一切人，形成一种绝大力量。大树、洞穴、岩石，无处无神。狐、虎、蛇、龟，无物不怪。神或怪在传说中美丑善恶不一，无不赋以人性。因人与人相互爱悦和当前道德观念极端冲突，便产生人和神怪爱悦的传说，女性在性方面的压抑情绪，方藉此得到一条出路。落洞即人神错综之一种形式。背面所隐藏的悲惨，正与表面所见出的美丽，成分相等。

凡属落洞的女子，必眼睛光亮，性情纯和，聪明而美丽。必未婚，必爱好，善修饰。平时贞静自处，情感热烈不外露，转多幻想。间或出门，即自以为某一时无意中从某处洞穴旁经过，为洞神一瞥见到，欢喜了她。因此更加爱独处，爱静坐，爱清洁，有时且会自言自语，常以为那个洞神已驾云乘虹前来看她。这个抽象的神或为传说中的相貌，或为记忆中庙宇里的偶像样子，或为常见的又为女子所畏惧的蛇虎形状。总之这个抽象对手到女人心中时，虽引起女子一点羞怯和恐惧，却必然也感到热烈而兴奋。事实上也就是一种变形的自渎。等待到家中人注意这件事情深为忧虑时，或正是病人在变态情绪中恋爱最满足时。

通常男巫的职务重在和天地，悦人神，对落洞事即付之于职权以外，不能过问。辰州符重在治大伤，对这件事也无可如何。女巫虽可请本家亡灵对于这件事表示意见，或阴魂入洞探询消息，然而结末总似乎凡属爱情，即无罪过。洞神所欲，一切人力都近于白费。虽天王佛菩萨，权力广大，人鬼同尊，亦无从为力。（迷信与实际社会互相映照，可谓相反相成。）事到末了，即是听其慢慢死去。死的迟早，都认为一切由洞神作主。事实上有一半近于女子自己作主。死时女子必觉得洞神已派人前来迎接她，或觉得洞神亲自换了新衣骑了白马来接她，耳中有箫鼓竞奏，眼睛发光，脸色发红，间或在肉体上放散一种奇异香味，含笑死去。死时且显得神气清明，美艳照人。真如诗人所说：“她在恋爱之中，含笑死去。”家中人多泪眼莹然相向，无可奈何。只以为女儿被神所眷爱致死。料不到女儿因在人间无可爱悦，却爱上了神，在人神恋与自我恋情形中消耗其如花生命，终于衰弱死去。

凡女子落洞致死的年龄，迟早不等，大致在十六到二十四五左右。病的久暂也不一，大致由两年到五年。落洞女子最正当的治疗是结婚，一种正常美满的婚姻，必然可以把女子从这种可怜的生活中救出。可是照习惯这种为神眷顾的女子，是无人愿意接回家中作媳妇的。家中人更想不到结婚是一种最好的法术和药物。因此末了终是一死。

湘西女性在三种阶段的年龄中，产生蛊婆、女巫和落洞女子。三种女性的歇思底里亚，就形成湘西的神秘之一部。这神秘背后隐藏了动人的悲剧，同时也隐藏了动人的诗。至如辰州符，在伤科方面用催眠术和当地效力强不知名草药相辅为治，男巫用广大的戏剧场面，在一年将尽的十冬腊月，杀猪宰羊，击鼓鸣锣，来作人神和乐的工作，集收人民的宗教情绪和浪漫情绪，比较起来，就见得事很平常，不足为异了。

浪漫情绪和宗教情绪两者混而为一，在女子方面，它的排泄方式，有如上所述说的种种。在男子方面，则自然而然成为游侠者精神。这从游侠者的道德规律所表现的宗教性和戏剧性也可看出。妇女道德的形成，与游侠者的规律大有关系。游侠者对同性同道称哥唤弟，彼此不分。故对于同道眷属亦视为家中人，呼为嫂子。子弟儿郎们照规矩与嫂子一床同宿，亦无所忌。但条款必遵守，即“只许开弓，不许放箭”。条款意思就是同住无妨，然不能发生关系。若发生关系，即为犯条款，必受严重处分。这种处分仪式，实充满宗教性和戏剧性。下面一件记载，是一个好例。这故事是一个参加过这种仪式的朋友说的。

在野地排三十六张方桌（象征梁山三十六天罡），用八张方桌重叠为一个高台，桌前掘一见方一丈八尺的土坑，用三十六把尖刀竖立坑中，刀锋向上，疏密不一。预先用浮土掩着，刀尖不外露。所有弟兄哥子都全副戎装到场，当时流行的装束是：青绉绸巾裹头，视耳边下垂巾角长短表示身分。穿纸甲，用棉纸捶炼而成，中夹头发，作成背心式样，轻而柔韧，可以避刀刃。外穿密钮打衣，袖小而紧。佩平时所长武器，多单刀双刀，小牛皮刀鞘上绘有绿云红云，刀环上系彩绸，作为装饰。着青裤，裹腿，腿部必插两把黄鳝尾小尖刀。赤脚，穿麻练鞋。桌上排定酒盏，燃好香烛，发言的必先吃血酒盟心（或咬一公鸡头，将鸡血滴入酒中，或咬破手指，将本人血滴入酒中）。“管事”将事由说明，请众议处。事情是一个作大哥的嫂子有被某“老幺”调戏嫌疑，老幺犯了某条某款。女子年青而貌美，长眉弱肩，身材窈窕，眼光如星子流转。男的不过二十岁左右，黑脸长身，眉目英悍。管事把事由说完后，女子继即陈述经过，那青年男子在旁沉默不语。此后轮到青年开口时，就说一切都出于诬蔑。至于为什么诬蔑，他不便说，嫂子应当清清楚楚。那意思就是说嫂子对他有心，他无意。既经否认，各执一说，“执法”无从执行处分，因此照规矩决之于神。青年男子把麻鞋脱去，把衣甲脱去，光身赤脚爬上那八张方桌顶上去，毫无惧容，理直气壮，奋身向土坑跃下。出坑时，全身丝毫无伤。照规矩即已证实心地光明，一切出于受诬。其时女子头已低下，脸色惨白，知道自己命运不佳，业已失败，不能逃脱。那大哥揪着女的发髻，跪到神桌边去，问她：“还有什么话说？”女的说：“没有什么说的。冤有头，债有主。凡事天知道。”引颈受戮，不求饶也不狡辩。一切沉默。这大哥看看四面八方，无一个人有所表示，于是拔出背上军刀，一刀结果了这个因爱那小兄弟不遂心，反诬他调戏的女子。头放在神桌前，眉目下垂如熟睡。一伙哥子弟兄见事已完，把尸身拖到原来那个土坑里去，用刀掘土，把尸身掩埋了。那个大哥和那个幺兄弟，在情绪上一定都需要流一点眼泪，但身分上的习惯，却不许一个男子为妇人显出弱点，都默然无言，各自走开。

类乎这种事情还很多。都是浪漫与严肃，美丽与残忍，爱与怨，交缚不可分。

游侠者行径在当地也另成一种风格，与国内近代化的青红帮稍稍不同。重在为友报仇，扶弱锄强，挥金如土，有诺必践。尊重读书人，敬事同乡长老。换言之，就是还能保存一点古风。有些人虽能在川黔湘鄂数省边境号召数千人集会，在本乡却谦虚纯良，犹如一乡巴老。有兵役的且依然按时入衙署当值，听候差遣作小事情，凡事照常。赌博时用小铜钱三枚跌地，名为“板三”，看反复、数目，决定胜负，一反手间即输黄牛一头，银元一百两百，输后不以为意，扬长而去，从无翻悔放赖情事。决斗时两人用分量相等武器，一人对付一人，虽亲兄弟只能袖手旁观，不许帮忙。仇敌受伤倒下后，即不继续填刀，否则就被人笑话，失去英雄本色，虽胜不武。犯条款时自己处罚自己，割手截脚，脸不变色，口不出声。总之，游侠观念纯是古典的，行为是与太史公所述相去不远的。二十年闻名于川黔鄂湘各边区凤凰人田三怒，可为这种游侠者一个典型。年纪不到十岁，看木傀儡戏时，就携一血梼木短棒，在戏场中向屯垦军子弟不端重的横蛮的挑衅，或把人痛殴一顿，或反而被人打得头破血流，不以为意。十二岁就身怀黄鳝尾小刀，称“小老幺”，三江四海口诀背诵如流。家中老父开米粉馆，凡小朋友照顾的，一例招待，从不接钱。十五岁就为友报仇，走七百里路到常德府去杀一木客镖手，因听人说这个镖手在沅州有意调戏一个妇人，用手触过妇人的乳部，这少年就把镖手的双手砍下，带到沅州去送给那朋友。年纪二十岁，已称“龙头大哥”，名闻边境各处，然在本地每日抱大公鸡往米场斗鸡时，一见长辈或教学先生，必侧身在墙边让路，见女人必低头而过，见作小生意老妇人，必叫伯母，见人相争相吵，必心平气和劝解，且用笑话使大事化为小事。周济逢丧事的孤寡，从不出名露面。各庙宇和尚尼姑行为有不正当的，恐败坏当地风俗，必在短期中想方法把这种不守清规的法门弟子逐出境外。作龙头后身边子弟甚多，龙蛇不一，凡有调戏良家妇女，或赌博撒赖，或倚势强夺，经人告诉的，必招来把事情问明白，照条款处办。执法老幺，被派往六百里外杀人，随时动员，如期带回证据。结怨甚多，积德亦多。身体瘦黑而小，秀弱如一小学教员，不相识的绝不会相信这是湘西一霸。

光棍服软不服硬，白羊岭有一张姓汉子，出门远走云贵二十年，回家时与人谈天，问："本地近来谁有名？"或人说："田三怒。"姓张的稍露出轻视神气："田三怒不是正街卖粉的田家小儿子？"当夜就有人去叫张家的门，在门外招呼说："姓张的，你明天天亮以前走路，不要在这个地方住。不走路后天我们送你回老家。"姓张的不以为意，可是到后天大清早，有人发现他在一个桥头上斜坐着，走近身看看，原来两把刀插在心窝上，人已经死了。另外有个姓王的，卖牛肉讨生活，过节喝了点酒，酒后忘形，当街大骂田三怒不是东西，若有勇气，可以当街和他比比。正闹着，田三怒却从街上过身，一切听得清清楚楚。事后有人赶去告给那醉汉的母亲，老妇人听说吓慌了，赶忙去找他，哭哭啼啼，求他不要见怪。并说只有这个儿子，儿子一死，自己老命也完了。田三怒只是笑，说："伯母，这是小事情，他喝了酒，乱说玩的。我不会生他的气。谁也不敢挨他，你放心。"事后果然不再追究。还送了老妇人一笔钱，要那儿子开个面馆。

田三怒四十岁后，已豪气稍衰，厌倦了风云，把兄弟遣散，洗了手，在家里养马种花过日子。间或骑了马下乡去赶场，买几只斗鸡，或携细尾狗，带长网去草泽地打野鸡，逐鹌鹑，猎猎野猪，人料不到这就是十年前在川黔边境增加了凤凰人光荣的英雄田三怒。本人也似乎忘记自己作了些什么事。一天下午，牵了他那两匹骏健白马出城下河去洗马。城头上有两个懦夫居高临下，用两支匣子炮由他身背后打了约十三发子弹，有两粒子弹打在后颈上，五粒打在腰背上。两匹白马受惊，脱了缰沿城根狂奔而去。老英雄受暗算后，伏在水边石头上，勉强翻过身来，从怀中掏出小勃朗宁拿在手上，默然无声。他知道等等就会有人出城来的。不一会，懦夫之一果然提着匣子炮出城来了，到离身三丈左右时，老英雄手一扬起，枪声响处那懦夫倒下，子弹从左眼进去，即刻死了。城头上那个懦夫在隐蔽处重新打了五枪。田三怒教训他："狗杂种，你做的事丢了镇筸人的丑。在暗中射冷箭，不像个男子。你怎不下来?"懦夫不作声。原来城上来了另外的人，这行刺的就跑了。田三怒知道自己不济事了，在自己太阳穴上打了一枪，便如此完结了自己，也完结了当地最后一个游侠者。

派人作这件事情的，到后才知道是一个姓唐的。这个人也可称为苗乡一霸，辛亥革命领率苗民万人攻城，牺牲苗民将近六千人，北伐时随军下长江，曾任徐海警备司令。卸职还乡后称“司令官”，在离城十里长宁哨新房子中居家纳福。事有凑巧，作了这件事后，过后数年，这人居然被一个驻军团长，不知天高地厚，把他捉来放在牢里，到知道这事不妥时，人已病死狱中了。

田三怒子弟极多，十年来或因年事渐长，血气已衰，改业为正经规矩商人。或带剑从军，参加各种内战，牺牲死去。或因犯案离乡，漂流无踪。在日月交替中，地方人物新陈代谢，风俗习惯日有不同。因此到近年来，游侠者精神虽未绝，所有方式已大大有了变化。在那万山环绕的小小石头城中，田三怒的姓名，已逐渐为人忘却，少年子弟中有从图画杂志上知道“飞将军”“小黑炭”“美人鱼”“毛泽东”等人的事业，却不知道田三怒是谁。

当年田三怒得力助手之一，到如今还好好存在，为人依然豪侠好客，待友以义，在苗民中称领袖，这人就是去年使湘西发生问题，迫何键去职，使湖南政治得一转机的龙云飞。二十年前眼目精悍，手脚麻利，勇敢如豹子，轻捷如猿猴，身体由城墙头倒掷而下，落地时尚能作矮马桩姿势。在街头与人决斗，杀人后下河边去洗手时，从从容容如毫不在意。现在虽尚精神矍烁，面目光润，但已白发临头，谦和宽厚如一长者。回首昔日，不免有英雄老去之慨！

这种游侠者精神既浸透了三厅子弟的脑子，所以在本地读书人观念上也发生影响。军人政治家，当前负责收拾湘西的陈老先生，年近六十，体气精神，犹如三十许青年壮健，平时律己之严，驭下之宽，以及处世接物，带兵从政，就大有游侠者风度。少壮军官中，如师长顾家齐、戴季韬辈，虽受近代化训练，面目文弱和易如大学生，精神上多因游侠者的遗风，勇鸷慓悍，好客喜弄，如太史公传记中人。诗人田星六，诗中就充满游侠者霸气。山高水急，地苦雾多，为本地人性格形成之另一面。游侠者精神的浸润，产生过去，且将形成未来。

苗民问题

湘西苗民集中在三个县分内，就是白河上游和保靖毗连的永绥县，洞河上游的乾城县，麻阳河上游与麻阳接壤的凤凰县。就地图看，这三个县分又是相互连接的。对于苗民问题的研讨，应当作一度历史的追溯。它的沿革、变化，与屯田问题如何不可分，过去国家对于它的政策的得失，民国以来它随内战的变化所受的种种影响。他们生计过去和当前在如何情形下支持，未来可能有些什么不同。他们如何得到武器，由良民而成为土匪，又由土匪经如何改造，就可望成为当前最需要的保卫国家土地一分子。这问题如其他湘西别的问题一样，讨论到它时，可说的话实在太多。可是本文不拟作这种讨论。大多数人关心它处，恐不是苗民如何改造，倒是这些被逼迫到边地的可怜同胞，他们是不是当真逢货即抢，见人必杀？他们是不是野蛮到无可理喻？他们是不是将来还会……？这一串疑问都是必然的。正因为某一时当地的确有上述种种问题。

这种旧账算来，令人实在痛苦。我们应当知道，湘西在过去某一时，是一例被人当作蛮族看待的。虽愿意成为附庸，终不免视同化外。被歧视也极自然，它有两种原因，一是政治的策略，统治一省的负责者，在习惯上的错误，照例认为必抑此扬彼，方能控制这个民苗混处的区域。一是缺少认识，负责者对于湘西茫然无知，既从不作过当前社会各方面的调查，也从不作过历史上民族性的分析，只凭一群毫无知识诈伪贪污的小官小吏来到湘西所得的印象，决定所谓应付湘西的政治策略。认识既差，结果是政策一时小有成功，地方几乎整个糜烂。这件事现在说来，业已成为过去了。未来呢，湘西必重新交给湘西人负责，领导者又乐于将责任与湘西优秀分子共同担负，且更希望外来知识分子帮忙，把这个地方弄得更好一点，方能够有个转机。对整个问题，虽千头万绪，无从谈起；对苗民问题，应当有一根本原则，即一律平等。教育、经济，以及人事上的位置，原则上应力求平等。去歧视，去成见，去因习惯而发生的一切苛扰。在可能情形下，且应奖励客苗交通婚姻。能够这样，湘西苗民是不成为问题的。至于当前的安定，一个想到湘西来的人，除了作汉奸，贩毒品，以及还怀着荒唐妄想，预备来湘西搜括剥削的无赖汉，这三种人不受欢迎，此外战区逃来的临时寄居者，拟来投资的正当商人，分发到后方的一切公务人员和知识分子，以及无家可归的难民妇孺，来到湘西，都必然得到应有的照顾和帮助，不至于发生不应当有的困难。湘西人欢喜朋友，知道尊重知识，需要人来开发地面，征服地面，与组织群众，教育群众。凡是来到湘西的，只要肯用一点时间先认识湘西，了解湘西，对于湘西的一切，就会作另外看法，不至于先入为主感觉可怕了。一般隔靴搔痒者惟以湘西为匪区，作匪又认为苗人最多，最残忍，这即或不是一种有意诬蔑，还是一种误解。殊不知一省政治领导得人，当权者稍有知识和良心，不至于过分勒索苛刻这类山中平民，他们大多数在现在中国人中，实在还是一种最勤苦、俭朴，能生产，而又奉公守法，极其可爱的善良公民。

湘西人充过兵役的，被贪官污吏坏保甲逼到无可奈何时，容易入山作匪，并非乐于为匪。一种开明的贤人政治，正人君子政治，专家政治，如能实现，治理湘西，应当比治理任何地方还容易。

湘西地方固然另外还有一种以匪为职业的，这种分子，不尽是湘西人，尤其不是善良的苗民，大多数是边境上的四川人、贵州人、湖北人，以及少数湘西人。这可说是几十年来中国内战的产物。这些土匪寄身四省边界上，来去无定。这种土匪使湘西既受糜烂，且更负一个“匪区”名分。解决这问题，还是应当从根本上着手，使湘西成为中国的湘西，来开发，来教育。

卅年一月七日校毕，时在昆明郊外，天晴有风。